我与母亲

郭占恒 著

浙江工商大學出版社
ZHEJIANG GONGSHANG UNIVERSITY PRESS

图书在版编目(CIP)数据

我与母亲 / 郭占恒著. —杭州：浙江工商大学出版社，2014.5(2015.9 重印)

ISBN 978-7-5178-0457-4

Ⅰ. ①我… Ⅱ. ①郭… Ⅲ. ①杂文集－中国－当代 Ⅳ. ①I267.1

中国版本图书馆 CIP 数据核字(2014)第 079897 号

我与母亲

郭占恒 著

出品人　鲍观明
责任编辑　沈　娴
责任校对　何小玲
封面设计　王妤驰
责任印制　包建辉
出版发行　浙江工商大学出版社
(杭州市教工路 198 号　邮政编码 310012)
(E-mail:zjgsupress@163.com)
(网址:http://www.zjgsupress.com)
电话:0571－88904980,88831806(传真)
排　　版　杭州朝曦图文设计有限公司
印　　刷　浙江云广印业股份有限公司
开　　本　880mm×1230mm　1/32
印　　张　9.875
字　　数　229 千
版 印 次　2014 年 5 月第 1 版　2015 年 9 月第 5 次印刷
书　　号　ISBN 978-7-5178-0457-4
定　　价　30.00 元

目录

序

一个真正意义上的作家

——读郭占恒散文

黄亚洲

我一向以为，细腻，是文学诸品格中最为高贵的品格之一。细腻到有了触感，“生动形象反映生活”的文学便站住了“形象”二字，可以称作是文学了。

小说里的细节、散文里的精雕细刻、诗歌里的细密情愫的表达，都是“细腻”的面孔，其音容笑貌，足以使人怦然心动。我们也许永远做不到像普鲁斯特、茨威格那样精细入微、滔滔不绝的描摹，但我们必须认识到真正的骨头是包着皮肤和筋肉的，只有透过丰富、魅力无穷的表象才有可能顺畅地到达事物深处。

我第一次读郭占恒的散文，是数年前，有人推荐的，发在我邮箱里，题目大约叫“儿时过年”吧，顿然为他叙述的细腻所打动。他用他朴实无华的字句把我们带到他家乡过年，将淳朴的年俗逐一娓娓道来，“我一直相信年是有味的，能够闻得到”，于是我先后闻到了饹馇、芝麻花椒盐、猪头肉、淋上香油的饺子、“小钢鞭”爆竹的硝烟，飘荡在村坊里的所有味道都那么具体、那么浓郁、那么的有华北农村的地方特色，我以为，这就是文学的芬芳，文章所要表达的主旨自然不用说了，全在气味之中。

郭占恒的这种表述风格无疑是很聪明的，在进入生活之前他首先让你抚摸生活，让你逐渐沉入一种境界，而且，最后，往往让你自己得出结论，你没有结论也不行。这就是文学的魅力。

我知道郭占恒的本职工作是经济研究及这一研究的准确表达，且是宏观为主，这项工作要求特别严谨的逻辑思维，一般情况下与文学所要求的形象思维是两条路径，据说在人脑中引起兴奋的区域都不一样，常听得曾经热爱文学的机关秀才们哀叹“成天埋在公文堆里我的文学梦算是完了”。这种叹息很符合逻辑，但是显然，郭占恒的两把板斧都抡得很好，这里的一个关键词，恐怕就是“勤奋”。

郭占恒的勤奋是出了名的，下笔勤奋倒还其次，首先是思想勤奋。对于生活，他始终在思考，思考其中的异同与温差。同样去中央党校学习一阵，大多数是一篇论文交差，还不确定是自己一个键一个键敲出来的，还是由秘书甚至是由一个写作班子发到邮箱里的，但郭占恒却是除了论文之外，又洋洋洒洒写了万把字的《大有庄100号院——我所知道的中央党校》，又有外在描述，又有内在分析，文章发来一看，直教我这个也在“大有庄100号院”拿过结业证书的人汗颜。他去中国的山西、新疆、安徽、台湾，去日本，都是行一路写一路，我当然也有此习惯，但更多的是写一些短小的诗歌，风花雪月而已，不像郭占恒那样，既要以他的形象思维描述种种表象，笔法追求细腻，还要以他的逻辑思维点明处处关节要害，显示其整体骨架，力求全盘把握，这是很累人的活，但是郭占恒乐此不疲。对此，光是归之于习惯已不能说明问题，显然就是一种生活方式，或者再文雅一点说，就是生命的存在方式，一个真正意义上的作家就是如此的——他自己善于感知，并且善于让别人谐振。

希望郭占恒多写一点，不仅现在多写，而且希望在有朝一日摆脱了繁重的机关劳作之后，更有时间把自己的笔触大面积地投向生活，并且，依旧如此细腻地表达自己的所见所闻，用极其绵密的字句捆绑我们，让我们幸福得动弹不得。

2013 年 8 月 15 日于圣何塞

（序言作者为中国电影文学学会副会长、中国作家协会影视委员会副主任。曾为第八届全国人大代表、中共十六大代表、第六届中国作家协会副主席、第六届浙江省作家协会主席。中国鲁迅文学奖得主。）

我与母亲

在这个世界上，我最崇拜两个人：一个是伟人毛泽东；一个是凡人谷玉珍，也就是我的母亲。把这两个人放在一起好像不大合适。但是，如果没有生我养我哺育我的母亲，我就不知道毛泽东，更谈不上崇拜毛泽东了。

母亲极为普通，然而，我来到人世间喝的第一口美味是她的乳汁，牙牙学语喊出的第一个字是叫她——妈。

母亲没有文化，除了认识钱、粮票、布票等购物凭证，不识字甚至不认识自己的名字。然而，她谨言慎行、性情温良、从善如流，笃信好人必有好报；时时教育她的孩子要安分守己、兄妹团结、家庭和睦，不要给社会添麻烦。

母亲一生操劳，含辛茹苦，几乎没过上一天富裕的日子。然而，她就像母鸡哺育小鸡一样，到处捉虫啄米，百般呵护，精心喂养，把她的孩子拉扯成人，阳光般地滋养着她的孩子成长。

放养长大的孩子

在我的印象里，母亲一生好像只做了两件大事：一是生孩子；二是养孩子。不要小看这两件事，人口的繁衍历来是一个民族兴旺发达的头等大事。2011 年 3 月 11 日下午，日本发生九级大地震导致福岛核电站发生事故后，留下来注水冷却的五十名勇士，都是过了生育期的，这就是日本人的远见和文化。再说了，无论多么伟大的人物也是母亲生的。

母亲先后生了九个孩子，但由于那个年代食品营养和医疗卫生条件极度恶劣，只存活了六个。幸运的是，我活了下来，排行老二。在改革开放前那个提倡多生多育的年代，母亲为国家生养了六个孩子，而且五个是男孩，可以说是“英雄母亲”了。许多年以后，当她的儿子只生养一个孩子还觉得压力重重的时候，顿觉得母亲当年非常不易、非常伟大。

母亲生我的那一年是 1954 年。我出生后的第十三天，9 月 20 日，第一届全国人民代表大会第一次会议庄严地通过《中华人民共和国宪法》，即著名的五四宪法。可那时候，与我有关的，只记得母亲由旧社会的家庭妇女变成了新社会的公社社员，不停地参加由初级社到高级社再到人民公社的社会主义改造和建设，委实忙得很。由于爷爷、奶奶去世早，父亲常年在北京同仁堂工作，半个月才回趟家，所以，家里的里里外外，就都是靠母亲一人操持着。

20 世纪五六十年代的京郊农村还很贫穷。我所在的通县城关公社杨庄大队杨富店小队，当时还没有电灯、电话、自来水，也没有什么托儿所、幼儿园，六个孩子的成长主要靠放养。每天，母亲天不亮就从炕上爬起来，摸黑点火烧饭，把孩子们稀里糊涂地喂饱，然后出工到生产队里干活。孩子们就放在家里，大门一关，由大的带小的，任凭满院子爬、满院子跑。母亲中午歇工时，赶回来给孩子们抓弄点吃的，自己再随便填扒几口，又去干活，直到晚上收工时才回家做饭，照顾孩子。日复一日，年复一年，她的孩子就是这样放养长大的。什么胎教、什么早期智力开发、什么学前教育，统统没有，就是一个字——玩。

玩也是瞎玩，逮什么玩什么。我们看院子里爬的蚂蚁列队，看树上掉下来的“吊死鬼”走路（一种会吐丝、一曲一直行走的虫子），跨上板凳当马骑；或摘下一片树叶，放在空拳的手上，然后把它拍响；或在黄胶泥土上撒尿和泥，做成两边厚中间薄的泥盆，还要在盆底上吐上几口唾液，然后猛地往地上一摔，听清脆的响声。稍大一点的时候，就开始玩糖纸、拍烟盒、弹玻璃球、推铁环、打杆儿、粘知了、掏鸟窝、扑蝴蝶、捉蝈蝈、罩蜻蜓、逮蚂蚱、斗蟋蟀，以及下河游泳、摸鱼抓虾了。

放养长大的孩子，无拘无束，无忧无虑，充分享受着童年的乐趣。现在西方的家庭教育，任凭孩子摸爬滚打，自由成长，使孩子们的天性充分释放，可能也是学我母亲的做法。不同的是，人家是有意为之，而我母亲是生活所迫。当然，放养长大的孩子带来的“后遗症”是，读书晚，智力开发迟，大好的时光都玩掉了，也许注定一生难成大气候。一次，著名经济学家单东教授，邀请我参加浙江民营企业家颁奖活动，谈起他四五岁时读私塾，熟背四书五经，十五六岁时就读复旦大学经济学系，听得我十分汗颜。看来，我还是输在了起跑线上！

过着糠菜半年粮的日子

我小的时候，共和国还处在幼年期，百废待兴，“体质”也十分虚弱。毛主席要干的事很多，既要“三反五反”，又要“抗美援朝”；既要面对“三年自然灾害”，又要应对苏联老大哥“翻脸要债”；既要搞“四清”开展社会主义教育运动，又要“超英赶美”掀起社会主义建设新高潮。国家不得不勒紧裤带过日子，非常不容易。

那时候，我老家天气好像特别冷，土地特别贫瘠，能吃能用的东西特别少。母亲要把六个孩子拉扯大，最大的难事就是如何让她的孩子吃饱饭。村里的老人曾经告诉我："你妈拉扯你们几个孩子真不容易，你家孩子多，又是男孩多，俗话说，半大小子吃死老子，每天张口要吃要喝，常常饿得皮包骨，一个个长得像大头娃娃似的。"还有的老人开玩笑说："不知哪座庙倒了，跑出这么一群小鬼来。"

我的懂事是从跟随母亲找吃的开始的。那时，京郊农村人多地少，村里打下的粮食要交公粮，家里分的都是剩下的原粮，也就是棒子、小麦、大豆等带皮的粮食。肚子里没有油水，粮食又少，母亲一年到头就是想办法抓弄吃的。记得我们家曾吃过捡来的菜帮子、挖来的野菜、树上摘的嫩叶，以及托人买来的豆腐渣、豆饼、苹果皮之类的。当然，最难吃的就是榆树皮和槐树豆。

过去，我们村有许多榆树。春天的时候，我们爬树捋点榆树钱，与棒子面掺着吃。深秋的时候，我与大哥到处去挖榆树根，或趁人不注意扒下几块榆树皮，拿回家放在窗台前晒干，然后在碾子上碾成粉，与棒子面、高粱面或小麦面掺着吃。我们家里还有一棵老槐树，是不带刺的国槐，秋天结成肉质夹果，我们尝试吃了一两次，苦涩得很，实在太难吃了。后来看资料上说，榆树属落叶乔木，喜光，耐旱，耐寒，耐瘠薄，不择土壤，适应性很强，果实(榆钱)、树皮、叶、根可入药。国槐生长习性与榆树大致相同，花蕾可食，为清凉性收敛止血药，槐实能止血、降压，根皮、枝叶药用，治疮毒。可是，入药的不能当饭吃呀！那段日子，我们由于经常吃糠咽菜，母亲吃得皮肤发亮、浑身浮肿，一按一个坑，我则吃得拉不出屎来，最严重的时候要用手抠，大概我的痔疮可能就是那时候形成的。也好，从小就有“志”（痔），有志不在年高嘛！

大一点的时候，我们在舅舅帮助开垦的荒坡地上种点粮食、蔬菜，到生产队收割完的地里捡点剩下的棒子、麦穗、土豆、红薯，到邻近的顺义、蓟县买点萝卜、白菜，到人口少的人家买点粮食或粮票，日子总算一天天好了起来，脸上的菜色也慢慢消退，有了些许红润。回忆起那段日子，最幸福的时刻，就是当我挖到野菜、捡到粮食、淘到红薯回家时，母亲笑着说：“好儿子，真能干！”就这一句话，足够我高兴好几天的。后来我参军探亲时，还是千方百计攒点全国粮票、背点大米、带点菜油回家，不为别的，就是为了博得母亲的一笑和一句表扬。

缝缝补补总不停

吃穿一直是穷苦农家的大事。母亲忙了吃的，还要忙穿的。好在新中国成立初期母亲学过缝纫，会做针线活，一年四季，春夏秋冬，一家八口人的衣服、鞋子、被子等等，都是靠母亲一针一线缝制起来的。

北方农村的冬天，天寒地冻，除了挖点河泥、往地里运点农家肥，生产队里就没有什么农活可干了。每到这个季节，母亲就待在家里，把土炕烧得暖暖的，把炉火点得旺旺的，拿出做针线活的家什，缝缝补补，为一大家子的衣服、鞋子忙碌起来。母亲常说的一句话是：“笑破不笑补，穷不丢人，但是如果穿得破破烂烂、邋里邋遢，就被人瞧不起了。”

母亲的手很巧，几块布头，比比画画，裁剪拼接，穿针引线，很快就能做成大小不一的衣服、裤子。而且，母亲最擅长做的就是现在流行的中式衣服，我们叫便服，比唐装还酷。上衣是没有肩膀缝的对襟袄,纽扣是用布条挽成的纽襻,裤子没有裤腰,两只裤腿套在身上,左右一缅,找根裤带或绳子一系就齐了。去年深秋,我到日本考察时,看见日本宾馆里的浴衣不分上衣、裤子,就是有袖无裤的一块长布,挺像我小时候穿的缅腰裤,很容易联想到母亲的手艺是否传到过东洋呢!

做衣物最难的是做鞋。母亲先要把平时积攒起来的旧布头、旧布条一层一层糊成隔板晒干,然后打麻绳、搓麻绳、勒麻绳,找鞋样、放鞋样、叠鞋样,然后再放在夹板上,用锥子扎洞,穿针引线,两边使劲勒紧,这叫纳鞋底子。一副鞋底子来回要纳上几百次上千次,母亲还不时地把锥子放在腿上或头皮上挒一下,动作十分优雅。纳好鞋底子,再缝好鞋帮、打好鞋楦子,过几天我们就能穿了。由于孩子多,做鞋难,每到夏天我就很少穿鞋,经常光着脚,脚踩大地,直接地气,又爽快又舒服,但也常常硌着脚。记得上小学一年级的时候,学校通知不能赤脚上学,母亲就专门为我赶做出一双新布鞋,领着我走进了学校的大门。

受母亲的熏陶,我从小就学会了缝被子、补衣裳等常用针线活,而且终生受用。后来到部队当兵时,棉被一直是自己翻洗,衣服破了自己补。成家以后,家里的棉被也常常由我拆洗缝补。当然,现在条件好了,棉被改用被套,破衣服也不穿了,或者直接交给洗衣店打理,拆洗棉被和缝补衣服的手艺也就慢慢生疏了。

为母亲洗脊背

母亲是城里人,从小生长在通县里的一个小市民家庭。虽然家境贫寒,没有机会读书识字,但天生丽质,柳叶眉、杏核眼、樱桃嘴、白嫩肌肤、高挑身材，不知什么原因嫁给了我的父亲。也许是当年我爷爷家有十几亩地，又会打首饰，父亲十几岁到同仁堂老字号当学徒，家境还比较殷实的缘故吧。

母亲出嫁时只有十七岁，正值美若天仙的青春绽放时光。后来，据村里的老人告诉我，母亲当年可是这一带三里五村有名的美人。说这话的人，一脸的羡慕。

关于母亲的美，我是从小感觉到的，大概我身上的美学细胞也是母亲遗传的。记得母亲从不化妆，但极爱干净。衣服经常洗，破了随时补，屋里、院落打扫得干干净净，把粗糙的榆木家具都擦出亮光来。

特别是到了夏天，母亲劳累一天，出了一身汗，我们就在院子里，把大门一关，烧几吊子热水倒入大铁盆里，帮着母亲擦洗脊背。那时还没有沐浴露，也用不起香皂，我就用胰子，或者抓一把碱面往母亲的后背上一撒，来回搓几下，再冲洗干净，母亲雪白润滑的肌肤顿时清爽起来。然后，母亲再给我们几个孩子洗。一家人洗完澡后，我们围在母亲身边，坐在结满嫩果的枣树下，望着满天星斗，打着芭蕉叶扇子，吃着井水拔凉的西瓜，聊着张家长李家短，幸福的感觉油然升起。

母亲从不说脏话，家教极严。过去，我们村的妇女是很大胆、很泼辣的，社员们在一起干活，打情骂俏、敞胸露怀、当众喂奶是常有的事。然而我的母亲从来是衣着整齐，谈吐得体，不会打架，不会骂人，更不会指桑骂槐，令村里人十分敬重。记得小时候，有段时间，我不知为什么把一句脏话当成了口头禅，使母亲十分恼怒，常常我一张嘴就招来母亲严厉斥责，几次下来，终于把我的坏毛病治好了。

其实，母亲的美发自内心，是一种天生的善良之美。在我的印象中，母亲见谁都客客气气、笑脸相迎，遇上村里的老人、小孩都会聊上几句、逗上一逗。有时家里做点好吃的，无论是炖鱼炖肉，还是包子饺子，母亲都先让我给邻居刘奶奶送一点，或者给五保户李三爷送一点，然后再让我们吃。到了秋天，院子里的枣子熟了，母亲常常嘱咐我送点给老师尝尝，请同学来吃，深得老师和同学们的喜爱。

陪着母亲掉泪

母亲爱笑也爱哭。有时遇到不顺心的事，或者在生产队里干活时受到委屈，或者遇到我们几个孩子不听话，母亲都会流泪，甚至大哭一场。许多年以后，我才知道，这是母亲减压的一种方法，哭完以后，心里会好受些。

有一次，不知什么原因，我惹母亲生气了。她批评我，我不听，还顶嘴，气得母亲离开家，走到村西口，朝着埋葬我姥姥、姥爷的坟地方向，先喊了一声“我——的——妈——耶！”的长拖音，然后就开始大哭起来。在哭腔中历数我的种种不是、种种罪过，吓得我赶紧跪下，承认错误，并经街坊邻居反复劝说，母亲才饶了我。

再一次印象深刻的母亲掉泪，是听评戏《秦香莲》。20 世纪 60 年代后期，一直与我们住在一起的二叔一家搬到石家庄去了，留下一个旧话匣子。一天晚上，话匣子里播放小白玉霜唱的全本评戏《秦香莲》。故事讲的是北宋年间，陈世美进京应试，考中状元，被招驸马，其家乡连年荒旱，父母去世，妻子秦香莲携一对儿女进京寻夫，陈世美变心不认，还要“杀妻灭嗣”，结果被包拯一怒铡之。两个多小时，小白玉霜唱得凄婉哀怨，母亲听得泪流满面，边听边叮嘱我：“以后长大当了官，千万不能当陈世美。”

我的成长受母亲影响很大，自重要强，敢想敢做，严于律己，宽以待人，唯一没有继承母亲基因的是不爱笑，也不爱哭。无论遇到什么喜事，遇到什么困难，我都很少笑、很少哭。不了解我的人，还以为我很高傲呢。在我的印象中，失声痛哭不过两次：一次是毛主席逝世；一次是我母亲去世。前者是觉得国家的天要塌了，后者是觉得自己家的天要塌了。当然，这是题外话。

难忘的母亲身影

1975 年 1 月 7 日中午，太阳早已升起来了，风和日丽，白云裹着蓝天，是冬季里的一个好天气。我们刚入伍的新兵，穿着草绿色军装，迈着整齐的步伐，列队从新华大街走向火车西站，准备乘下午的新兵专列奔赴遥远的南方。当年，我二十出头，长得瘦高瘦高，按照部队高前矮后的列队条令，我雄赳赳、气昂昂地走在队伍前列。

当新兵队伍经过我家附近的西门大街时，猛然发现母亲领着五岁的小弟弟，眼含泪花，一瘸一拐来送我。那时，母亲双腿患骨质增生已经多年。我来不及与母亲说话，也不知道母亲在想什么，想说什么，但母亲领着弟弟依依不舍来送我的身影，永远定格在我的脑海里，终生难忘！

母亲很爱孩子，哪一个都舍不得，况且我从小酷爱读书，胆大心细，做事果断，很有主见，一直是母亲的主心骨。可想而知，我的远离一定会给母亲带来很大的精神伤害。但是，母亲是通晓事理的，而且一直尊重儿子的选择，包括后来我告诉她，想娶一位南方的姑娘为妻时，母亲也是默许的。

我参军后的第一次探亲，已经是四年后上大一放暑假的时候。转眼四年没回家了，想得发慌。一进村，看见熟悉的故土、小溪、村落，心跳就开始加快。进了家门，马上把憋了很久的话喊了出来——妈！听到儿子的声音，母亲立刻一瘸一拐迎了出来，除了腿脚不利索，胖了不少，添了些许白发，看上去还是那么年轻、那么干净、那么漂亮、那么慈祥！

作为“文革”后的第一批大学生，我们拼命读书，异常勤奋，是现在的大学生难以想象的。所以，每次放寒暑假回家，我都带了很多书，整天在家里不是背英语单词，就是看《资本论》和一些经济学教程，很少跟母亲说话。母亲静静地看着她的儿子学习，从不打搅，只是每天做我喜欢吃的东西，什么馒头、面条、花卷、包子、饺子、贴饼子、窝头、糊饼等，变着花样做。知道我在南方习惯了吃米饭，就把村里分的大米藏起来，或者找人换一点大米，留着给我吃。实在想与儿子说话了，就捧着面盆来到我跟前，一边和面一边看着我，或者轻声说：“该歇会了，别看傻了！”

南方的冬天非常湿冷，教室、宿舍不仅没有暖气，同学们上课、睡觉还喜欢开窗户，使我这个北方人很不适应。母亲得知后，就用新里新面新棉花为我缝制了里外三新的厚棉被，还缝制了一块厚厚的棉坐垫。尤其是这块棉坐垫，每到冬天，我就带在身边，到教室上课时垫在凳子上，到露天电影院看电影时垫在水泥墩子上，时刻感受到母亲带来的温暖。直到今天，这块棉坐垫还一直跟随着我，温暖着我成长。

为了母亲的微笑

母亲的辞世非常突然，直到现在我还难以接受。那是1980年7月的第一天，我在读大三，正忙着期末考试，再过几天就可以回家看望母亲了。这时先后收到家里两封加急电报："母病重速归!""母病危速归!"待我从千里之外赶到家时,母亲已经入殓。看着躺在棺木中的母亲,依然是那么年轻、那么干净、那么漂亮、那么慈祥!唯一不同的是,她不管我了,再也不和我说话了。后来,我大哥告诉我,母亲是清晨起来关窗,突发脑溢血倒下的,走得很急,但很安详,没受着罪,这也是修来的福气吧。

母亲的突然去世使我非常伤感,悲痛欲绝,很久很久缓不过劲来,直到现在,每当想起她就心痛。

母亲去世的第二年,我大学毕业回到部队,先是分配到青岛海军第一机务学校任教,后又调入武警杭州指挥学校任教。作为政治理论教官,我精心备课,潜心研究,一心扑在教学上,曾主持编写武警初级指挥学校统编教材《马克思主义基础理论》一书,主持全军武警院校统一招生的政治考试出卷工作,先后教了十届毕业生,多次立功受奖,被评为全国武警院校系统优秀教员。

母亲去世的第三年,我与那个相爱已久的南方同学成了亲。她是杭州人,在大运河的南端,我是通州人,在大运河的北边,也算是大运河之子与大运河之女的联姻吧。婚后不久,我们有了聪颖漂亮的女儿,取乳名涟涟,含有纪念她爸她妈千里姻缘一线牵的寓意。妻子很像我母亲,爱笑也爱哭,在我最困难的时候陪伴着我,特别是容忍了我的自以为是、桀骜不驯、孤家寡人的个性,使得我有更多的时间和精力投入学习和工作中去。

母亲去世的第五年,我考上了浙江省委党校首批经济学研究生,师承李基固、陆立军、汪水波等老师,并在著名经济学家王珏教授的指导下,顺利拿到了经济学硕士学位。三年的研究生学习，打下了我扎实的经济学功底，使我的研究能力大增，发表了多篇有一定质量的文章，成为浙江省特级专家陆立军研究团队的核心成员。

母亲去世的第十四年，我离开部队，转业到浙江省委政策研究室工作。在省委领导和同事们的关心帮助下，先后参与了省“九五”“十五”“十一五”“十二五”计划或规划的研究制定工作，参与了省第十届、十一届、十二届党代会报告的研究起草工作，参与了全省经济工作会议，以及其他有关专题会议文件的研究起草工作，长期关注研究浙江民营经济、专业市场、块状经济、城市化、城乡统筹、重化工业、自主创新、转型升级、品牌战略、四大建设等重大课题，其研究成果多篇被中国人民大学书报资料中心转载或其他文库收集，获省部级以上科研成果奖十余项，被称为理论与实践结合得比较好的一位专家型领导。

母亲去世的第三十年，我的女儿长大了，找到了她心仪的男友成家。女儿从小天真烂漫，心地善良，善舞能歌，读了四年大学，又到澳大利亚留学两年，现为杭州一所大学讲师。女婿是女儿的大学同学，生长在海河河畔，人很沉稳，也很要强，在杭州一家房地产公司任职。这对分别喝西湖水和海河水长大的“80后”孩子，将开启更为丰富多彩的新一代生活。

三十多年来，我之所以勤奋学习，努力工作，踏实做事，清白做人，忙外头顾家里，尽力做出一点成绩，不是为了出人头地，也不是为了光宗耀祖，而是为了告慰母亲的在天之灵，为了博得母亲在天堂的一笑！

写于2011年清明节

儿时过年

从懂事时起，我最喜欢过年。因为过年可以穿新衣、放鞭炮、吃好的、串亲戚。家乡有句老话，叫作傻小子过年穿新衣。特别是跟在母亲后面，忙活一大家子的过年饭，很有味道。

我一直相信年是有味的，能够闻得到。每当北风吹起，地冻天寒，雪花飘舞，行人稀少，村上开始年终分红、杀猪分肉，可以凭户口本买点黄花、木耳、花椒、大料、桂皮的时候，年就快来了。正如歌剧《白毛女》所唱的："北风那个吹，雪花那个飘，雪花那个飘飘，年来到。"

在我的记忆中，年不是一个坏东西，不是一个魔兽，而是一个让我们可以享受一段欢乐时光的好日子。每到过年的时候，全家团圆在一起，围绕一年到头难得一见的一大桌子热气腾腾的好吃的，痛快吃，痛快玩，那个高兴劲就别提了。

20 世纪 60 年代的京郊农村，过年是全家一年中最盛大的节日，无论多穷，年总是要富过的，否则被人瞧不起。记得母亲讲过，村里有的家庭实在太穷了，年三十晚上没钱买肉，就在家里剁鞋底子，听起来就像剁肉馅准备包饺子一样，实际上还是吃糠咽菜。听起来挺心酸的。真是有钱没钱都要过年。

我们家还好，但是人口多，兄妹六个，正是能吃长身体的时候，粮食总不够吃，一年到头吃糠咽菜。但父亲是北京同仁堂的老药工，工资一直比较高，每月可交我母亲四十块钱，算是村里的富裕户。所以，我们家过年一直是很隆重的。

扫房子洗衣服

一进入腊月廿三，过年就开始了。先要扫房子，祭灶火爷。我们家有三间土坯房、两间西厢房、一个大院子。虽说平时很讲究卫生，但农村的土坯房实在是太旧了，加上北风刮起的尘土到处飞扬，扫房子就像打土仗一样，弄得浑身灰土。我很小的时候，家里扫房是跟在母亲后面当下手，稍大一点的时候，也就十来岁，全家的扫房任务就由我来担当了。

扫房子是有程序的，先要用破布把桌上的东西盖好，有些胆瓶之类的大物件还要搬出去。再全面武装，用头巾把头包严实，戴上口罩，只露出两只小眼睛，身上穿上破褂子，把一个小扫帚绑在一根杆子上，然后从屋顶一下一下往下扫。随后，让尘土落一落，用现在的流行语说，就是“让灰尘飞一会儿”，再用鸡毛掸子把桌上掸干净，并用绞干的湿抹布擦一遍，最后再扫地，这才算扫好。有时，窗户纸要重新贴一遍，顶棚坏了还要修补顶棚，而糊顶棚是个技术活，补不好就像捅了马蜂窝，越补越糟。一天下来，要扫出好几簸箕尘土。看着干干净净的房子，窗明几净，很有些成就感。后来我在杭州大学读书时，一篇英文课文讲到一个叫汤姆的小男孩，因为淘气，他姨妈罚他刷墙，他故意像艺术家一样刷一下欣赏一下，引得镇上的小伙伴用苹果核和玩具跟他换刷墙玩,很像我小时候的童趣。时光荏苒,日夜如梭,如今已过了四十多年,我们家的房子还是由我来打扫,桌子地板经常擦,看到一根头发丝一张纸屑也要拾起来,保持一尘不染。如果哪天在杭州城里长大的太太发善心扫房子,她是不按程序扫的,三下五除二一会儿就完,但地板擦得条条痕迹,还不如不擦,正像我每次表扬她的:"又把地板擦花了。"

打扫完房子还要洗衣服、拆洗棉被。那时过日子,虽说吃糠咽菜的没什么油水,但由于没有条件经常洗澡,家里盖久了的棉被和棉衣外罩往往有很多油泥,皮肤一触凉飕飕的,过年了一定要痛痛快快洗干净。那时,还没有洗衣机,没有洗衣粉,也没有自来水,就是到村西头的井里挑几桶水,凭票买点碱面和肥皂来洗。当然,挑水这种重活一般是由我大哥承担,洗衣服这种细活就由我干了。

数九寒冬,井水刺骨,从大缸里舀出来的井水有时还带着冰碴,洗衣服时小手冻得像胡萝卜一样,麻木地在搓板上搓洗着衣服。稍好的时候,也就是用一吊子开水把碱面冲一下,把衣物浸泡一下,有点热火气,好洗一些。一次衣被洗下来,往往洗出好几盆泥汤子,要投好几遍才干净。所以至今,我还保持着用搓板洗衣服的习惯,再脏的衣服经我的手也是能洗干净的。洗完衣被,与家人把被子绞干水,再抻一抻、拉一拉,晒在两头用铁丝拉起的院子里,一会儿衣被就冻上了,一碰硬邦邦的,很容易折断。衣被晒好后,我就帮助母亲絮棉花、缝被子,然后整整齐齐叠在大炕上,看着花花绿绿、干干净净的被子挺耀眼,家里也顿时亮堂了许多。

扫完房子、拆洗完衣被,就要抓紧理发洗澡了。过去通州农村一直有正月里不理发不洗澡的习俗,过年头发太长,会被村上老人讥笑为长得像长毛贼似的。我们家兄妹六个中五个是男孩，每月理发也是不小的开销，于是父亲就买了一把理发推子，让兄弟们学着相互理发。最先示范的是父亲给大弟弟理发，讲好了理个学生头，结果一下子理短了，再改理寸头，结果寸头又理歪了，最后理个光头。理好后，大弟弟一见，哇的一声就哭了。我小时候很聪明，许多活往往是无师自通，一见就会，不知不觉就学会了理发。当兵前，兄弟们的头发一般都是我理，当然我的头发只能到理发店去理了。后来在部队当兵二十年，为战友们理了二十年的发，结婚后又为岳父和内弟理过发，这都是后话了。

年前洗澡也是件大事，家里没条件，要赶到县城里去洗，整个通州城也就只有两三家澡堂子。由于人多，先要排队等号拿竹签，不论时间长短，两毛钱一位。买好票走进门，一拉开厚厚的棉门帘，澡堂子里顿时白花花一片（此处就不细描述了），一股澡堂子特有的气味扑面而来，沁人心肺。随后跟着店伙计，找位置、脱衣服、锁柜子、换拖鞋，围一块遮羞布，就直奔大池而去。大池的热水是分格子的，先在水温较低的格子里泡一会儿，然后再到热一点的格子里泡一会儿，泡得浑身冒汗，皮肉发红，再用绞干的毛巾去搓，或者花一毛钱请搓澡工来搓，搓得身上的油泥一绺一绺往下掉，然后再去打肥皂冲洗。冲洗干净后，人已筋疲力尽，马上回到澡堂的床上躺一会儿，有时竟睡着了。睡醒之后再去冲洗一遍，这才穿衣走人。经过这一通大洗，浑身就像卸下两百斤的负重，顿时轻松多了，走起路来都是轻飘飘的，嘴里哼着什么“洪湖水呀，浪呀么浪打浪啊”的小曲，兴高采烈回家了。后来有条件天天洗澡了，这种感觉也就没有了。

准备年货

年货中最早准备的是炸饹馇饸，这是通州农村特有的一种过年食品。我从小跟母亲学会了全套的正宗做法。先是拿村里分的红小豆、绿小豆，也有的拿玉米，到村西头的电磨坊去碾粉，经过筛、簸、扬等工序，碾成细面，然后装口袋回家，取一部分浸泡在瓦盆里打浆。再是用砂轮把烧柴火的大铁锅磨亮，然后点火烧柴，用肥肉皮抹油锅，锅热了就开始摊了。由于新锅不油，前几张是摊不好的，后来就越来越好摊了，添一把柴草，抹一下肉皮，摊一张饹馇，烟熏火燎的，一天下来累得够呛，鼻孔都是黑的。摊好的饹馇只是原料，接下来还要炒芝麻花椒盐，然后取一张饹馇，撒一点花椒盐，放几根香菜卷成卷，再用面糨糊粘好边，最后用快刀切成圈。再讲究一点，就是把饹馇皮剪成饺子皮大小的圆圈，里面放上猪肉韭黄做成的馅，我们家管这个叫"螃蟹盖"，或者用胡萝卜丝馅做成长条形，叫素饹馇饸。都做好阴干后，就可以上油锅炸了，先炸个半熟，然后存放在黑色的大瓦罐里封好保鲜，以后随吃随炸。端上桌子，那个色香味酥软就别提了，可以说是我吃过的世界上最好吃的东西，而且只有我母亲和我做的最好吃。

当然，过年还要杀只鸡，买点牛羊肉，买几斤黄鱼、带鱼之类的。蔬菜中萝卜、大白菜窖里有现成的，还要再买点韭黄、蒜苗、黄瓜、青椒等冬季的细菜。最不能少的就是要买个猪头。许多年以后，我到南方当兵的时候，才知道过年供猪头是图吉利，讨个好彩头。可那时我家没这个想法，只是觉得猪头便宜，又不用肉票，而且便于下酒，用母亲的话说，随便抓弄一下就是一盘菜。猪头肉好吃不好做。买回来后，先要用烧红的铁条把猪头上的毛烫干净，然后我大哥用斧子从中间一劈两半，清洗干净后，整个趴在大铁锅里，加水、烧开、去沫，放上花椒、大料、桂皮、生姜、酱油、白酒、白糖、盐等调料，这叫扒猪头。一会儿，猪头肉的香气就从锅里冒了出来，弄得满屋子满院子都是香的。扒猪头要烧好几个小时，用好几筐柴火，好在大锅的烟道连着火炕，猪头扒好了，火炕也热了，弄得家里暖洋洋的。扒好的猪头，骨肉已完全分离，取出骨头，嘬干净骨缝里的肉，骨头放好下次卖给收废品的，猪头肉整个盛在大面盆里晾干，吃时可分猪耳朵、口条、头肉，一盘盘上桌，慢慢吃，要吃一个春节呢。

备好了年货，就要准备写春联、买年画了。年前，新华书店和副食品商店，早早地就准备好了春联、年画、窗花和各种可拉缩的花篮、灯笼之类的。父亲读过私塾，毛笔字写得好，我们就买来红纸，裁成长条，由父亲写春联，然后带着我们一道门一道门去贴。稍大一点的时候，家里的春联就由我写了。我毛笔字不行，但美术字还好，就直接写在门框上，好像写过什么“冬梅傲霜雪，人们喜迎春”之类的，也不大通，更多的是书写毛主席诗词，如“风雨送春归，飞雪迎春到”。家里贴的年画一般都是我去买，我喜欢古典故事性的，记得买过“三英战吕布”和“林冲雪夜上梁山”，也买过电影《刘三姐》的剧照。扮演刘三姐的黄婉秋是我儿时的偶像，有过许多美好的遐想，长大后有一次到桂林出差，还特意与她合了一张影，当然此时的三姐已是老大姐了。后来还买过样板戏的剧照，有杨子荣的“打虎上山”，还画过他的剧照呢。

包饺子守岁

北京人有句老话儿说了几十年：舒服不过倒着，好吃不过饺子。饺子什么时候兴起的，那是民俗学家考证的事，反正我一懂事就知道饺子好吃，而且年三十晚上一定要包饺子守岁。开头咱说了，再穷也要装出包饺子过年的样子，否则这年就没法儿过了，不吃顿饺子不算过年。

过去吃饺子是一件奢侈的事，平时缺面少肉的吃不起，就等着年三十了。从下午开始，母亲就带着我们忙开了，先和几斤面醒着，把肥瘦相间的猪肉剁成肉馅，并用生姜、大葱、酱油、料酒、盐等拌上，然后洗两棵大白菜剁馅，挤掉菜水，与肉馅一起搅拌好。条件稍好时，就多放点肉，再放个鸡蛋，放点韭黄，最后淋上香油提味。馅准备好了，香气扑面而来，这时面也醒好了，开始揉面，做剂子，擀皮，上手包。包的时候母亲常常把一枚硬币包到饺子里，说谁吃到来年谁有福气，其实这是迷信，我一直没吃到过，也挺有福气的。包好的饺子放在用秸秆做的盖子上，放在院子里冻着，随吃随煮，煮好盛在盘子里，吃时沾上点早早泡好的腊八醋，哧溜一声吞到嘴里，再咬上一口翡翠色的腊八蒜，满口滚烫生香，你看世界上还有什么比饺子更好吃的呢？许多年以后，我在浙江省委党校读研究生时，曾请研究生同学到我家里包饺子，我这些同学吃过许多山珍海味，但从来没有吃过我包的这么好吃的饺子，撑得同学们饭后一个个到西湖边散步消食去了。

年三十吃晚饭，要先上供祭祖。我们家外屋，也就是南方人称的堂屋，有一个大八仙桌，母亲在烛台上点好蜡烛，把烧好的菜摆在桌上供一供，嘴里还不停地说着些什么。由于没有摆放祖上的照片，可以说是祭祖，也可以说是敬神。记得我们家的烛台是锡铸成的，大概有四把，很古朴、很厚重，用现在的话说，是个老东西，可惜“文化大革命”一来，就当成“四旧”扫掉了。

祭完祖，吃完年夜饭，天已经很晚了，但还不能睡觉，要熬夜守岁，就是一夜不能睡觉，也不能熄灯。我们几个孩子吃饱了、喝足了，早早点着灯笼到街上玩去了，而母亲则点燃煤油灯，或坐在二十五瓦的电灯下，拿出装有针线、顶针、锥子等的笸箩，做起了针线活，或缝补衣裳，或纳鞋底子，为她的六个孩子准备开春穿的衣裳、布鞋，送走苦涩的一年，祈盼来年的幸福！

痛快玩几天

过年最开心的是吃饱了玩。这个玩从年三十晚上就开始了。一家人围坐在八仙桌旁，吃完了丰盛的年夜饭，母亲就吩咐我们，把生产队分的芝麻秆拿出来铺院子，人踩在芝麻秆上，嘎嘎作响，寓意步步升高。我或许是听了母亲的话，年年踩芝麻秆，总算有点进步，了却了母亲的心愿。那年头，农村缺油少电，夜晚显得特别黑，又没有电视，没有春晚，吃完晚饭，我们几个孩子就开始玩开了。玩什么呢，就是点上父亲买的灯笼或自己糊的灯笼，跑到村里的街上，嘴里不停地喊着“玩了玩了火，三十黑夜点灯喽”，开心得要命。有时也跑到村里会讲故事的人家里，听大人们讲神呀鬼呀的故事，害怕得要死，听完不敢回家，要人家送回来。所以，我很小时候，就学会了讲故事，经常引得小伙伴来听，当然不能白听，要帮我干家务活。

儿时过年离不开放鞭炮。那时的鞭炮也是浏阳产的，都比较小，记得有小钢鞭、大钢鞭、麻雷子、二踢脚、摔炮、电光雷子和小礼花等，很古典，很喜庆，很环保，也很安全，没听说有炸死人的。不像现在的大型烟花弹、礼花弹，放以来像打仗一样，能把大裤衩子副楼、沈阳第一高楼烧掉，每年要死伤很多人。我们那时压岁钱不多，父亲给的，加上姥姥姥爷给的，也就块儿八毛，所以只能买点一百挂、两百挂的小钢鞭和摔炮，再买把香，点炮仗用。买的小钢鞭舍不得一下子点燃，总是小心翼翼地一个个拆下来，放在口袋里，然后拿出一个，吹一口香，点燃引线，往空中一扔，啪的一声在空中炸响。淘气的时候，也会往行人堆里或女孩子身上扔，吓得女孩子哇哇乱叫，那叫一个得意。更淘气的时候，把小钢鞭插在土堆上、雪堆上，或粪堆上，看谁的炮仗嘣得响、炸得开，看着哈哈大笑。

过年若遇到艳阳高照的好天气，玩打杆儿、拍三角、弹玻璃球是少不了的。打杆儿，就是把一根短木棍两头削尖，再把一块木板做成砍刀的样子，地上划道线，把杆儿放在线外，然后猛地用砍刀把杆儿剁起，接着凌空抽射把杆儿打远，远者为胜，这比的是力量和技巧。拍三角，就是把香烟盒叠成三角形，三边窝一下放在地上，然后两个人或多个人相互拍，把对方的三角拍翻过来算赢，要领是找准对方三角的缝隙和把握好风向。最好玩的是弹球，比赛前先要验球，如果都用花瓣球，其他的光球、麻点等就不能用，否则很快就把花瓣砸坏了。比赛的规则和办法挺多，常见的是画两道线，在这边线外往另一条线上丢球，离线最近的开始弹别人的球，弹中了算赢。玩这几项我都是高手，赢多输少。所以，小的时候我很富有，杆儿和木砍刀等玩具放在墙角，“牡丹”“恒大”“大前门”等牌子的香烟盒积攒了一大摞，各种玻璃球赢了一大布袋。可惜后来我到南方当兵以后，这些宝贝就不知道哪儿去了。

记得20世纪60年代的冬天要比现在寒冷，河上结满了冰，瓷瓷实实的，玩溜冰也是过年的一大乐趣。小时候，我们家的房后头有一条小河，弯弯曲曲的很长很长，不知河水是从哪里来，只知道一直流向护城河，最后流向大运河。这条河很富有，芦苇丛生，总有抓不完的泥鳅、鲫鱼、刺鱼、鲇鱼、黑鱼、鳝鱼、小虾，还有土鳖、蚂蟥和水蛇什么的。夏天的时候，我经常光着屁股到这条河里游泳、摸鱼、罩蜻蜓、挖野芹菜。冬天的时候，这条河就成了我们孩子的溜冰场。我们家里没钱买冰鞋，就自己动手做冰车、做冰鞋。做冰车很简单，找两根方木条，两头微翘，下面打上两根大铁条，上面钉上木板，再找两根铁条做成钎子，然后人坐上去，两手用力拄着钎子就可以滑行了。做冰鞋难度大一些，找两块厚一点的木板，锯成与鞋一般大小，木板下面钉上凸起的木条，底下嵌上两根粗铁丝，边上钉上几个鞋扣便于穿带子，前面微翘并钉几根小钉子头，以增加起跑的摩擦力，然后绑在脚上就可以滑行了。玩冰车时就像玩战车一样，相互冲撞，或比谁划得快、撞得狠，嘴里还不停地喊着“冲呀，杀呀”什么的，好玩得很，一会儿就玩得浑身是汗。可玩完就惨了，热气消失，浑身冰凉，又没地方洗澡，只得用体温慢慢温干。

农村的过年一直要过到正月十五，吃完元宵，闹完花灯，这年才算过好，接下来就要过糠菜半年粮的苦日子了。于是，我又开始祈盼下一个新年的来临！

写于2011年春节

年关思故乡

腊月廿八，忙完手中一件紧要的工作，猛然发现，一向人来人往、灯火通明的办公大楼寂静了许多。瞭望窗外，连续多日的寒风冷雨，不时夹杂着一些雪子，从天而降，街上一直熙熙攘攘、拥堵不堪的车流，骤然稀疏了许多，而急匆匆奔波在路上的，大多是最后的赶年人。

望着阴沉的天色和空荡荡的楼道，不知怎的，心绪突然坏了起来，一种空落落的、说不出的苦涩油然而生。我知道，这是想家了，想那个再也回不去的家——故乡的家。

下班回家的路上，一向乐观开朗的驾驶员小秦，突然也情绪低落、心事重重，惆怅地告诉我，想家了，可家已经回不去了。他回不了家，不是因为单位不放假，而是感觉混得不好，没脸见家乡父老。小秦是河南新郑农村人，相当于杭州的萧山，当然比萧山穷多了。大约五六年前，小秦只身一人背井离乡来杭州打拼，至今仍孤身一人，也没啥积蓄。他说，农村不同于城里，一进村口家家户户就都知道了，混得不好要被村里人笑话。其实，小秦回不了家，还有更深层的原因，就是他已经不能适应农村日出而作、日落而息的田园生活了，那里没有高楼大厦，没有商店林立的街巷，没有熙熙攘攘的人群，也没有丰富多彩的文化活动。这对一个追求现代生活的80后来说，家乡确实是回不去了。

小秦思乡而又回不去的悲伤情绪深深感染了我，而傍晚大哥打来电话一番诉说，又增加了我几分想念故乡的情愫。大哥的电话主要是向我拜年，嘱咐我一定要注意身体，也讲到他的独生女儿随同夫君一同到湖南农村过年，家里就剩下他和大嫂两个人，显得冷冷清清的。联想到我的女儿也随同夫君到天津过年了，家里也是清冷的二人世界，不免有些凄凉。但内人是杭州本地人，亲戚一大堆，聚来聚去好几次，热热闹闹好几天，她不知道乡愁的滋味，当然这也是她的福分。女儿不在身边，自己就真成了外乡人，严格地说，应该是文化上的外乡人，因为内人的亲戚也是我的亲戚，我杭州的家也是我的家，可在文化认同上还是有差异的，尤其对个性十足的我来说，一味地"杭儿风"一直难以接受，身在异乡为异客的感觉始终难以释怀。

回不去故乡的家，要怪父母仙逝太早，过早地扯断了我赶年回家的线。北方人不同于南方人，比较恋家，用家乡的话说是"故土难离"。但男儿走不出村子，一辈子就不会有大出息。所以，1974年高中毕业时，为了理想我毅然南下当兵，先后在常州、杭州、青岛等几个城市闯荡，最后定居在美丽的西子湖畔，成为一个新浙江人。于是，一年一度的探家和赶年，就成了我最期盼、最甜蜜也是最重要的事。可世事难料，大学临近毕业时，母亲突患脑溢血辞世，家父也在十年后病逝，那时候我还只有三十几岁。由于爸爸妈妈的过早仙逝，远在他乡工作的游子，如同断线的风筝和无根的浮萍，被迫终止了一年一度的探家和赶年。从此，故乡的家渐渐离我远去，留下的只是在年关寒风冷雨中的思念。

回不去故乡的家，要怪故乡变化太快太大，失去了儿时的村景和印象。我的故乡在京郊农村，坐落在通县西门外一个叫杨富店的村子。在儿时的记忆中，村里虽然很穷但很美。一条小河由西至东从村子里流过，村西头有几十亩的荷塘，夏天可采莲冬天可挖藕，村东头紧靠护城河，夏天可游泳冬天可滑冰。沿着小河挖野菜、割青草、罩蜻蜓、摸鱼捉虾等，成为儿时的最大乐趣。村里只有四十几户人家，家家户户都熟悉，甚至每家的味道都闻得出来，大家按照辈分相互叫着大爷大叔大妈大婶，哪家做点好吃的，都会先送给老街坊尝一尝。如今一切都变了，城市化吞没了乡村，荷塘被填平盖上了小学，护城河被填平盖上了楼房，小河被填平修成了公路，就连一户户的农家小院也都造满了房子，租给外地来的打工者。村里在一天天变得富有的同时，也失去了往昔的自然和纯朴。有一年，我带着家人回老家过年，年初二踏着积雪在村里转悠，当走到儿时伙伴二林子家门口时，突然窜出一条柴火狗大声吼叫，这时早已不认识我的二林子媳妇叫我赶快离开。这真是儿时村景已不在，乡亲相见不相识。过去的故乡真的回不去了。

回不去故乡的家，还要怪自己适应能力太差，缺乏刘阿斗那种“乐不思蜀”的逍遥气度。背井离乡不想家，史上除阿斗刘禅外，一般人是难以做到的。据史书上讲，蜀后主刘禅投降后，一次司马昭设宴款待时问：“颇思蜀否？”后主回答说：“此间乐，不思蜀也。”后来，人们常把乐以忘返或乐而忘本，无故国故土之思，称作“乐不思蜀”。其实，刘禅能在当时环境下做到“乐不思蜀”，也是一种韬略，既保身又保民，体现出一种非凡的逍遥气度。历史是往前走的，如今我居住的小区比故乡的村子好多了，住的房子比过去老家的老屋好多了，过的日子也比父母那辈的好多了。经过三十几年的打拼，自己不仅亲手搭建了一个安乐窝，还随着女儿的长大成家“孵”出一个小安乐窝，日子过得红红火火的。可多少年来，我还是最怕过年，因为年关一到就会有一种从心底冒出来的思念，思念着爸爸妈妈带领我们一群孩子准备年货的情景，思念着年三十晚上一家人围坐在父母旁吃年夜饭的情景，思念着穿新衣放鞭炮痛痛快快玩几天的情景。这种思念赶不走也驱不掉，而且越积越久，历久弥新，一到年关就突地冒出来。这或许就是中国的年文化，是数亿中国人一年一度大迁徙赶年回家的缘由，是上天赐给远离故乡的人特有的一种人生体验吧：

每一个人，无论你是谁
只要远离故乡
就会患上一种病
病的名字叫——乡愁
乡愁是一种记忆
记忆着爸爸妈妈的疼爱
和儿时成长的往事
乡愁是一种思念
思念着父老乡亲的叮嘱
和村头村尾的炊烟
乡愁是一种守望
守望着早已消失了的村景
和凝固在心中的老屋
乡愁是一种惆怅
惆怅着说不出的苦涩

和那内心深处隐隐泛起的疼痛
乡愁是一种激励
激励着游子混出点人样
好在父老乡亲面前脸上有光

写于2012年春节

文昌过年

2013年除夕，我们一家与我的学生国军及其儿子、某部队的徐部长及其女儿，还有国军的堂弟、酒店经理等，在文昌白金海岸度假酒店吃年夜饭，共度"金龙摆尾辞旧岁，银蛇飞舞迎新年"的除夕良宵，祈盼国运昌盛，家运安康，蛇年大吉。

吃罢年夜饭，我们来到白金海岸的栈桥边，从车上搬下前两天专程到海口和市区买来的鞭炮，冒着春雨，迎着海风，伴着涛声，点燃一簇簇硕大的礼花，孩子们则开心地点燃起小鞭炮。瞬间，五彩缤纷的花束在夜空中绽放，爆竹声声在夜空中炸响，来自四面八方，混杂着各地乡音的业主和游客，或忙着躲闪，或忙着拍照，欢声笑语响成一团，那个开心呀，早已把一年的烦恼，不，是一生的烦恼抛到脑后。这真是：爆竹声中一岁除，春风送暖入蛇年，开开心心过大年。

大年初一上午，按照家乡走亲戚的习俗，我们沿着海滩来到隔壁的逸龙湾小区，向住在那里的祥福、洪伟夫妇拜年。祥福是我杭州大学的同学，其夫人洪伟也是我多年的老朋友，两人都是浙江师范大学的教授，前几年购买了逸龙湾的房子，寒来暑往度度假。中午在祥福家吃饭聊天时，得知浙师大有三十多位老师在这里买了房子，这一次就来了四户人家，一点也不寂寞。特别是下午，“超级农民”老顾早早给我打来电话，邀请我们一家晚上一道吃饭。原来，昨晚吃完年夜饭，我们在三号楼楼梯口巧遇省咨询委的顾益康、浙大博士生导师黄祖辉和钱文荣，以及农民日报浙江记者站的蒋站长等四家。真是没有想到，在文昌过年，能见到这么多的老同学和老朋友，比在杭州过年还热闹。

回顾一个多月前，我原来在武警杭州指挥学校教过的学生陈国军，从海南文昌高隆湾白金海岸度假区打来电话，邀请我到海南过年。这么大的好事，当然要走一下民主程序，征求一下家庭成员的意见。表决的结果是，夫人属好动之人，身上有着温州人爱走四方的基因，非常爽快地答应了，女儿去年与夫君去了天津，今年愿意陪伴老爸老妈去海南，当然女婿一定要回天津过年，因为那里的父母早已等得望眼欲穿了。于是，我和夫人及小女一家三口早早订下了到海口的机票。

我们预订的是腊月廿八下午 5 点 10 分的飞机，谁知腊月廿六、廿七，广播、电视、报纸、短信等一个劲地连续播报：一股强冷空气正在南下，南方有大面积的雨雪天气，杭城将面临先是雨，雨夹雪，再中到大雪的袭击，降温到零下三四摄氏度。我们的心顿时被提了起来，担心雨雪影响航班的起飞。果然，当我们下午早早赶到杭州萧山机场，办好行李托运后，拟乘的厦门航空 MF8323 到海口的航班一直没有音信。一个小时过去了，两个小时过去了，误机晚餐也吃过了，还是没有航班何时起飞的消息。这时，候机大厅外，夜色苍茫，原来的小雨不知何时已转为雨夹雪了。我赶紧通知在海口接机的国军，做好后半夜到达的准备。

当我们做好最坏的打算时，终于传来可以登机的消息，一直焦急的心顿时放了下来。晚上 8 点 20 分飞机起飞，虽说比原定的时间晚了三个多小时，但毕竟是赶在前半夜起飞了，而且是赶在大雪封城的前夕起飞了。到了海南方才得知，纷纷扬扬的大雪下了一夜，据说有近十厘米厚，萧山机场被迫关闭了半天。依当时的心情，如果有人祝愿我万事如意，可以答这就是；如果有人问我幸福吗，可以答我幸福。

当飞机降临海口机场时，已经是深夜 11 点。一下舷梯，就感到春风拂面，春意盎然，一股股暖流不时冲击着我们紧裹冬衣的身体，已经微微出汗了。来到接机口，看到里外是两个完全不同的着装世界，我们这帮从雪花飘飘的"北国"来的人，身上穿的是毛衣、毛裤、羽绒衣，甚至皮大衣，而外面来接机的国军等"南国"人，则只穿了衬衣、T 恤衫，甚至短裤、拖鞋，显得十分不协调。于是，那些性急的"北国"来客，有的早已跑到机场厕所去换装更衣了。我们一家还比较绅士，赶紧跟着国军上了车，打开空调来点冷气，一路向文昌高隆湾白金海岸驶去。

第二天清晨，当红霞穿过窗帘，照耀在临窗的床上，轻轻地把我们唤醒，已经是腊月廿九了。拉开窗帘，打开门窗，来到阳台上，扑入眼帘的完全是一个绿色世界。天空朝霞满天，慢慢又切换成蓝天白云；楼下蔚蓝色的游泳池周围，生长着茂盛的椰树、棕榈、芭蕉、三角梅，还有许多叫不出名的热带植物；极目远望，不远处的银色海滩尽收眼底，稍静一听，不时传来阵阵的涛声。啊，文昌真是一个好地方！

文昌的好我略有耳闻，略知一二。前几年的一个春节，我们一家随旅游团来过，参观过宋氏祖居，知道文昌是"将军之乡"，涌现出共产党大将张云逸、国民党将领陈策等 196 位将军；是"文化之乡"，有"一里三进士"之称，文化发达，教育兴盛；

是“华侨之乡”，有120万多华侨分布在世界50多个国家和地区，要知道文昌现有人口也只有60万人；是“椰子之乡”，椰子种植面积和产量占海南省的43%以上，有20多种椰子系列产品远销国内外。同时，文昌还是共和国新建的卫星发射中心、三沙市补给基地等等。

今年来文昌，不想像参加旅游团那样，马不停蹄地到处走、到处逛，就想静静地住下来，每天在海边散散步，吹吹海风，看看海浪，听听海涛，甚至发发呆，过几天快乐慢生活。

住下来，静下来，才感觉文昌真的很好。

文昌气候好。属热带北缘沿海地带，具有热带和亚热带气候特点，属热带季风岛屿型气候。光、水、湿、热条件优越，全年无霜冻，四季分明。年平均温度24摄氏度，多年在23至24摄氏度之间，非常适合人类居住。据说PM2.5只有20%多一点，这对于国内其他许多大城市动辄成百上千的含量来说，简直可以忽略不计。特别是文昌与三亚比，热而不燥，与海口比，温而不冷，按照当地的说法，叫作“游在三亚，吃在海口，住在文昌”。

文昌植被好。植被类型为热带季风雨林区，因地临海边，海岸线长，海洋潮湿的气流不时侵入，所以沿海具有热带海岸植被景观特色。既有号称海上稀世森林公园的八门湾红树林；也有滨海椰林风光独特的椰林湾；至于芭蕉、棕榈、榕树，以及许许多多南国特有的花花草草，更是随处可见。于是，当地有个夸张的说法，叫作“插根筷子，都能长成大树”。树且如此，人更能活。

文昌瓜果好。不仅海南特有的如杧果、木瓜、莲雾、菠萝蜜、桂圆、荔枝、香蕉等都有，更重要的是好吃，甚至蔬菜的口感也比其他城市的好。印象深刻的是大年初四，我们与祥福夫妇一起开车到“椰海”专卖店，购买椰子、咖啡、文昌鸡等特产，然后来到水果摊买些水果。当品尝小西红柿时，一股久违了的味觉一下勾起童年吃西红柿的味道，这在杭州是很难吃到的。夫人连忙说：“买一箱带回去。”

文昌民风好。说一件小事。年三十上午，我们与国军父子到市区超市买点年货，顺便逛逛市区景观和清澜港码头，不知不觉已过了下午 1 点。这时大部分饭店都闭店午休了，只有一家饭店还开着门，我们连忙走进去点了三客水饺，每客 25 个，15 元钱。后来又打包一份给睡懒觉的小女，我怕浪费，自己下厨房去煮时只煮了 20 个，谁知老板娘竟退还我夫人 3 元钱，使我深感意外。后来夫人还冤枉我怎么这点小钱还让人家退。后来又屡屡听说，文昌小贩开价都很实在，很少讨价还价；员工要是不来上班，工钱也不要了；辞退员工也没有闹事的；社会治安非常好；等等。这种路不拾遗、夜不闭户的民风，真是久违了。

这么好的文昌，当然会引来四方贤士、八方群民。在文昌沿高隆湾一带，到处可见熙熙攘攘的人群，听到东南西北的乡音。有来自北京、四川、重庆、江浙一带的，也有来自东北三省的；有夫妻相伴或三口之家的，也有祖孙三代拖家带口的；有乘飞机瞬间飞到的，也有驱车一两千公里昼夜兼程赶来的；有住在价格昂贵的一线海景房的，也有住在二线经济适用房的；有为了躲避北方严寒的，也有为了避开长江流域湿冷天气的。总之，大家都是一个目的，就是休闲养生，养精蓄锐，尽情享受文昌的蓝天、白云、阳光、海滩、绿地和氧气。

感谢文昌，感谢国军，使我们度过了一个十分愉快而又充满期许的春节！

写于 2013 年春节

婚礼上的祝词

各位领导、各位亲友、各位嘉宾，女士们、先生们：

今晚在小女、女婿喜结良缘的幸福时刻，我代表夫人赵涛讲四句话。

第一句是祝福。今晚大家说得最多的话是祝福。我们作为两位新人的父母，衷心祝福小女、女婿喜结良缘！祝福你们经过同学相识，校园相恋，相亲相爱，结成人生伴侣！祝福你们从此琴瑟合奏，鸾凤和鸣，百年好合，彼此携手，相亲相爱到永远！

第二句是希望。每位家长都希望自己的孩子有出息，光耀门庭，成为有用之才。我们没有大的奢望，总的希望和要求，借用老爸的工作行话说，就是希望你们干在实处，走在前列，努力创业创新，加快升级添代，构建和谐家庭，率先全面小康，为全省发展大局做贡献。当然，最重要的还是希望你们平安，开心，快乐！

第三句是感想。遥想二十八年前，我与赵涛女士结婚的时候，可以说是房无一间、地无一垄，不要说举办盛大婚礼，就是像样的结婚照也没有。但我们不后悔、不遗憾，因为我们经过奋斗拥有了今天的这一切，也相信你们会比我们干得更好，这样才能可持续发展，才能一代更比一代强！

第四句是感谢。我们满怀难以言表的感恩之情，十分感谢各位领导、各位亲属、各位同学、各位同事，以及婚庆公司和浙江宾馆的服务人员，感谢你们前来见证小女、女婿喜结良缘！感谢你们过去和今后对我们的慷慨帮助！感谢你们与我们一同分享今晚的幸福！

最后，我要对女婿说：女儿是老爸的心肝宝贝，她从小胆小，心地善良，现在我把她交给你，希望你像我一样珍惜她，善待她，呵护她，使她幸福地与你生活在一起！

写于2010年11月14日

三十年来相会

就像远飞的小鸟飞回林子，就像远离故乡的游子回到母亲的怀抱。

2012年1月1日，值此杭州大学政治系七七级同学毕业三十周年之际，一个个来自美国、澳大利亚、比利时、新加坡，和香港、北京、上海、广州，以及浙江省内各地的同学，或乘飞机，或坐火车，或搭长途大巴，或自己驾车，三五相约或带着小孙子、小外孙，冒着风雪严寒，急切地赶回母校，会聚在浙江大学紫金港校区圆正·启真酒店，期盼着与分别三十年的老师、同学相会。

在一直留母校任教的史晋川同学的精心安排主持下，我们中午报到领材料，然后拍照留影，然后参观紫金港校园，再然后举行同学座谈会和晚宴。尤其是一向豪爽心细的史晋川同学，精心为同学们准备了一份意想不到的礼物。他通过学校档案馆，把每个同学入学时自己填写的“杭州大学学生登记表”和毕业时总汇四年的“学习成绩登记”，塑封发给大家。同学们望着自己三十年前稚嫩的照片和同样稚嫩的字迹，看着不算太好也不算太差的成绩单，今昔对比，不由得感慨万千！

在同学座谈会上，浙大校友总会领导张美凤、浙大经济学院校友分会领导汪炜、原年级辅导员吴雪娣、系学生会主席王东祥、一班班长赵涛、二班班长陈洪檀、三班班长董君舒、四班班长张恩第，以及海外同学代表林大跃等同学先后讲话。轮到我等讲话只能算自由发言，有的同学甚至连自由发言也轮不上，只能站起来匆匆报个名字了事。这是因为，这次同学聚会人来得太多了，总共 139 个同学中，除了 3 个驾鹤西去和实在有事脱不开身的，来了近 100 个同学，可谓百名同学大聚会。

亲切热烈的相会从陌生开始。有的紧紧握住同学的手叫不出名字；有的硬是把张三同学叫成李四同学，还自豪地说“我的记忆不错吧”；有的把当年年轻靓丽现在依然年轻靓丽的吴雪娣老师视为同学，还问你是哪班的；有的把同学的儿子误认为是同学的弟弟，硬说“我前几天看到你弟弟了”；还有的竟对过去心仪的女生一脸茫然，气得女同学问：“我的变化有那么大吗？”这真是：同学相见不相识，笑问你叫啥名字。

是呀，这三十年的变化实在是太大了，可以说是天翻地覆，地覆天翻。遥想三十年前的 1978 年 3 月，我们这些会聚在杭州西子湖畔文二街杭大政治系的同学，是一群怎样的大学生呀！从职业看五花八门，有来自工人、农民、解放军、教师、插队知青的大男大女，也有来自高中应届毕业的学弟学妹；从年龄看相差悬殊，有 1946 年出生的，也有 1961 年出生的，相差竟达 15 岁，不少同学已经婚嫁甚至有了三四个孩子，形成“儿子读小学、父亲上大学”的奇景；从水平看参差不齐，有的一直从事教师工作，语文、外语基础非常好，有的则是来自工农兵，所学早已荒废多年，外语只能从 A，B，C 学起，同学之间的水平完全是先生和学生的差距。

我们政治系远离杭州大学本部，客居在文二街原省财贸干校。校园很小，没有草坪，没有高楼大厦，甚至没有像样的教学设施和教材。同学们穿的几乎是清一色的灰、蓝、绿的棉衣棉裤，即使讲究一点的，也只是女生套上一件小碎花外套，男生佩戴一个白色的假衬衫领子；住的是简陋的筒子楼，五六个同学拥挤在破旧的宿舍里，异常寒冷，夜里上厕所要花很大的勇气穿衣服冲出去，往往在夜深人静时踏起一阵阵咚咚的地板声；教室四壁透风，没有书桌，没有空调，只有一把便于做笔记的扶手椅；吃的是青菜、萝卜、豆腐，好一点的也只是大肉加菜底。唯一的文娱生活，就是到旁边的露天电影院看露天电影，当年解禁的《红楼梦》《阿诗玛》《大浪淘沙》《青春之歌》《一江春水向东流》，以及《流浪者》《望乡》等，我们都看了多遍。有的男同学为了省钱，趴在寝室二楼走廊尽头的窗户上“偷看”，自嘲是看“包厢”电影。

然而，作为“文革”后的第一批大学生，我们就像久旱逢甘霖一样，拼命读书，异常勤奋，是现在的大学生难以想象的。清晨天不亮就起床，睁开眼就开始背英语单词，中共党史、中国通史、国际共运史、世界历史学个遍，马克思主义哲学、政治经济学和科学社会主义学个透，即使晚上熄灯了，同学们还躲在教室里学习，或打着手电筒在蚊帐里看书。四年寒窗，学《资本论》记住了谢瑞淡等老师，学哲学记住了薛克成等老师，学经济学说史记住了蒋自强等老师，学逻辑学记住了余式厚等老师……更多的时候，我们是在教室、图书馆或朝阳的墙根下自学。大家谈理想，谈信仰，谈改革，谈未来，当然也谈人生，谈人权，谈恋爱，精神上的富有使我们忘却了物质上的贫乏。

1982 年 1 月，我们走出校园，满怀理想和抱负走上社会，奔赴党政军企各个岗位，投身改革开放的大潮，肩负起改革发展的使命。我们亲身参与了由打破计划经济到实行有计划的商品经济再到建立完善社会主义市场经济的体制转变，参与了由闭关自守到开放搞活再到融入经济全球化的模式转变，参与了由贫穷短缺到总体小康再到全面小康的发展转变。三十年经历了几代人的事，每个同学的发展都超出了当初的预想，圆了一个个美好的梦！

毕业后的这三十年中，大部分同学很少联系，一方面是忙于谈婚论嫁，生儿育女，经营小家；一方面是埋头苦干，奋力打拼，创造精彩人生。有的留在母校任教，读硕士、读博士、当博导，著书立说，教书育人，成为"影响新中国 60 年经济建设的 100 位经济学家"之一，时常与世界顶级经济学大师科斯等人一起喝咖啡；有的最早涉足产权制度改革，研究操盘股票债券，成为中国股票债券市场有影响力的"大佬"级人物；有的抓住中国房地产发展的黄金十年，不停地造房子、买房子、卖房子，成为 21 世纪不动产杭州总代理或地产富商；有的走出国门去"洋插队"，在"中学为体"的基础上，续写"西学为用"，成为跨国学者或美国联邦政府的高级公务员；有的在党政机关锻炼成长，成为省委决策的智囊，或在发改、科技、社保、旅游、物价、统计等方面肩负重任。当然，更多的同学则是回到家乡创业创新，为浙江民营经济、专业市场、中小企业、县域经济的发展鼓与呼，为浙江由经济小省发展为经济大省乃至经济强省贡献力量。

如今，斗转星移，三十周年过去，弹指一挥间。同学们带着些许白发、些许皱纹回到母校，也带着一份成熟、自信和丰硕的果实回到母校。我们感恩于母校的培养，感恩于历史给我们的机遇，感恩于这个伟大的时代，也感恩于同学们的相互扶助。

革命尚未成功，同学仍需努力！展望未来，还有三件大事等着我们去做：一是继续创造生活，继续发光发热，“春蚕到死丝方尽”，站好最后一班岗；二是尽情享受生活，加强身体锻炼和文娱保健，多唱歌多跳舞，永远保持年轻、美丽的心态；三是培养好第二代，协助带好第三代，争取看到第四代，确保革命江山代代红。

相聚是短暂的，分别是为了下次相聚。三十年太久，要只争朝夕。许多同学发出了一个共同的倡议，期待着同学聚会的间隔短一点再短一点，不要再等十年、五年，而要争取三年、两年。到那时，我们的谈资将更多的是儿子孙子、旅游摄影、唱歌跳舞、健康保健，这才是丰富多彩的人生！

写于 2012 年 1 月 8 日

高考纪实

题记：最近偶然翻看一本略微泛黄的笔记本，猛然看到一篇记述1978年3月，我刚迈入杭州大学校门的那两天，因闲来无事而写的一篇纪实文字，题目是“参加高考的回忆”。文字虽十分粗糙，毫无文学美感，但却真实记录了1977年那个令人难忘的冬季我参加高考和被录取的过程。

当年，我正在海军航空兵第一师宣传科服役，任放映员和广播员，部队所在地是江苏省常州市武进县奔牛机场。在那里，我有幸参加了1977年高考。如今三十五年过去了，纪实中的人物或已到暮年，或已失去了联系，或许有的已不在人世。然而，如实把这段文字打印晒出来，不仅是给自己留个念想，给同学回忆留个由头，也是为电影《高考1977》做点佐证。因为，那是一段不能忘却的改变个人、家庭和国家命运的历史，而我的经历就是那段历史中的一滴水珠。

今天上午终于来到学校了。离新生报到结束，还有两天半的时间，宿舍里冷冷清清的。趁此时间干点什么呢？我想应把这次参加高考的情况追忆一下。这是因为，马上要开始新的生活，对自己来说也要开始书写新的篇章了。

如果记得不错，我最初听到全国高考的消息，大概是在去年10月底。那一天风和日丽，我与河南兵小刘和山东兵小李一起到器材科、油料科一带检查广播线路。当走到器材科领料处门口时，偶然看到当月21日的《人民日报》头版刊登的关于全国高考的通知（当时还不知道是邓小平同志做出恢复高考的决定），越看心里越激动，心里不由得打起了小鼓。谁都知道，伟大领袖毛主席亲自发动和领导的无产阶级"文化大革命"，进行了整整十个春秋。现在，华主席宣告伟大的无产阶级"文化大革命"以粉碎"四人帮"为标志胜利结束了，新的长征开始了。一切受林彪、"四人帮"干扰破坏的东西统统要给予纠正，一切搞乱了的东西都要重新恢复，一切要为巩固无产阶级专政、防止资本主义复辟、建设社会主义、早日实现"四个现代化"服务。今年的大学招生就是为了早出人才，多出人才，出有质量的人才，要体现"不拘一格降人才"。

我们看着，想着，谈论着，都为恢复高考而兴奋。当然我们也在想，《人民日报》在大学招生通知中，只提到了复员退伍军人符合条件的可以参加高考，而对现役军人是否能参加高考没有提。怎么办呢？不知别人咋想，我自己是这样考虑的：参加高考要求年龄小于25周岁的具有高中毕业文化水平的青年，而我今年23岁了，离超龄还有两个年头，如果今年复员，参加高考至少还有一次机会。于是我就有了准备复习，争取早点复员回家参加高考的想法。

这时，恰巧师教导大队的孔祥志教员因公要到北京搞外调，调查与"四人帮"有牵连的人和事，主要是调查原政治部冯副主任的一些情况。我请孔教员抽时间到通县我家里去一趟，把我高中时期的课本带一些来，部队俱乐部业余时间比较多，挤点时间看看书，也许有好处。

说来也奇怪，孔教员走后不几天，就听说师里分来一个名额，定向报考杭州大学政治系，随后又听说是自愿报名，参加本地区考试。一天，俱乐部正在楼上组织学习，科里冯副科长打来电话，询问我们谁去报名。我最初并不愿报名，主要是没有思想准备，来不及复习，离开学校三年了，学的东西都忘光了，怕考不上。可是冯副科长点名要替我报名，俱乐部周主任和同志们也支持我报名。这样，在领导和同志们的劝说下，我就报了名。

师领导对这次高考很重视，宣传科、俱乐部对我寄予的希望也很大，并给我创造条件，安排时间让我好好复习。复习什么呢？千头万绪，无从下手。后来想，既然是报考政治系，就不能看理科书，而托孔教员带来的书全是理科书，至少暂时要放一放了。政治书籍又不知看什么好，真是有些盲目地看。记得当时看了《毛泽东选集》、《社会主义政治经济学》、《社会发展史》、华主席最近的一系列讲话、党的十一大文件汇编；看了点语文语法、成语词典，以及《世界概况》、《祖国山河万里行》、中国地图、世界地图什么的，还翻阅了一些其他自认为有用的资料。特别是还请教导队的姜常新副教导员辅导了两次。而更多的时间是用来复习数学。可数学忘得真快，好多学过的内容一点印象都没有了。高中的四册教材，前两册还能看懂，第三册没带来，第四册就看不下去了。但不管怎么说，临阵磨枪不快也光。经过一个多星期的苦学，还是记住了一点东西。就凭着这点不知适不适合考试内容的可怜知识，我参加了地区初考。

初考考场设在距师部不远的西夏墅中学。我曾在师部任过一年两个月的广播员，对西夏墅中学的位置和环境颇为熟悉。负责考试工作的是政治部干部科的刘干事，他要求我们第二天早上7点钟到科里集中，然后一起去考场。可巧，晚上我们开欢送王组长复员的欢送会，在西夏墅师部任广播员的山东兵小王过来参加欢送会，会后我就与小王一块到西夏墅师部去了。到了西夏墅，我原本带了些书，可没心思看。我历来是这样，临到上考场是不愿看书的。于是，我检查了一下所带的文具，不幸由于匆忙，竟把自己准备好的文具落在罗墅湾机场宿舍里了。怎么办呢？小王提醒我到刘科长家里去借，好在还有时间，我就与小王到科长家去了。科长全家都在，听说我借文具，科长女儿凤玲很支持，科长还指导我算了两道数学题。凤玲他们认为我能考上，而我认为考不上，于是便打赌说，如果考上给她买十支铅笔，若考不上她的文具就白用了。后来离开部队前，我痛快地送给了她十支铅笔。

第二天，我到师部宣传科找到了刘干事，与准备一块赴考的战友会聚。这次参加考试的名额分配是每个团、场站各一名，师直机关两名。由于部队分散，肥东场站和三团的两名考生参加安徽省考试。师部这边是这样分配的：一团李全，二团季从富，场站侯一民，师直修理厂夏文华，师宣传科是我。这五名考生中，除小季是1974年入伍的江苏兵，其余都是我们一块来的北京兵。考生集中后，刘干事讲了些注意事项，什么要遵守纪律，尊重地方监考老师，答题时要先简后繁，会多少答多少，一块去一块回，等等，并委托我带队。随后，我们就向西夏中学考场进发了。当时已近初冬，加上三年没进过考场，心里不免紧张，浑身有些打战，但精神非常旺盛。因为我们是带着广大指战员的信任和委托参加考试的，心中也充满了信心。

西夏墅中学的考场真有点“团结、紧张、严肃、活泼”的氛围，墙上贴着欢迎标语，黑板上写着“把雷锋叔叔请进来，把张铁生赶出去”的醒目大字。我们部队的五名战士被安排在同一间教室。说实话，读了十一年的书，参加这样的考试还是第一次。每人凭准考证对号入座，一人一桌，监考老师约讲了二十分钟的注意事项，然后把封好的试卷放在桌上，要求考生听铃响再拆封，两个小时的答卷时间，到时铃响就收卷。

初考只考两门：政治、语文合为一卷，数学为一卷。报考外语的再加试外语。因为紧张，脑子空空，又缺乏考试经验，卷子答得很不理想。政治、语文题目虽不难，但因政治题发挥过多，写作文时就没时间了，白白失去了百分之三十的分数。数学就更差劲，记得仅答了五分之一的题目，还不知对不对。考了一整天，晚上正赶上我们放映组到西夏墅师部，放映南斯拉夫故事片《瓦尔特保卫萨拉热窝》，看完电影我就随电影组返回罗墅湾机场了。

初考就这样结束了，能不能参加省统考，我已丧失了信心。但还没有放松复习，工作之余，还不时看看书，准备准备。难熬的几个星期过去了，一天接到师部干部科通知，说我们五人再参加一次省统考，最后再进行选拔。

省统考考场设在奔牛中学。我们五个人还是先到西夏墅师部集中，由刘干事讲些注意事项，然后指派我和李全负责召集，统一乘公共汽车到奔牛中学参加考试。这次统考，一共四门，报考文科的是政治、语文、数学、史地，报考理科的是政治、语文、数学、理化。考试程序是：头天上午政治、下午语文，第二天上午数学、下午史地。在学校吃饭，交伙食费。第一天考完后，晚上没有回部队，而是到附近的奔牛火车站旅馆住了一个晚上。

原本我以为省统考会很难，没想到比初考还容易些，加上这几个星期的复习，心里有点底，答起卷子来还算顺心。尽管数学还是没答好，但也比初考强多了。两天考完后，自己很高兴，不管能否录取，反正比初考好多了。

南方在冬天也会下雨。考完试的下午，天气转阴，下起了小雨。地方上参加考试的师生，主动与我们部队联系派车，把考生送回去，因有的考生距这里有四五十公里，顺便也把我们接回去。所以，考完试我们就会聚在校门口等车，兴奋地谈论着这两天考试的答案。一会部队派的车来了，我们先把地方考生送到家，然后才回到部队。

回顾参加初考和统考的经历，自己感觉考得不好，估计录取希望不大。果然，一天到师部放电影，袁副科长微笑地对我说，今年的入学是没啥希望了，安慰我好好复习，明年再考。听袁副科长一说，我也就死了心。谁知星期六上午，刘科长打电话找我。正巧我不在，后来上虞兵小丁告诉我，说科长找我。我以为是有关师里 1977 年总结表彰大会准备情况，因会标、标语我都写好了，就没有马上回电话。下午临下班时，我又想起此事，就打电话给科长，问啥事情。刘科长很生气，说上午打电话通知我去体检，可我现在才回电话，耽搁了体检。我感到很惊讶，开始说没我了，怎么又通知我去体检呢？刘科长讲，领导又做了重新安排，决定让我和李全去体检。当时去体检来不及了，科长又马上与卫生队联系，让我星期一去体检。

星期一的体检很顺利，一切正常。五官科医生不在，第二天又去了一次，随后由卫生队副队长盖章，星期三我就把体检报告交到了干部科。这时，刘干事已调走，我们的事移交张干事负责。张干事讲，师里把我和李全的成绩、体检情况及档案报到东航机关，是否能去还要等通知。我态度很明确，能去就去，不能去就安心本职工作，做到一颗红心，两种准备。

说实话，我自认为上不了大学，也就从不打听这方面的消息，而是准备春节前后回家探亲。当我向领导提出探亲时，刘科长没同意，一是春节期间部队文娱活动多，周主任又去探亲了，工作忙，人手紧张；二是大学能否考上，也要等通知。就这样，一直等到入学通知书的到来。

1978 年 2 月 27 日，是令我难忘的日子，也是改变我命运的日子。那一天，我正在工作室检查接补电影《长空比翼》的断片，突然张玉泽组长闯进来，高兴地对我说："你上大学批准了！"我以为他在开玩笑，表示不相信。他就把杭州大学的录取通知书拿出来交给了我。噢，原来入学通知书由学校直接寄给了本人，东航机关只是给师里打个电话。

这一天，正是航一师 1977 年总结表彰大会的开幕式，工作很忙，没顾得上高兴。因开会刘科长过来了，周主任就把入学通知书给科长看了。科长讲先好好开会，过两天再说。周主任猜想我可能想回家。主任猜对了，我真想马上回家看看。自 1975 年 1 月当兵，离开家乡三年多了，很想念家里，很想念父母和兄弟妹妹。考上杭州大学，人生环境不熟，读书又紧张，马上回去一次，以后就不急于探家了。再说，探家的东西都准备好了。于是，我就向科长申请，要求探家，两天也行。刘科长反复对我讲，你马上要去报到，回趟家太累，而且损失也大，回两天家就要花费四五十元，劳民伤财。当时我根本听不进去。中午，听说李全收到录取通知书下午就探家的消息，我的要求更迫切了。下午经冯副科长讲情，科长总算同意了，我就马上托在师部的小王帮我开通行证、借路费，准备第二天一早回家探亲。晚上，我冷静下来，在周边同志的劝说下，觉得科长讲的话是对的，于是又决定不回家了，安下心来为部队放映最后一场电影——《野火春风斗古城》。

过了两天，周主任叫我停止工作，做些入学的准备。可也没啥好准备的，主要是到团里、修理厂向武延年、武通来、秦浩等老乡道个别，拆洗一下棉被，到科里办转组织关系等手续。科里对我很关心，很照顾，把科里仅有的一套《马克思恩格斯选集》和《列宁选集》送给了我，还送了些本子、纸张、笔等。我不愿给领导添麻烦，除了政治书籍外，没提任何条件。

3月3日上午办完手续后，袁副科长告诉我下午开欢送会，欢送我上大学和欢送冯副科长到海军干校学习。晚上还到曾副科长家里做客，他叮嘱我：一是要为革命而学习，回来后要更好地为建设强大的海军而奋斗，不能打报告复员；二是不要考虑个人问题，不要谈恋爱；三是要注意安全，注意身体，学完了是要工作的，不能病倒了。我认为说得对，应该这样去做。

3月4日晚上，俱乐部张组长为送我上大学，安排了小会餐。正巧张组长来了三个老乡，是到上海出差，领队的是他舅舅，顺便来部队看看他。乔副科长值班后也来了，这样就更热闹了。会餐很丰盛，八个菜、一个汤、六瓶啤酒，外加一瓶双沟大曲。大家谈笑风生，很是高兴，欢闹了一个晚上。第二天因租放电影《霓虹灯下的哨兵》，俱乐部抽不出人送我，我就让我的老乡刘万福请假送我到常州。

3月5日上午6点半，我和刘万福乘车离开奔牛罗墅湾机场，11点40分到达常州。然后，我们在一家饭店吃了点东西，到车站买了一张下午1点42分开往上海的火车票，刘万福一直把我送到火车上。谁知，刚找好座位，刘万福还没来得及下车，车门就关上了，真是急人。后来刘万福急中生智，敏捷地拉开车窗跳了下去。列车开动了，大约傍晚5点到达上海火车站。一到上海，我先买好第二天 215 次到杭州的快车票，就找车站附近宾馆休息了。

3 月 6 日凌晨 4 点，我起了床，找夜间值班服务员拿了行李，就匆忙往火车站赶。这时，天上正下着毛毛细雨，喧哗的上海北站还处在寂静之中。从上海出发后，上午 9 点多就到了杭州。出站后不远，我看见杭州大学政治系接新生的牌子，随后乘校车来到了文二街杭州大学政治系的校区。

从今以后，我将开启大学时代的生活。

写于 1978 年 3 月 6—7 日

浓浓井冈情

——记井冈山干部学院

朋友，你知道井冈山吗？你到过井冈山吗？

井冈山作为朱老总题写的“天下第一山”，不是因他有气势磅礴的云海，奇妙独特的飞瀑，瑰丽璀璨的日出，原始稀有的珍贵树种，栖息林海的珍禽异兽，以及蜚声中外的十里杜鹃长廊，而因他是中国革命的摇篮。这里，是开创中国革命农村包围城市道路的起点，是中国共产党优良革命传统精神的源头，是马克思主义中国化理论的开篇。这里，是可以燎原的星星火种的诞生地。

3月中旬，在一个乍暖还寒的日子，我作为中国井冈山干部学院第四期地厅级党政领导干部进修班的学员，从杭州机场出发飞到南昌，然后再坐学院的校车上山。本以为上山要奔波一天，谁料想一路高速公路仅3个多小时就到了。遥想13年前的一个冬季，我随同时任浙江省委副秘书长、省委政策研究室主任的蒋巨峰同志，到江西调研“九五”计划思路，当时到江西可要先坐一夜加半天的火车到南昌，再坐一天的汽车到井冈山，途中还要在吉安小歇吃顿饭。抚今追昔，真是“高路入云端”，“旧貌变新颜”了。

中国井冈山干部学院坐落在茅坪镇红军路东，依山而建，蜿蜒起伏，一条“濂溪”流淌过校园，园内长满了深山含笑、杜鹃、红枫等颇具井冈山性格的植物；红军路旁有两排粗壮高耸的红杉，就像两排威武雄壮的红军战士默默驻守着茅坪。学院以现场教学和体验式教学为主，我们几乎每天都由组织员带队驱车，奔赴井冈山革命斗争活动旧址遗迹，先是老师现场授课，再由讲解员讲解，然后参观缅怀。我们曾在茅坪八角楼毛主席的旧居前朗读《中国的红色政权为什么能够存在?》的精彩片段；在黄洋界朗读毛主席的不朽诗篇，仿佛看见“山下旌旗在望”，听到“山头鼓角相闻”和黄洋界上的隆隆炮声；在荆竹山雷打石旁毛主席最早宣布“行动听指挥、打土豪筹款子要归公、不拿农民一个红薯”的地方，唱起了《三大纪律、八项注意》，歌声嘹亮，响彻山谷。

井冈山革命烈士陵园和井冈山革命博物馆，是我们现场教学的第一课，也是每一位上井冈山的人必去的地方。在那里，我们重温了 1927 年 9 月秋收起义失败后，毛主席如何率队向井冈山进军、改造袁王部队、开辟红色区域、打破敌人围剿、开展土地革命，以及坚持超出人们想象的艰难斗争。在艰苦卓绝的井冈山斗争时期，有 4 万多人为民族解放和国家独立流尽了最后一滴血，其中留下名字的只有 15744 位。望着烈士陵园山上矗立的巨大雕塑火炬，我们豁然懂得，燎原全国的星星之火，实际上是革命先烈用他们的鲜血点燃的呀，联想起今天的幸福生活，不由得感慨万千，并《题井冈山》诗一首：

巍巍井冈闻天下　燎原星火此点燃
革命征程创新路　马列理论开新篇

南瓜红米稻草被　野菜当粮苦亦甜

深山含笑忆英烈　杜鹃花开世代传

在艰苦卓绝的井冈山斗争时期，红军之所以坚如磐石，不怕牺牲，充满革命的乐观主义精神，除了坚定信念、实事求是、敢闯新路、依靠群众，还有重要的一条，就是官兵有盐同咸、无盐同淡，大家同吃野菜红米，同喝南瓜汤，同盖稻草被。就是按规定红军领袖办公可以点 3 根灯芯，毛主席也率先垂范，只点燃 1 根灯芯，在微弱的灯光下疾书《中国的红色政权为什么能够存在?》和《井冈山的斗争》。

这里，曾发生流传至今的朱毛挑粮小道的故事。1928 年，井冈山的军粮十分紧缺，毛泽东、朱德身先士卒，沿着黄洋界哨口通向湖南的一条陡峭的山路，和战士们一起把粮食挑上山，不但保证了军需，而且极大地鼓舞了官兵的士气，这条小路后来被称为朱毛挑粮小道。79 年后的 3 月 19 日，一个雨过天晴的日子，我们全班学员身着红军服、打着绑腿、背着斗笠和红米，高举中国井冈山干部学院的红旗，从黄洋界脚下的大陇镇源头村出发，在当地向导的引领下，重走一段 4.8 公里长的朱毛挑粮小道。山道又陡又窄，我们这些平均年过五旬的学员，也许是年龄大，也许是平时缺乏锻炼，刚走不久就气喘吁吁、汗流浃背，但凭借对当年红军的敬仰和毅力，都坚持走完全程，一举登上海拔 1343 米的黄洋界。站在黄洋界之巅，极目楚天舒，正可谓：

羊肠小路陡又弯　朱毛挑粮井冈山

官兵一致同患难　破除围剿胜敌顽

高速公路平又坦　一跃葱茏五百旋

重走当年挑粮路　万里征程再争先

中国井冈山干部学院的教学资源遍布井冈山和赣州大地。3月21日至22日，学院组织我们到原中央苏区学习。在被毛主席称赞为“创造了第一等工作”的兴国县，令我们印象最深的是兴国人的牺牲精神和干部的好作风。当年23万兴国人有5万人参加了红军，牺牲约23200人，平均长征每走1公里就有1个兴国人倒下；他们创造了党员干部“十带头”的好风尚，形成的“自带干粮去办公，日着草鞋干革命，夜打灯笼访贫农”的苏区干部好作风，至今广为传颂。在于都县，我们站在中央红军被迫撤离苏区的于都河渡口，体验当年“于都河水澧流涌，八万雄师转战急。跨过长征第一渡，踏遍九州展旌旗”的壮烈情景。

当然，苏区现场教学的重头戏是瑞金。瑞金是共和国的摇篮。1931年11月7日到20日，在瑞金叶坪谢世祠堂召开了中华苏维埃第一次代表大会，宣布成立中华苏维埃共和国临时中央政府，定都瑞金，建立外交、军事、劳动、土地、财政、司法、内务、教育、工农检查和保卫局等“九部一局”的政权机构；会议通过《中华苏维埃共和国宪法大纲》，以及《劳动法》《土地法》《婚姻条例》等法规，选举产生中华苏维埃共和国中央执行委员会和人民委员会，毛泽东当选为委员会主席。从此，“毛主席”的称呼叫响全中国、全世界。瑞金建都的成功实践为中华人民共和国的建立奠定了基石，成为中国共产党人治国安邦的伟大预演。历史的车轮仅仅驶过18个年头，1949年10月1日，中华人民共和国就在北京成立。从瑞金到北京，就像一个新生婴儿历经风霜雨雪长大成人，谱出一首壮丽的史诗：

像喷薄红日冲破层层迷雾
像靠岸航船驶过骇浪险滩

像新生婴儿躁动母腹阵痛
像长江黄河奔流九曲十弯
啊,从瑞金到北京
从中华苏维埃到人民共和国
十八年的寻路探索
十八年的实战演练
十八年的流血牺牲
十八年的地覆天翻
共和国大厦由血肉筑就
执政为民才能世代相传

啊！雄伟的井冈山,你这块浸染了无数先烈鲜血的红土地,以特有的红色魅力,吸引着人们的向往。一次井冈行,一生井冈情。领袖们怀念井冈山:一生从来不走回头路的毛泽东,阔别38年后,1965年5月千里来寻故地,重上井冈山,释怀老人家的久有凌云志;朱老总多次颂扬井冈山,亲笔写下“天下第一山”;邓小平、江泽民、胡锦涛等中央领导心系井冈山,亲自倡导大力弘扬伟大的井冈山精神。老战士们思念井冈山:许多老红军难以割舍对这块土地的眷恋和对战友的怀念,曾担任小井红军医院党总支书记的曾志,1998年谢世后,子女根据其生前遗愿把骨灰安放在小井红军伤病员殉难处的小山坡上,墓碑上仅仅镌刻着“魂归井冈——红军老战士曾志”几个字,在这里与她的战友长眠。游客们想念井冈山:他们记住了“井冈山,两件宝:历史红、山林好”。井冈山是中国革命的摇篮,更以那革命史迹与第四纪冰川遗留的次原始风光,即“红”绿交相辉映著称于世,大有“井冈山下后,万岭不思游”的意境,每年都吸引着数百万的中外宾客“朝圣”观光。

朋友，如果你没到过井冈山，请上一次井冈山，来一次红雨随心翻作浪的精神洗礼吧，如果你到过井冈山，请弘扬伟大的井冈山精神，永远留住井冈山的浓浓情意吧。

写于2007年4月2日

大有庄100号院

——我所知道的中央党校

2012年3、4月间，正值冬末初春的换季时节，经组织安排，我来到中央党校，参加为期两个月的地厅班（第58期）"战略思维与领导能力"研究专题进修，走进了这所在外人和媒体眼中颇为神秘的学校。

有诗云："不识庐山真面目，只缘身在此山中。"对中央党校来说，可能是"不识党校真面目，只缘不在此校中"。经过两个月的学习，中央党校的神秘面纱逐渐褪去，留在我印象中的是一所既朴实无华又气质高雅、既警卫森严又自由开放、既武装头脑又修身养性、既充满革命历史传承又富有时代创新精神的，以培训党的中高级领导干部为重任的特殊学校。

习校长开讲第一课

校长亲自授课，这是中央党校的光荣传统。据校史资料和老同志回忆，20世纪40年代中叶，毛主席担任中央党校校长期间,曾16次为党校学员做报告。尤其是1945年2月15日,毛主席应党校五部、六部学员的邀请,从下午4点讲到晚上8点多,发表了长达近5个小时的长篇讲话。讲话着重谈了时局、山头主义、审查干部等三大问题。此外,还补充讲了关于南方北方的问题、大后方党的工作问题和白区工作问题。那天,五部、六部学员提早吃午饭,带着笔记本和晚饭干粮,步行三四个钟头、20余华里,来到位于延安城北山区的党校大礼堂。会后,学员们用了一周的时间进行座谈、讨论。毛主席的这次讲话对党校干部学员正确认识国际国内形势、整风、审干,以及当前党的任务,胜利召开党的第七次全国代表大会奠定了十分重要的思想基础。

20世纪90年代末和21世纪初,胡锦涛同志兼任了近10年的中央党校校长,经常在春秋两季开学典礼上发表重要讲话,并逐渐形成了惯例。2007年12月,习近平同志兼任中央党校校长以来,每次开学典礼都亲自到场,并发表重要的"校长讲话",而且一次围绕一个主题,"谈认识""讲问题""提要求",许多观点成为学员广为传播的"经典语录"。那么今年春季开学,习校长是否还来党校讲话和讲什么主题,大家翘首以盼。

2月29日,我们报到的当天晚上,组织员就告诉我们:3月1日即明天下午3点学校举行开学典礼,习校长将到会并发表重要讲话,要求我们明天下午2点20分在10号楼门厅集合,集体到指定地点就座,并要求除笔、本以外的任何物品一律不得带入会场。下午3点一到,习校长准时入座。

开学典礼由相关国家领导及校领导与2012年春季学期全体在校学员、分校学员代表和党校教职员工,共2200多人,一起参加。

随后，习校长发表了重要讲话。他着重就认真贯彻执行胡锦涛同志在十七届中央纪委七次全会讲话中提出的在新形势下保持党的纯洁性问题，以“扎实做好保持党的纯洁性各项工作”为题，讲了3个问题：一是保持党的纯洁性是马克思主义政党的本质要求；二是始终保持党在思想组织作风上的纯洁性；三是领导干部要以身作则带头保持纯洁性。讲话简洁明了，没有什么客套话，全文7000余字，大约讲了1个多小时。

听着习校长主题鲜明、内容深刻、语调平缓但沉稳坚毅的讲话，联想到他在主政浙江期间，有幸在他的直接领导下，参与研究深入实施“八八战略”、积极推进经济转型升级、统筹城乡发展、建设生态省、促进长三角一体化、“三个代表”重要思想在浙江的实践、科学发展观在浙江的实践、浙江经验与中国发展等重大课题和一些重要文稿的起草工作，自然感到十分亲切。

晚上，学校分支部组织学习讨论习校长的讲话，我所在的二支部四组讨论得十分热烈。大家初次见面，全组12位学员每人先简要介绍一下自己的情况，然后谈听习校长讲话的体会。大家七嘴八舌，谈论最多的还是保持党的纯洁性的重要性和紧迫性，纯洁性与廉洁性密不可分，信仰纯洁是最根本的纯洁，以及保持纯洁性离不开民主监督等问题。听了大家的发言，感触颇深。同学们表现出的那种强烈的责任意识、忧患意识、大局意识，以及专业知识和学习渴望，给我留下了很深的印象。

中央党校从中央苏区起航

3月2日上午，全校新学员聆听李书磊副校长讲《学习引言》。他着重讲了坚持党校姓党、从大局出发开展党性教育，把中国特色社会主义理论体系作为教学中心内容，深化教学改革、增强战略思维，加强学风建设、增强学习效果4个问题。尤其是讲到的中央党校的发展历程和办校风格，使我对中央党校的使命有了深切的了解。

记得毛主席讲过，正确的路线确定之后，干部就是决定的因素。中国共产党的远见卓识和后继有人，就在于从一开始就高度重视党校教育，源源不断地培养出大量的高素质的干部队伍。

早在1926年2月，中共中央在北京召开的特别会议上，就通过了一项关于《开办最高党校问题》的决定，明确提出"在北京及广州各办一所长期党校"。后来，由于形势所迫和条件所限，"最高党校"一直没能开办，但这份文件为日后中央党校的创立，奠定了坚实的基础。

后来到了1933年3月，中共苏区中央局为纪念马克思逝世(1883年3月14日)50周年，决定当月13日在江西瑞金开办"马克思共产主义学校"，这就是中央党校的前身。算起来到明年3月，中央党校将迎来80周年诞辰。所以，李书磊副校长告诉我们，学校将举办一系列纪念活动，其中校史展已经准备就绪，在学校的陈列馆展出，我们将按支部分小组进行参观。

再后来，1935年11月，中央转战陕北后，中央党校先是在瓦窑堡开办，后又随中央迁至延安。1943年初，中央政治局推举毛泽东为政治局主席、书记处主席，并兼任中央党校校长。从那时起，到 1947 年 3 月中央党校因内战被迫暂时停办，毛主席担任过 4 年多的中央党校校长。

毛主席出任中央党校校长后，采取了 3 大创新举措：一是对办学思想进行改革，停止执行理论与实际割裂、脱节的教学计划和安排，采用理论联系实际的教学方针；二是鼓励学员参加大生产运动，一面锻炼自己，一面通过自力更生，实现自给自足；三是广泛开展文艺活动，活跃生活，配合教学。在毛校长领导下，党校面貌焕然一新，学员由几百人发展到 3000 多人，全国各个战区党的负责人都曾到中央党校参加过培训，为抗日战争和解放战争的胜利培训了大批的领导干部。

了解到这里，我不禁想到，过去我们只知道蒋介石担任过黄埔军校校长，亲自抓军事、抓战术，并喜欢以校长自居，题写了“亲爱精诚”的校训；不大知道毛主席担任过中央党校的校长，亲自抓政治、抓战略，并为党校制定了“实事求是”的校训。看来，最后我们取得抗日战争的伟大胜利，共产党战胜国民党，从根本上说我党领导的人民战争的胜利，同时也与中央党校源源不断培养了大批的领导干部是分不开的。

匠心独运的校园布局

海淀区大有庄 100 号院，是新中国成立后中央党校的所在地。据了解，大有庄在明末时不叫“大有庄”，而叫“穷八家”，因村里有 8 户穷苦人家而得名。后来乾隆年间，弘历从清漪园也就是颐和园后的辇道经过，问及此村，认为在御园之东北隅出现“穷八家”极为不雅，当即赐名“大有庄”，意思是福禄荣华样样有。

中央党校1956年开始在海淀区大有庄地区兴建，1962年落成，先后占地1500余亩，沿校园走一圈约40分钟。半个多世纪以来，中央党校经过不断地精心规划、精心设计、精心施工、精心管理，不断增砖添瓦、锦上添花、日积月累，形成如今校园自然景观和人文景观相映成趣，人文气息和文化蕴涵丰富厚重，古今融汇和中外荟萃浑然一体，天时地利人和集于一身的风貌，展现出一种大国大党大校的风范。

中央党校整体布局是坐北朝南，沿一条中轴线展开。从颐和园北宫门往北到南大门，大约有一块长100多米、宽50多米的开阔地，中间有一片大草坪，草坪中矗立着一块长条巨型花岗岩，上面雕刻着江泽民同志书写的“中共中央党校”6个金色大字。道路两边各种植3排树木，有雪松、梧桐和银杏，苍翠挺拔，生机盎然。进入大门来到了主楼，这是校领导和教授们办公的场所，主楼后面两旁分别是档案馆和陈列馆，可阅览报刊和参观校史。再往里走，就是毛主席亲自书写的校训“实事求是”的石碑，石碑背面是毛主席手书的“为人民服务”，凸显了党的思想路线和党的宗旨。穿过石碑和停车场就来到了礼堂，礼堂大厅横墙上以红色绒布为底面，绣着邓小平书写的“实践是检验真理的唯一标准”12个金黄色大字，十分耀眼，发人深思，学校的开学典礼、重大报告以及晚上的专题讲座和文娱演出等都在这里举行。礼堂两边是学员宿舍，双号楼在右，单号楼在左。过了礼堂和育园楼，就来到了综合楼和体育馆，各支部上课、图书馆借书，以及学员们锻炼健身等都在这里。综合楼和体育馆后面是北门，学校的一些附属设施，如教员宿舍、医院、超市、邮局、银行等都在这一带。在校园里，时常听到同学们议论，党校布局真好，不会迷失方向。真是一语双关！

中央党校的建筑很有特色，总体上是青灰色和淡黄色，夹杂着些许红色，点缀着一些五角星，汲取了一些俄罗斯的建筑风格精粹，更多的是承袭了古代雕梁画栋和延安窑洞的穹拱形元素，搭配得恰到好处。如主楼屋顶镶嵌的是琉璃，四角是四组史诗浮雕，分为“百万雄师过大江”“解放全中国”“各民族大团结”“工农兵建设新中国”等四组象征着革命进程的浮雕，可惜由于浮雕过高，不注意的一时还看不出来。大礼堂融入更多的是延安窑洞独特的穹拱洞窗式建筑风格，上面镶嵌着由书、麦穗、飘带和五星等图案组成的五个环形雕塑。还有，中央党校的建筑物都不高，除主楼七层外，其余只有三四层，宽敞开阔；建筑基座镶嵌的是蘑菇头型的青色花岗岩，显得凝重厚实，象征着党的执政基础十分稳固。

由于中央党校主校园是原圆明园的一部分，故颇具皇家园林气派。据了解，矗立于掠燕湖畔的“弘佑天民”牌坊是明代的作品，半个世纪前从城里景山移来，是不可多得的珍贵文物。“六合亭”亦是历史上遗留的古建筑，“燕园”“楚园”“新疆花园”等小型园林等，都是“文革”后复校以来逐步建立起来的。20世纪90年代建成命名的“荟茗园”和21世纪新建的“水木园”，规模较大，景点众多，精华部分大多在这里，是党校园林的主体部分。还有就是，中央党校的绿化率高达66.7%，而且很有品位，四季有绿，三季有花，树种繁多，鸟类成群。学员们漫步于杨、柳、槐、松，以及玉兰、海棠、丁香等组成的林荫小道，望着草丛中悠闲跳跃的黑喜鹊、灰喜鹊，以及其他一些叫不出名的鸟类，驻足于桃红柳绿、水波涟漪、鸳鸯戏水的池塘边，饱览大自然之美之精华，不禁感慨，这真是一个可以让人静下心来读书思考的好地方！

中央党校的神秘与开放

20 世纪 80 年代,中央党校还是一个在地图上没有标识、在查号台没有登记电话的保密单位。经过 30 多年的发展,如今的中央党校早已由封闭式教学改为开放式办学,每年邀请几十位中外记者或驻华使节入校参观,与近 30 个国家和地区的政府部门、研究机构和大学建立了学术合作关系,还邀请众多国外政要、专家学者发表演讲,党校的神秘色彩日渐淡化,国际化形象日渐鲜明。

当然,到中央党校学习也不是想去就去的,而是要经过严格的组织程序。先由中组部制定培训计划、确定内容、安排班次、分配名额等,然后中央机关、中央企业、省市自治区的组织部门根据分配的名额和条件,确定培训人员并经主要领导审阅上报,最后经中组部同意后方可入学。据了解,改革开放以来 30 多年间,能够有机会到中央党校进修的省部级领导 7000 余名,地厅级领导 27000 余名。这看起来不少,可每年平均下来也就分别只有 200 余人和 900 余人(当然这几年大大增加了)。对全国据说有着 3000 余名省部级领导和 3 万至 5 万余名地厅级领导的群体来说,能够有机会到中央党校学习,是一件很难得的事,可能有的领导从政一生也没有机会到中央党校学习。我虽然在省委政策研究室工作 18 年,任厅级领导 8 年多,可到中央党校学习还是第一次,当然可能也是最后一次,真的由衷感谢组织的关心。

同时,中央党校的大门也不是想进就进的,而要经过严格的门卫检查。一般的大学都是开放式的,可以像逛公园遛大街一样随便进进出出。我就曾在学习期间搭朋友的车,到邻近的清华大学听过一场“吴春燕独唱音乐会”，车子在校园里面弯来转去，自由得很。可中央党校不同，管理十分严格。

2月29日下午，我一下飞机就与同时到达的一位青海学员，搭乘中央党校的车来到学校大礼堂办报到手续。在交了党员证明信、1张两寸照、2张一寸照、300元伙食费和100元图书馆借书押金后，学校发给一张“一卡通”：上面注有镰刀斧头标示的党徽、中共中央党校CCPS，中间注有学员姓名、本人一寸照、地厅班、有效期2012-04-28止，下面印着“实事求是”的党校校训，最后还要贴上“中共中央党校保卫处证件专用”的黄色防伪标识，才能使用。

可别小看这“一卡通”，没有它在党校寸步难行。它不仅是进出中央党校大门的凭证，而且也是校园里进出礼堂、综合楼听取各类报告会和上课的凭证，还是到食堂吃饭、图书馆阅览、体育馆健身的凭证。我们平时都佩戴于胸前，以备随时检查。正因为到中央党校学习实行严格的组织推荐、严格的校园管理以及严格的教学纪律，这些都为外人所不知，再加上经中央党校培训后提拔进步的概率比较大，更增加了许多神秘色彩。

顺便说一句，学员楼的管理也十分严格，晚上11点到清晨6点都要锁门。服务员不仅要进行规范的服务，而且须在两个星期内，准确叫出每个学员的姓名、职务，外来的人一眼就能识别。要知道我们10号楼住了92位学员，至今我也叫不齐全，可见她们背后真是花了不少工夫。我曾开玩笑地对服务员说：“你们管理之严，就是一只陌生的苍蝇也飞不进来。”

其实，中央党校又是十分开放的。按照党校发言人的话说，没什么不好公开的。尤其是胡锦涛同志担任中央党校校长时期，首创邀请外国政要到党校演讲的先例。像美国的基辛格博士、前国防部部长拉姆斯菲尔德等都在党校做过演讲，德国总理默克尔，还有新加坡总理李显龙、资政李光耀，澳大利亚总理霍华德，联合国副秘书长兼联合国艾滋病规划署执行主任等，都曾经到中央党校与学员交流过。越南、老挝等国还派领导干部到中央党校培训。我就曾看到一些长着大鼻子、蓝眼睛、黄头发的“老外”们，提着摄像机在党校里转悠，也不感到奇怪。

尤其是3月31日下午和4月18日上午，我们有机会在中央党校综合楼报告厅，听取意大利总理马里奥·蒙蒂和泰国美女总理英拉·西那瓦的演讲。蒙蒂曾担任过米兰伯克尼大学校长，是位学院派经济学家，他以“转变中的意大利、欧洲和中国：全球的挑战和机遇”为题讲了一个小时，随后又耐心地回答了学员提出的意大利国债危机的治理前景，国际金融危机的原因在政策还是制度，以及如何看待中国和平发展等问题，使我们对意大利经济政策、结构性改革，以及加强中意贸易平衡和相互投资等情况有了一些了解。英拉是“60后”，政治学硕士，著名企业家，祖籍广东省梅州市丰顺县，客家人后裔。2011年8月5日，当选泰国第28任总理，也是泰国历史上首位女总理。她的精彩演讲中，以“泰中两国全面战略合作伙伴关系的发展方向”为题，着重讲了“过去：泰中关系根基牢固；现在：在挑战与变化中的两国关系；未来：长久的合作的五点看法”的内容，并热情回答了学员提出的问题，使我们对泰国有了进一步的了解。

在中央党校经常有机会参加外事活动，并与外国政要直接进行交流，这既充分体现了中央党校的开放，同时也有助于提高学员的全球视野、世界眼光和战略思维能力。

独特的教学设置和组织管理

中央党校的教学设置与高校不同,不分院系,而是设进修部、培训部、研究生院三个学员管理部门。进修部负责省部级、地厅级干部,县(市)委书记的轮训;培训部负责中青年后备干部以及新疆、西藏等少数民族干部的培训;研究生院负责培养马克思主义理论学科的博士、硕士研究生和党校系统师资。此外,中央党校还设有中直机关分校、中央国家机关分校、部队分部、国资委分校,培训相应级别的干部。记得 1983 年,我就曾在中央党校海军分部工作过,当时的校址是西山海军招待二所,后来因牵挂两地分居的夫人和小女,就调往杭州了。算起来,一晃已过了 30 年,真是一眨眼的事。现在的中央党校共有教职员工 1360 余人,每学期在校学员 1600 余人。这次参加本学期开学典礼的新学员 978 名,其中仅参加为期 2 周的县(市)委书记轮训的就有 440 多名。还有一些培训项目,包括中直机关和中央企业委培的项目也将陆续进行。

我所在的进修部,是按照班(期)、研究专题和小组等来组织教学的。如这学期进修部就设置了省部班(第 51 期)"转变经济发展方式与经济结构调整"研究专题、"学习贯彻党的十七届六中全会精神"研究专题、省部级干部"中国特色社会主义理论体系"高级研修班(第 2 期)、厅局班(第 58 期)"党的执政经验与执政能力建设"研究专题、"战略思维与领导能力"研究专题、"世界经济与政治格局变化及应对"研究专题、"中国特色社会主义理论体系"研究专题等 7 个专题班,时间一般为 2 到 3 个月。

在教学组织管理上,大致由 4 部分人员组成,分别是中组部联络员或中组部干教局驻班工作人员、组织员、教学组、教务部联系人员。组织员相当于班主任，一般都是正处级，有的还是正局级，跟班作业，负责学员的学习、生活和文体活动。我们的组织员是位女老师，叫操鸣蝉，有一个挺特别的姓氏，经济学硕士，正处级，安徽人，人很和善，也很操心，亲和力很强，带班的点子和经验很丰富，把二支部的学习和课外活动搞得有声有色。教学组由教研部的领导、教授组成，还特别安排了靳凤林教授跟班作业。靳老师为我们讲授"道德素养与科学决策能力"，著有《制度伦理与官员道德》等书，可一点没有教授架子，对工作非常负责。他认真听取学员听课反馈、组织学员论坛，参加支部讨论，指导课题报告等，最后还加班加点逐篇修改学员的课题报告，打印成册后交给学校，体现了勤奋敬业、深藏若虚的良好素养。

再有就是入校后，进修部要举行迎新会，由分管副校长和各部门领导参加，主要讲一些党校发展历程、进修部各部门组成和职责，学习情况说明，强调树立党校姓党的意识，加强党性锻炼，按照校规校纪办事等。其中，有一条要求学员周一到周四晚上，要坚持 2 小时的自学。看来，到中央党校学习也不是一件轻松的事。

战略思维专题的板块教学

中央党校进修部开设的"战略思维"专题，是最近几年新开设的课程，很受学员欢迎。据说今年第 58 期"战略思维与领导能力"专题是报名最多的班次，通常一个专题班的学员大约 30 至 50 人，我们这个班有 100 人，由于人数过多，不得不分成两个支部，又共同在一个大教室上课。这充分表明战略思维对指导各级各部门工作的重要性，以及各级领导干部对提高战略思维能力的需求和渴望。

战略思维是谋全局、谋长远、谋未来的思考和布局，事关党和国家发展的前途和命运，也事关做好局部工作的具体考量，正可谓“不谋全局者不足以谋一域，不谋万世者不足以谋一时”。所以，进入新世纪以来，我们党把战略思维摆到了突出位置。2000年，中央在《关于面向二十一世纪加强和改进党校工作的决定》中，就明确提出把“战略思维”作为党校的教育课程，作为领导者素质要求的一个基本方面。党的十六大报告要求，各级党委和领导干部都要“善于进行理论思维和战略思维”。党的十六届四中全会在《关于加强党的执政能力建设的决定》中，强调“坚持用宽广的眼界观察世界，提高科学判断国际形势和进行战略思维的水平”。党的十七大报告再次重申：要“树立世界眼光，加强战略思维”。可见，加强战略思维已成为我们党提高执政能力的重大课题。

正因为如此，中央党校高度重视“战略思维与领导能力”专题的教学组织工作，首次实行项目组制。经过竞争，由哲学教研部组成教学组，但主讲教授又不限于哲学教研部，还选调了经济学教研部、马克思主义理论教研部、政法教研部、党建教研部、党史教研部、战略研究所等的著名教授讲课。必修理论课有4个单元、20门课：第一单元是“马列经典著作导读与科学发展观”，有5门课，包括《共产党宣言》导读、《路德维希·费尔巴哈和德国古典哲学的终结》导读、中国特色社会主义理论体系是当代中国的马克思主义、科学发展观若干问题研究、科学发展观的方法论研究。第二单元是“战略思维基本理论与经验”，有4门课，包括提高驾驭全局的战略思维能力、战略思维的理论与方法、系统思想与战略思维、新中国成立以来重大问题战略决策的经验与教训。第三单元是“中国特色社会主义战略问题”，有6门课，包括后金融危机时代与经济发展方式的战略性转变、中国特色社会主义政治发展道路研究、核心价值体系建设与意识形态创新、社会管理创新与社会和谐、提高执政党建设的科学化水平、当代世界格局与中国和平发展道路。最后一个单元是“提高领导能力”，有5门课，包括哲学思维与领导能力、道德素养与科学决策能力、提高应对突发事件的能力、提高依法行政的能力、提高公共事件处置与舆论引导能力。

当然，这20门课只是这两个月学习的必修理论课，此外还有每周五上午的“形势与任务”报告、每周三下午的“当代世界”报告等必修课程。同时，还安排5类选修课，包括“时事热点问题”讲座、全校选听讲座、电视选修课、校园网网上选修课、体育课。如果每门课都学，就是每天不休息也不一定能学得完。

中央党校教授不愧是“传道解惑”的高手，功底深厚，风格迥异。讲马列经典原著字斟句酌、哲理深邃，给人以启迪；讲科学发展观的方法论系统集成、深入浅出，列举了许多自然科学和历史知识，图文并茂、诙谐有趣；讲战略思维纵横驰骋，从军事到政治、从历史到未来、从局部到全局一通神侃，一下子打开了我们的思维视野；讲当代世界经济贸易、后金融危机时代与经济发展方式转变，数据翔实、分析入理、见解独到，使我们易于把握全球经济发展新趋势、我国遇到的结构性矛盾和政策选择；讲提高应对突发事件的能力，从典型案例入手，分析危机生命周期的发展规律和处置办法，组织学员开展课堂讨论，大有亲临现场处置之感。总之，听了中央党校教授的讲课，不仅拓宽了我们的知识面，开阔了我们的视野，增长了我们的见识，还让我们学到了许多讲课的技巧，可以说是一种全面性的学习和提高。

引人入胜的部长报告

中央党校有一份特别刊物《报告选》,每期都会刊登中央党校做报告的部长报告全文,至今已出刊339期,内容专业而深刻,是中央党校引人入胜的招牌刊物,很受学员欢迎。这些到中央党校做报告的部长们,几乎都曾是中央党校的学员,来时轻车简从,做报告也没有人陪坐,课前校领导或有关教授简单介绍几句,做完报告部长自己宣布下课,还说这是中央党校的规矩。部长们站在三尺讲台,一边播放着精心准备的课件,一边把深邃的思考、大量的信息,以及高层的决策娓娓道来,使我们受益匪浅。

3月15日上午,也就是在全国"两会"结束第二天,杨洁篪外长应邀来到中央党校做报告。他衣着简朴,说话直截了当,围绕当前国际形势和我国外交工作,一口气讲了10个问题,内容广泛涉及学员们所关心的今后10年国际形势发展趋势、我国自身发展与国际处境、我国周边环境、中美关系、中俄关系、中欧关系、中日关系、中国与发展中国家的关系、西亚北非动荡,以及如何提升我国的软实力。杨外长从全球和战略的角度,纵横捭阖,笑谈天下,听了很受启发,也从中了解到一些鲜为人知的情况。比如他说,当前世界大事急事难事不断,国际形势基本是10年一大变,现在又面临新的发展趋势:新兴力量迎来大发展,西方世界遭遇大麻烦,国际体系经历大变革,新兴媒体发展大爆炸;外交部曾组织大使们回国参观,一看很受教育,世界上确实没有像中国这样蓬蓬勃勃发展的国家。再比如他说,有人责怪外交部总是让外国人看北京、上海、广州等大城市,尽挑好的给人家看,其实到哪里参观是外国人自己提出来的，有时好不容易安排他们看一些二、三线城市，也起不到作用，他们会认为你们发展差的城市都这么好，好城市就更不用说了。还有就是怎样看待对非洲和发展中国家的援助问题，有人认为，现在中国发展很不平衡，许多农村还很穷，学生都吃不上免费午餐，还要拿出那么多钱援助别人，不理解。可援助是我国的国际责任和义务，没有援助就没有“票子”，在国际舞台上“票子”就是硬道理，况且援助远远是得大于失。再有就是，有的人觉得中国外交太软弱，给外交部寄钙片，其实目前周边环境总体对我有利，东盟国家也不是铁板一块，你美国没这个本事围堵我们，只要自己稳住，谁都拿你没办法，因此要有战略思维和长远眼光，不争一日之短长，而谋百年发展之大计。听了杨外长的报告，我们对我国面临的国际形势和外交政策，有了更加清醒的认识和把握。

部长们的报告深邃睿智，形式活泼，很有文采，个人风格也很鲜明。如3月9日，财政部副部长王军做关于《世界经济走势和我国对策》的报告，采取自问自答式，先提出世界经济走势怎么样、中国经济走势怎么样、中国经济怎么办、中国财政政策怎么办4大问题，然后逐一解答。他把当前世界经济走势概括为余震说、药理说、政治说、发酵说、天鹅说、周期说等6个说法，认为世界经济要到2015年才可能进入繁荣，今年会低开平走，明年开始回升。至于财政政策，他提出继续实行积极的财政政策，具体操作上要增加财政支出，从预算稳定调节基金中调用2700亿元，比去年实际增加700亿元；保民生方面，增加地方发债500亿元，主要用于保障性住房建设；加大减税力度，2009年以来，全国每年减税5000亿元左右，今年在这个基础上再减税3000亿元。听了王部长的报告，我们对国家财政政策制定的形势背景、理论依据和政策取向有了比较清晰的了解。

在校期间，还听了国家新闻出版总署副署长蒋建国做的《关于学习党的十七届六中全会精神——建设文化强国》、中宣部副部长蔡名照做的《同领导干部谈舆论引导工作》、国家宗教事务局局长王作安做的《如何看待和怎样对待宗教问题》、国资委副主任邵宁做的《关于国企改革及相关问题的争论》、中国银监会主席尚福林做的《银监会的任务和银行业的改革发展》等报告。当然，有的部长报告内容敏感，涉密性强，要求学员不能带笔记本，不能带照相机，甚至不能带手机，听完不外传。如3月23日上午，即在胡锦涛会见吴伯雄的第二天，中央台办主任王毅应邀到党校做《关于两岸关系》的报告，会场内王主任放开讲，学员认真听，听完心知肚明，确实很过瘾。

这里没有领导只有学员

领导是一种职责所赋和群众所依，离开了职责和群众就没有了领导。如果领导们集中在一起，很简单，大家都一样，谁也不会以领导自居，转而主动接受负有管理职责的一般干部的领导。所以，一到中央党校，组织员就告诉我们这里没有领导只有学员，每个学员都要做好3个转变：从领导干部到普通学员的转变，从工作到学习的转变，从家庭生活到集体生活的转变。所以，大家见面也不再尊称某某领导，而一律是以“老郭”“老吴”相称或直呼其名，还挺亲热。

到中央党校学习，一般有3个目的：一是系统地学习一些知识，开阔眼界，提高理论水平和战略思维能力；二是加强学员之间的交流，通过中央党校这个平台，促进中直机关、中央企业和各省市自治区工作的相互了解；三是利用中央党校的良好环境，加强体育锻炼，增强身体素质，调理身心健康。挺好的三句话，可被有的人概括为“学学词儿，认认人儿，养养神儿”，听起来就有点变味了。

学员之间是平等的，但缺乏同质性的东西怎么分配呢？就是按年龄大小。如我所住的10号楼405室，朝南，前面是一片比较大的树林和草坪，地下室就是学员超市，购物、理发、拍照很方便；前面是礼堂，后面是综合楼和体育馆，左边是食堂，可以说位置绝佳、朝向绝佳，一进去就给人以豁然开朗的感觉。开始还想，我职务不高、资格不老，凭什么能住上这么好位置的房间呢？谜底很快揭开，一次在支部集中开会的时候，组织员告诉大家，房间分配主要看年龄大小，年龄大的和女学员住朝南的房间，年龄小的住朝北的房间。于是乎凡涉及排座次的事，如花名册排先后、上课排座位、外出参观吃饭排席位等，都是年长的在前，年轻的在后。至此，我猛然醒悟——光阴似箭，日月如梭，转眼我已到了需要被人照顾的年龄。我不由得产生一种“未觉池塘春草梦，阶前梧叶已秋声”的无奈和惆怅。

学员的学习和生活设施非常简单。如我住的房间，简单配置了单人床、办公桌、台灯、电脑、电视机、两把凳子、两把椅子及一个小茶几，书橱里配备了19本公共教材，主要有《毛泽东选集》（一至四卷）、《邓小平文选》（一至三卷）、《江泽民文选》（一至三卷）和《深入学习实践科学发展观活动领导干部学习文件选编》《科学发展观重要论述摘编》《科学发展观学习读本》，以及“六当代”即《当代世界经济》《当代世界科技》《当代世界思潮》《当代世界法制与中国法制建设》《当代世界军事与中国国防》《当代世界民族宗教》，后来又加上一本《外事英语800句》。卫生间用的毛巾、牙膏、牙刷等一次性用品，先简单配发一次，用完自己去买。至于办公必用的纸张、剪刀、小钟表更是需要自己去买了。开水要自己打，吃饭都是自助餐，用餐后要主动把餐盘放到指定位置。由于北京冬季异常干燥，南方学员很不适应，甚至睡不好觉，还需要自己买个加湿器，以增加室内的湿度。

当然，学员之间的平等更多地体现在民主产生小组长和支部委员上。经过充分酝酿和小组推荐，我所在的二支部产生了支部书记、副书记、纪检委员、学习委员、生活委员、文体委员、文体助理、支部助理，以及各组的组长、学习组长，组织架构十分健全。推选上的学员大多是在中直机关和中央企业工作的，能力强，资源多，也都十分愿意为大家服务。经热心学员的联系，我们二支部经常利用课余时间组织参观考察，使我有机会参观我国兵器工业集团、国家测绘地理信息局、最高人民检察院、最高人民法院立案一庭、国家地震紧急救援训练基地、国家地质博物馆，以及平谷挂甲峪最美乡村等，这使我大开眼界，大长见识。

学员是主体人人上讲台

中央党校十分强调以学员为主体，这不仅反映在课程设置和后勤服务上，还更多体现在学员参与教学上。比如说，一入党校就组织开展“两带来”交流，每位学员都要上讲台，向全体同学和教学组的老师，介绍你带来的一个热点难点问题和一个需要解决的理论思考问题。还有，每节课老师讲完后，都有一个互动时间，学员既可提问题，又可讲自己的观点，也可与老师进行讨论，并作为给老师打分的依据。再有，每个单元课程结束，都要组织小组讨论，还要推荐学员代表在全支部交流。由于搞得比较多，大家都有机会上台讲一讲。最后，培训快结束时，还要按照课程要求和老师布置的选题，各小组组建课题组，并就选题的论点、论据等进行交流，课题报告完成，还要再做一次交流汇报。听起来有点烦琐，实际上就是想方设法让学员唱主角。

大概由于从事文字工作的关系，一入校我就被推荐为小组课题报告的执笔人。因推辞不掉，也只好答应下来。但既然答应了就应尽力写好，这也是我的性格。于是在紧张的上课之余，经常泡图书馆查资料，就连清明节回杭州也赶到办公室准备材料，然后利用课余时间抓紧起草。还好，我们小组选定的课题是"我国转变经济发展方式的路径选择"，这是教学组拟定的 6 个选题中的第一个，也是我关注研究多年的课题，写起来比较顺手，只花了 5 天的业余时间就写好了，最后经同学和韩宝江老师的指点修改，很快以"我国转变经济发展方式的现状评价、障碍因素和路径选择"为题定了稿。4 月 24 日下午，我代表小组在支部交流，随后又推荐我代表支部到学校交流。4 月 25 日上午，党校举行了"进修两部学员课题研究报告交流会"，校领导十分重视，3 位副校长到会指导，省部 2 个班和厅局 4 个班共 6 个学员发言，每人 20 分钟。我的发言据说还不错，总算没有辜负同学们的期望，也算在党校露了一次脸。

学员唱主角的另一招，就是开设学员论坛，让学员自己上台讲课。在短短的两个月时间里，我所在的二支部就有 9 位学员上台发表了高论：中央文献研究室朱德研究会常务副会长姚建平讲了《朱德的晚年岁月》、中国粮油学会秘书长胡承森讲了《我国粮食安全的一些思考》、水利部太湖流域管理局局长叶建春讲了《中国的水安全——以太湖为例》、湖北省教育厅长陈安丽讲了《协调创新——关于教育发展方式转变》、北京市教委主任姜沛民讲了《什么是好的教育，教育干什么》、中联部三局局长杜燕凌讲了《中东乱局》，还有成都飞机工业集团公司党委书记程福波和中船集团广州文冲船厂党委书记殷学明讲了《关于国有企业改革问题》，以及民政部区划地名司司长董华中讲了《行政区划战略研究》等。集全国总工会中国工人出版社党委书记、社长、总编辑于一身的李庆堂，还代表我们二支部参加了进修部学员读书体会交流。由于中央党校坚持“讨论无禁忌”的传统，“不扣帽子、不打棍子、不抓辫子、不装袋子”是课堂讨论的原则，所以大家无论在小组讨论中还是在学员论坛上，都能毫无顾忌地发表意见，有时争得面红耳赤，但从中也收获了许多思想启迪。

当然，山外有山，人外有人，学员中不乏藏龙卧虎。很多同学虽然没有机会在论坛上展现自己，但才华横溢者也是大有人在的。一次，同组的吴富林同学送我一本 2012 年第 3 期《读书》杂志，上面赫然刊登着他撰写的重点文章《金融家与时代》，后面注明是根据作者 2011 年 3 月 19 日在三联韬奋书店的讲座整理而得。细读文章，好生了得，6 个小标题：“金融家的始祖”“七十年代以后的三件事”“金融家与时势”“金融家的‘虚’与‘实’”“金融家的‘籍’与‘系’”“金融家的担当”。只看标题就知道作者的广博学识、深厚功底和远见卓识。

那么，可想而知，同学中“藏龙卧虎”在政治、经济、文化、科技、教育、外交、军事和企业等领域的专家就更多了。在进修部举办的学员摄影书法展和学员歌唱比赛中，许多学员大显身手，纷纷展示自己的绝活，或书法笔酣墨饱、丰厚雍容，或绘画妙笔生辉、栩栩如生，或摄影构思奇巧、巧夺天工，或唱歌行云流水、天籁之音。尤其是同支部的大画家潘鲁生同学为我们参观的许多单位留下了精美画作，同组的大才女陈安丽同学获得歌唱比赛一等奖，以及张社卿和叶建春同学分获摄影比赛二、三等奖，都体现了很高的艺术素养。

一场悄然飘落的春雪

3月18日清晨，正巧是个周日，一早醒来拉开窗帘，突然望见窗外白茫茫一片，内心一阵惊喜，一场没有预报的春雪悄然飘落在党校校园。我赶紧沐浴穿衣，提着相机冲到楼下，去抢拍难得一见的党校雪景。

谁知还有比我更早的摄影发烧友，早已提着相机，或三三两两，或孤雁单行，在校园各个角落拍上了。我沿着10号楼往西拍，穿过省部级学员居住的22号楼、育园楼、23号楼，来到了融南北园林文化的核心景区荟茗园。这处园林以人工挖掘的掠燕湖为主体，由北方皇家仿古园林区、苏州园林区和岭南园林区等几个部分组成，楼阁亭榭古色古香，湖光山色相依相伴，小桥流水自然成趣，而开挖的泥土则堆成了千萃山。我沿着掠燕湖拍楼台亭阁，拍小桥流水，拍大雪压弯的翠竹，拍湖面飞掠过的鸳鸯、野鸭，也拍傲然挺立的青松和钻入云霄的白杨。当然，最后最想拍的还是最具有中央党校特征的主楼、校训碑、大礼堂、综合楼等经典建筑，摄下它们在白雪皑皑中展现的风采。雪后的党校校园十分恬静，特别优雅，分外妖娆。

拍完雪景，吃过早饭，踏着软绵绵湿润润的积雪，我马上赶到党校北门的医院去挂点滴了。今年冬天，北京几乎没下雨雪，气候十分干燥，我这个在杭州生活惯了的北京人早已不适应家乡的气候，前两天被流感击中，发冷发热，浑身酸痛，导致上呼吸道感染，不得不到党校医院看病，结果医生处方是打针、吃药、喝水、睡觉。

3天打吊针，使我多了一份对中央党校看病情况的了解。现在的中央党校医院早已不再是过去的简陋校医院，而是挂牌北京大学第三医院，属三类甲等医院，医疗设施完备，医疗水平大为提高，每天还有专家医生前来坐诊。群众看病负担也不重，根据看病的医院等级，在职人员就诊报销70%至90%，退休人员更高一些，能报销85%至90%，大大缓解了“看病难、看病贵”问题。经与热心的病友聊天，大家对目前的基本医保制度和医疗保险政策还是很满意的。当然，我算外地人，不能享受这个待遇，须全额付款，连门诊带药费共计付了541元，大大超出了事先估计的100多元。看一次感冒3天药量就要花500多元，如果没有基本医疗保险制度，老百姓还真看不起病。

毕竟初春已经来临，大地已经解冻，冰丝已经融化，春雪带来的不再是严寒，而是催生万物复苏的雨露甘霖。中央党校校园在这场罕见的春雪之后，加快了春天的脚步，而我也输完了最后一次点滴，迎来明天新的课程。

妙趣横生的趣味运动会

入学不久，进修部的领导和组织员就告诉我们，学校将在3月下旬举行运动会，希望大家积极准备，踊跃参加。两个月的进修时间还要搞运动会？开始大家都没往心里去，当然也就没开展什么准备活动，各自按照自己的习惯，每天进行一些散步、慢跑、游泳、打球等运动。后来，我们在参观校史展时，看到延安时期的党校经常举行运动会，开展球类、田径等比赛，搞得生龙活虎、热火朝天，才知道举办运动会，原来也是中央党校的一个光荣传统。

果然到了3月下旬，支部的组织员和文体委员就开始了轰轰烈烈的运动会筹备工作。俗话说，兵马未动粮草先行。运动会还没开，支部就忙开了。先是统计运动服、运动鞋号码，然后是乒乓球项目和运动会项目报名，随后就开始了乒乓球项目比赛，我所在的二支部四组还拿了冠军，后来又代表支部拿了进修部的季军。运动会前两天，各支部组织开展方队入场式训练，我们支部的方队训练，由担任陆军第三十九集团军政治部副主任的冷少杰负责，整队伍、讲要领、喊口号，像模像样，练得非常认真。我们入场式队列的口号是"战——略——思——维，科——学——发——展！"节奏明快，声音洪亮，也比较整齐，看来领导干部学东西还是挺快的。

3月27日下午，是一个难得的艳阳高照、春风拂面的好天气，中共中央党校进修部第22届趣味运动会，如期在校体育馆举行。运动会由进修部副主任郭焕永主持，程序有：校部领导主席台就座，运动员入场，奏国歌，副校长陈宝生讲话，以及校委委员、进修部主任黄宪起和学员代表讲话，然后进行项目比赛，搞得还挺正规。讲话中，黄宪起特别提到，这次运动会有60余名省部级学员和200余名厅局级学员参加，不敢说是规模最大的，但一定是年龄和级别最高的，引起大家一阵会意的笑声。一时间，哨子声、喇叭声、塑料手的拍掌声四处响起。

既然是趣味运动会，必然以娱乐和开心为主，比赛共设置了4个项目：先是小足球射小球门；再是发羽毛球进圈；三是打仿保龄球；最后一项是接力跑钓木鱼。规则是以支部为参赛队，每个项目5名选手，按团队积分计成绩。比赛结果是钓鱼项目打破了运动会纪录，冠军由世界经济专题支部获得，中特理论专题支部获得亚军，战略思维专题一支部获得第三名。我所在的二支部也不错，获得定点射门第三名。而没有获奖的支部，则获得精神文明奖，实际上是各支部都有奖。

尤其需要一提的是，这些平时在单位严肃有余、活泼不足，整天板着面孔的领导，身着五颜六色的运动衣，胸前挂着塑料喇叭或哨子，手里还拿着塑料手掌，从一进场开始就不停地呐喊。每当领导进场、讲话或运动员进球，都报以喇叭声、塑料手掌声，或干脆大声叫喊，异常开心，甚至有些放纵。一时间，学员们忘记了领导的身份，忘记了老大不小的年龄，忘记了工作压力带来的疲劳，转而恢复了童年的情趣和娱乐搞笑的天性，这大概也是中央党校坚持不懈举办运动会的一个缘由吧。

欣赏精美的文化大餐

最后，谈一点在中央党校欣赏的精美文化大餐。话题的引子是，浙江遂昌曾是汤显祖当县令和创作《牡丹亭》的地方，作为县里的顾问我多次拜谒过汤显祖的故居博物馆，也欣赏过该县演出的昆曲唱段《牡丹亭》，但对这段昆曲印象不深，可能是县里的演员水平不大高吧。早几年，白先勇先生创作的青春版昆曲《牡丹亭》，据说以近乎完美的唱腔、扮相、服饰、舞美倾倒了大江南北的媒体和戏迷，可惜我没有看过，更谈不上印象。直到这次来到中央党校培训，才有机会多次接触和欣赏古老的昆曲艺术，并有机会欣赏其他艺术大餐，享受一顿顿精美的文化盛宴。

3 月 27 日晚，中央党校邀请北方昆曲剧院来中央党校礼堂演出大型原创昆剧《红楼梦》，由著名播音员康辉作开场白。正巧前一个晚上，在礼堂的东升厅听了梅敬忠教授讲解《〈红楼梦〉与中国文化》。梅教授围绕新旧版《红楼梦》影视、《红楼梦》的文化价值、《红楼梦》与红学、对《红楼梦》的解读等，洋洋洒洒，旁征博引，讲了近 3 个小时，正巧成为我们第二天欣赏昆曲

《红楼梦》的一个导引。听了梅教授的讲座，真为自己没有系统读过《红楼梦》有点汗颜，因为毛主席一生看了5遍《红楼梦》，而早在清代就有人说“开谈不说红楼梦，读尽诗书也枉然”，况且我哪里读得尽诗书呀！

所以第二天晚上，我早早就挤到礼堂前面紧靠领导的席位，静等大幕拉开、锣鼓响起，以显得有点文化。这次演出的昆曲《红楼梦》，历时4年多的策划和近1年的排练，是600多年的昆曲艺术与200多年的《红楼梦》艺术的完美结合，曾在国家大剧院连演两天，每场6个多小时，今晚是压缩版，也有近3个半小时。该剧以“通灵入世”为序，再现了原著中“宝黛初见”“共读《西厢》”“葬花悲艳”“失玉调包”“惩孽抄家”“宝玉凭吊”等十几场戏，刻画了贾宝玉、林黛玉、王熙凤、贾母、贾政、刘姥姥等众多人物形象。特别是昆曲唱腔缠绵婉转、曲调柔曼悠远、扮相优雅迷人、服饰眼花缭乱，让观众如醉如痴。我终于感觉昆曲还是挺好听的。

此前，3月19日晚，我还在党校礼堂欣赏了一场山东莱芜梆子剧团演出的现代戏《儿行千里》，因过去看过戏剧电影《三定桩》，对莱芜梆子有点印象。《儿行千里》讲述的是官员郑耀忠回老家为母亲祝寿，送礼者借机蜂拥而至，引起其母的警惕和忧虑，塑造了一位深明大义、仁爱严厉、教子廉洁的母亲形象，是一部难得的廉政教育剧。特别是，具有近300年历史的莱芜梆子那种道白字正、声硬、音直，唱腔粗犷激昂、高亢奔放的艺术形式，大大增强了这出戏的感染力，牢牢抓住了观众的心。

后来，4月19日晚，又在党校礼堂观赏了一场由湖北省京剧院演出的原创京剧《建安轶事》，讲的是东汉建安年，曹操以重金赎回流落在南匈奴的蔡文姬，寄望她完成乃父蔡邕未竟的事业——续写《后汉记》的故事。故事情节曲折，扣人心弦，演员唱念做打，十分精彩。特别是该剧很快把观众带进了戏，悲欢离合，大喜大悲，催人泪下，感人至深，看得我眼泪都快流出来了，堪称经典之作。

此外，在中央党校培训期间，还有机会到国家大剧院欣赏了由北方昆曲剧院演出的昆曲《西厢记》和《牡丹亭》。三场昆曲听下来，比较而言，《红楼梦》场面恢宏，《西厢记》味道浓郁，《牡丹亭》委婉缠绵，多是反映了抗争封建礼教、追求婚姻自由、"愿有情人终成眷属"的美好主题；尤其是演员的一咿一呀、一招一式、一笑一颦，凄婉动情，妩媚动人，回味无穷。十分可惜的是，由于时间冲突，不得不舍弃了由北京京剧院"魅力春天"青年京剧擂台赛在长安大戏院演出的京剧《状元媒》、由国家京剧院优秀青年演员在梅兰芳大剧院演出的京剧《钟馗嫁妹》《刺巴杰》和《春闺梦》，真正体会了一次"鱼与熊掌不可兼得"的滋味，委实纠结得很！

习校长亲临毕业典礼

4月底的北京春意盎然，百花盛开，开启了一年四季的好时节。在这美好的季节，我们也即将完成两个月的进修学习。4月28日下午3点，中央党校在综合楼举行了2012年春季学期第一批进修班毕业典礼。

那天下午2点15分，根据预先通知的着正装和"五不"要求，男学员穿西服打领带，女学员衣着光鲜亮丽，集合在10号楼大厅前。大家站在楼前台阶上，在组织员操老师的带领下，拿着自己的站位编号，相互寻找左右同学，以确定自己的照相位置。当同学们站好队、拍好支部集体照后，列队走向综合楼。

综合楼大厅内，早已搭好了照相阶梯，专业照相师也准备就绪。下午2点50分左右，相关国家领导与校领导，分3批与即将毕业的245位学员合影留念。我所在的支部参加第二批合影，由于占有年龄大的优势，我位在6排队伍中的次排左侧。当习校长等中央领导与第一排学员一一握手走近面前时，很想打声招呼，但考虑事先的“五不”要求还是忍住了，只好目送老领导与同学们一起合影。

下午3点，毕业典礼隆重举行。先是大家起立，唱《国歌》。随后，常务副校长李景田发表讲话，他总结了两个月来学员们的学习情况。他说，学员们反映，通过学习，对保持党的纯洁性有了更加清醒的认识，坚定了与党中央保持高度一致的政治信念，增强了党性；深化了对学习马克思主义理论的重要性的认识，汲取了丰富的理论营养，夯实了理论功底；加深了对党和国家的大政方针、一些热点难点问题的认识，培养了战略思维，提高了领导能力。同时，也提出了新的要求，希望学员们继续加强学习，不断提升领导素养；坚持不懈地加强党性修养，做保持纯洁性的表率；把握好稳中求进的总基调，以优异成绩迎接党的十八大胜利召开。接着，在欢快的乐曲声中，习校长起立为学员代表颁发毕业证书。我们支部学员的毕业证书是由支部书记，东风汽车公司董事、党委常委、纪委书记马良杰同学上台领取的，也算与习校长来了一次近距离的接触。最后，大家起立，在雄壮的《国际歌》歌声中，毕业典礼仪式圆满完成。

走出综合楼，同学们依依不舍。转眼两个月的学习已经结束。来时还是天寒地冻、冰天雪地，惜别时已是草木葱绿、鲜花盛开。同学们由陌生到相知，由相知到了解，由了解到熟悉，在中央党校这座“大熔炉”里，饱尝了一顿顿“理论大餐”，接受了一次次“精神洗礼”，大开眼界，大长见识，提高了战略思维与领导能力，彼此也结下了深厚的友情。相见时难别亦难。最后，引用诗人姚建平同学的一首《离别》，来表达同学们的共同心愿：

花开终有花落时　相聚亦有离别日
同窗结谊相恨晚　来日聚首莫迟疑

写于 2012 年 3—4 月

慢的遐想

前些日子，在居住的小区电梯里看到一则广告——时尚高品质，快乐慢生活，感触颇深。

是呀，人如果没有高品质，所追求的时尚可能就是低俗的甚至是恶俗的；人如果生活节奏太快，可能来不及享受生活的美好就老去了。试想，一个会意的笑容刚展现在唇角就戛然而止，大笑急转为打哈欠，这是多么尴尬和痛楚的事呀！

自经济全球化以来，现代社会的发展仿佛像一架高速飞机，飞得贼快。人生旅途仿佛只有结果，全无过程。现在的飞机时速已超过 1000 公里，但人类还不满足。据说，美国宇航局试验的 X-43A 超音速飞机，速度最快能够达到音速的 10 倍，从纽约到悉尼的飞行时间将从目前的 21 小时缩短到仅约 2.5 小时。欧洲正在研制的火箭式超音速飞机从法国首都巴黎飞抵日本首都东京也仅需 2.5 小时。看来，儿时梦想的把人装在炮筒里打出去的飞行速度，很快就将变成真的了，也真的有点可怕！

飞机快还情有可原，谁叫它是飞机呢？现在连火车也“飞”

了起来。新开通的京沪高铁，全程不到5小时，比最快的动车还省时一半。据说，京沪高铁试跑时，最高时速达486.1公里，这已是喷气式飞机低速巡航的速度了。这么快的速度虽然大大缩短了人们的旅行时间，但也大大压缩了人们的旅途心情。估计现在的诗人再也写不出诸如《西去列车的窗口》这样脍炙人口的抒情长诗，写不出“在九曲黄河的上游，在西去列车的窗口……一站站灯火扑来，像流萤飞走，一重重山岭闪过，似浪涛奔流……”的诗句。因为，火车快得使人来不及欣赏沿途的美景，牵肠挂肚的诗句跟不上飞驰绝尘的列车。

飞机快、火车快还好理解，这些毕竟是交通工具。然而人们吃饭也快了起来，美其名曰“快餐”。先是引进来西方“列强”的肯德基、麦当劳，一桶油炸鸡块、土豆丝，外加可乐水；再是国产的永和豆浆连锁店，以及各类专送盒饭的快餐店。不知从什么时候起，现代人吃饭已经功能化、工业化了，吃东西就像机器加油一样，补点热量大卡就行了。再不然就来点添加剂，使饮食男女在饱腹中学点有关三聚氰胺、苏丹红、塑化剂等的化学常识。而那种色香味俱全、细嚼慢咽的美食享受已与我们渐行渐远。

民以食为天，人如果连吃饭都不想花时间，那与之相应的就是“快餐文化”了。现代人早已失去了看经典原著的耐性，失去了欣赏诗词歌赋、小说戏曲、书法绘画的雅兴。偶尔玩些收藏，也大多为了投资和保值增值。读书读摘要，看报看标题，不懂查百度，已是现代人的文化素养。明星行踪、奇闻趣事、个人隐私纷纷成为媒体追逐的热点。于是乎，现代社会只见舆论不见《论语》，硬是把大白话说成梨花体诗，男女老少整天忙着“织围脖”，就连我家的内人也整天在QQ空间里写东西，好像一夜之间大家都是才高八斗、学富五车的作家了。

快当然不是坏事。发展快可以早日摆脱贫穷和落后，早日实现全面小康和基本现代化，早日实现中华民族的伟大复兴。跑得快可以破纪录、拿冠军，为国争光。但如果一味求快，超出自己驾驭能力的快，不会走就想跑得快，就会欲速不达，就会跌跟头。君不见，我们的城市建设一年一个样，三年大变样，但老天爷撒泡尿、来一场大雨就水漫金山，成为水中泽国；君不见，同样登机坐等5小时，老外们静心读书看报，国人早已抱怨冲天；君不见，排队加塞、大声笑谈、吞云吐雾、随地吐痰等“国粹”陋习，随着旅游大军带到国外，引得已进化成文明人的老外紧皱眉头；君不见，在日益拥堵的公路上，国人驾车早已失去了排队前行的耐性，一个个亮出车技，左冲右突，争先恐后，拼命赶路。

于是乎，快发展、快节奏正在悄然改变着人们的性情。经商者，小富不安，总想一夜暴富。从政者，小进不满，总想不断高升。著书者，也总想一夜成名，失去了往昔十年磨一剑的上下求索，一年拼凑出好几本“鸿篇巨制”已是家常便饭。现代的国人无论做什么，稍许慢了点，就会显得忐忑不安，急躁、烦躁、焦躁，神经兮兮，自寻烦恼，精神负担沉重。当然，最后高血压、高血脂、高血糖这“高氏三兄弟”也找上门来，造成亚健康的身心状态。

那么，为什么人们不放慢点发展的脚步和生活的节奏，恰似闲庭信步往前走呢？可能不是不想，而是太难了。慢而不停，有自控力、绅士般的舒缓前行实在是不容易做到的。

慢是一种功力。

最先悟出这句话的是鄙人的糟糠之妻。她好动不好静，常常学些气功操、街头舞之类的，最近又迷上了经络操和二十四式简化太极拳，每天在家里大显身手。我久坐成疾，落下了肩颈酸痛的职业病，也就整天跟着她“邯郸学步”“东施效颦”，偷学几招。两人伴随着音乐翩翩起舞，可每次西施“师傅”都跟不上音乐的节拍，常常是音乐未停招数已止。我提醒她没跟上音乐，做得太快了。她没好气地教导我说：“慢是一种功力，不是想慢就能慢的。”此言一出，如醍醐灌顶，使我茅塞顿开。是呀，武林讲以柔克刚，太极高手都是慢中取胜，这个慢里面蕴藏着深厚的功力，没有功力想慢也慢不下来。

再一次领悟这慢的道理是学车。初学驾驶，都有开快车的冲动，以为开快车难，开快车显得有水平。可是驾驶师傅总是说，要慢，要慢，一定要慢！甚至在场地上把加油踏板顶住，不让加油，就是慢悠悠地不断练习系保险带、调座椅、放手闸、换挡、踩油门、踩刹车、过单边桥、过S弯、过圆饼、过起伏路、定点停车、侧方停车、移库、直行、转弯等。开始不以为然，觉得枯燥无味。后来师傅讲，开车人命关天，学快容易学慢难，驾车的速度取决于你的掌控能力，不会慢就快不起来。事实正是这样，当我们慢慢学会了这些基本功，再上路开车心里就有底了，也就能快慢自如了。

如此看来，在快速发展的现代社会，要涵养慢的内功，委实需要来一番修炼。

首先要知足，善于比下。俗话说，知足者常乐。人世间99%的人都是处于比上不足比下有余的中间状态，比上者会自寻烦恼，比下者会心满意足。

其次要感恩，知恩图报。俗话说，滴水之恩，当涌泉相报。我们来到这个世间，辛苦了父母，打扰了自然，一路上还有老师的教诲、同学的帮助、组织的培养、社会的关爱，唯有心怀感恩之心，才能消解内心积怨，涤荡世间尘埃，拥有无穷快乐。

三是要淡定，心境开豁，悠游自若。遇好事不要太过兴奋而忘乎所以，遇坏事也不要太过悲伤而痛不欲生，泰山崩于前而面不改色。无论艰难险阻都泰然处之，努力做到“宠辱不惊，看庭前花开花落；去留无意，望天上云卷云舒”。

四是要糊涂，做人不要太计较、太精明。须知大智者往往也是大愚者。清代潍县县令、大书画家郑板桥书曾写“难得糊涂”四个大字，并特意说明：“聪明难，糊涂难，由聪明转入糊涂更难。放一着，退一步，当下心安，非图后来福报也。”满招损、谦受益，聪明人糊涂一点才是真聪明。

五是要放下，学会取舍。俗话说，有所失才能有所得。放下的越多，越觉得拥有。放下世间几度愁，淡泊名利心无忧。从幸福指数来说，付出永远大于索取，只有给人玫瑰，才能手有余香。实际上，很多痛苦都是来源于放不下。

大概，现任联合国秘书长潘基文就深知这些道理，他奉行老子《道德经》所言：“天之道，利而不害；圣人之道，为而不争。”结果他是不害而利、不争而为，顺利连任了联合国秘书长。

当然，一个人要做到“知足、感恩、淡定、糊涂、放下”是很难的，所以，要做到“快乐慢生活”也是很难的！

写于 2011 年 6 月

体验日本

敏感期出团

凡事总有个头。2010年10月初，就在日本非法扣留中国渔船船长的钓鱼岛事件发生不久，就在中国已宣布中断中日省部级交流的情况下，为了不把所有的门都关死，国家还是批准了由北京一家研究机构组织的有8个省市20名中心智库人员参加的赴日本21天培训考察团出行。6日下午3点，我们一行如期会聚在北京机场3号航站楼，搭乘日本全日空公司的飞机启程赴日本。

由于中日两国正处在特殊的敏感期，一上飞机就感觉到丝丝凉意。虽然日本空姐态度和蔼可亲，还配备了一名中国空姐服务，但可乘260多人的空客只乘了62名客人，飞机空荡荡的有点像乘专机的感觉，有几个西方老外索性躺下睡觉了，唯有我们还保留了正在培养的绅士风度，坐立还像个样子。因为一出国我们也是老外，不能给国家丢脸。

三个小时后，飞机准时降落在东京成田机场。由于旅客不多，加上日本海关检查不像欧美国家那么烦琐和“神经”，出关非常顺利。当然，手印还是要留一下的。

日本的时间要比中国快一小时，这时已是东京晚上7点，正是华灯初上的时候。“东京也无非是这样……”，一时鲁迅散文《藤野先生》的开头便在耳边响起，虽然此时的东京早已过了樱花盛开的时节。

国民特性

日本是一个典型的欺软怕硬、服强凌弱的民族。据说“二战”后期有个从没到过日本的美国人叫鲁思·本尼迪克特，他1944年应美国政府之邀，对日本的民族精神、文化和日本人性格进行了大量调查和深入剖析，1946年将研究成果整理成一本名叫“菊与刀”的书，至今影响很大，无人超越。我想其中一个重要缘由，可能就是这个书名入木三分地刻画了日本人的国民特性：既有温柔的一面，又有残忍的一面，菊花的美丽和武士的好战融合为一体。

日本是谁强服谁。为什么唐朝时日本把中国叫老师，因为那时唐朝强大；为什么“二战”后日本待美如父，因为美国投了他两颗原子弹。八年抗战胜利，日本一直不承认是被中国打败的，而只承认是被美国打败的。

日本是由四个大岛和数千个岛屿组成的国家，号称千岛之国，具有强烈的岛国根性。当然，日本又是亚洲最早接受西方文明和最先进入现代化的国家。可以说，日本是东西方文明的混血儿，既有东方的天皇，又有西方的议会，政府首脑既可称总理大臣，又可称首相。虽说文字中保留了汉字，不少人毛笔字也不错，就连宗教也是佛教，供奉观世音，但日本人大多愿讲几句蹩脚的英文，骨子里瞧不起亚洲其他国家的人。日本文化的表面是东方的、中国式的，内核又是西方的、美国式的。

认清日本、与日本人打交道不是容易的事。套用抗战时日本兵常说的一句话："小日本，狡猾狡猾的有。"

可敬之处

初到日本，一定会被日本鳞次栉比的高楼大厦、四通八达的交通网络、干净整洁的街道场所、琳琅满目的商品供应、彬彬有礼的匆匆人群所折服。东京这座拥有 1300 多万人口的特大城市，看上去是如此的安宁和谐，以至于我们到达的第二天晚上，大家就按耐不住地大胆去逛银座了。

日本社会显得比欧美国家更让人有安全感，据说很少有小偷之类。在公共场所，日本人的东西常常是随意放的。如果手提包等遗忘在新干线或公交车上，十有八九回去就能找到，因为日本人不拿不属于自己的东西，但对外除外。至于保安窗等国内必装的东西，日本更是没有。在一个空间狭小、拥有近 1.3 亿人口的国家维系如此安全和谐的社会秩序，必然有着令人敬畏之处，这就是认真敬业，守时有序，精致细腻，团队精神。

给我们开车的叫南泽，今年 33 岁，个子矮小，他爸爸是车行的老板。从接到送一路下来，不仅装提行李，准时准点，而且从不离开车子，在客人公务活动或用餐期间就一直待在车上。吃饭是在我们用餐后，由翻译兼导游回静带给他，他在我们下一站活动时再吃，无论早晚都是如此，所以我一直没见他吃过饭。更让我们惊奇的是，他每天都记录出车情况，细到每一站的到达和停歇时间，都要回去存档以备公司检查。他的老板爸爸开车也是如此。这就是日本人的认真敬业。

说起日本人的守时有序，有两件事印象深刻。到日本的第二天上午，我们要先到日中友好促进会驻地听取林欣副会长介绍情况，由于南泽对地点不熟，我们是起个大早赶个晚集，迟到了半小时。这时林会长马上批评翻译回静，说日本人如何如何守时，下不为例，弄得我们很尴尬。后来的公务活动证实日本人的守时已成习惯，但去早了也不行，要在外面等候。在公共场所日本人很讲秩序，乘电梯一定要站在一边，空出一边来便于有急事的人行走，吃自助餐一般要把盘子等送回清洗处，并按垃圾分类放好。日本人常说的一句话是，不要给别人添麻烦。

日本人是精致细腻的民族，不像我们那样马马虎虎，满足个大概。猛一看，日本的街道、建筑物、宾馆设施等不见得比中国强，但稍细观察即可见伯仲之分。日本的新干线通车四十多年了，没有发生过安全事故，至今运行很好。日本的一座大桥设计了三十年，施工十三年，虽说慢了点，但经受住了最近一次大地震的考验。日本的建筑物大多具有抗震功能，下水道很少堵塞，电源插座轻轻一碰就插上，桌椅板凳一般都是圆角以防刮伤人，窗户开关自如而且防噪音效果特别好，关上窗即使看着高速轻轨行驶也听不到声音。在日本除了语言不通，生活上几乎没有麻烦的事，因为这个社会把一切都考虑得很周全了，就是上厕所也是一有来意就能找到公厕。

由武士精神到团队精神，是日本民族精神的一种变化。战后，日本深知团队精神对政治经济发展的重要，所以日本国民有着强烈的团队意识，有点像温州人的“抱团”。每次我们与一些政府研究机构座谈，日方总是要安排三四个甚至更多的人介绍情况，大家都有机会谈一点，而且每次都会谈到哪些成果是由哪个团队完成的，不像我们喜欢独唱、一言堂。参观东芝科技馆时，日方更是强调现代科技发明没有团队合作是难以实现的。我想，潜移默化的团队意识无疑会增强一个民族的凝聚力，众人拾柴火焰高嘛！

谦恭的背后

日本进入后现代社会以来，其国民显得越来越成熟和谦恭了，显得更加具有教养了，无论认识与否，日本人碰面都会主动打招呼。在宾馆、饭店、商场常常见到，服务员遇到顾客就鞠躬，嘴里还不停地说着什么，我们听不懂，也许是“欢迎光临”之类的。如果你也鞠躬，她（他）就再给你鞠躬，一来二去鞠个不停。说话也是轻声慢语，如果不仔细听还真不知道他们说什么。记得访问名古屋一家丰田汽车公司时，解说小姐说话轻得第三者都听不清，走路的样子也是优雅得很。看来，这已是一种社会习惯。有时，我们用餐说话声稍许大一点，便会招来旁边日本人的“抗议”，真不知他们是怎样表达激情的。

但在谦恭的背后，日本人的社会性格还有另外一面，就是自私自大、冷漠虚伪、拉帮结派、工于心计、人情淡如水。日本人无论心里想什么，表情永远是一样的，喜怒不形于色。在小事面前，明明是你做错了，他们也会先给你道个歉，但大事面前就不行了。据说，去年上海一家钢铁企业经理在东京过马路时，只顾看相机里的杰作忽略了红灯，被撞死了，一分钱赔偿也没得到。所以团里不断提醒我们，过马路一定要小心！

日本人常常说不要给别人添麻烦,处处讲规则、守秩序,目的就是别人也不要给他们添麻烦。子女长大了,父母与子女的经济联系也就中止了,既不会帮子女结婚买房,也不会帮子女带小孩,更不会拿养老钱帮助子女。同样,父母衰老时,子女也很少回家看看,更不会在身边伺候,有的老人离世很长时间也没人知道。日本人怕被孤立,没有朋友是很难过的,于是就喜欢搞小圈子,如果不喜欢谁就想办法孤立他,实施冷暴力是日本人的普遍现象。这一点,日本在国际舞台上的表现也常常如此,就喜欢搞点小动作。

近年来,日本人越来越谦恭,可能与日本经济发展不景气有关。进入新世纪以来这十年,日本经济一蹶不振,平均年增长不到1%,使日本人的生活方式发生很大变化。一位在日本工作生活二十多年的上海人告诉我,现在的日本人眼睛无神,方向迷失,不知前途在何方。我们的团长比较说,二十年前日本生活节奏很快,街头行人走路都急匆匆的,现在则缓慢多了。真是世事沧桑,三十年河东三十年河西呀!

三多三少

一到日本,翻译回静就告诉我们,日本有三多三少:三多是老人多、无人售货机多、乌鸦多;三少是小孩少、垃圾桶少、警察少。有点意思。观察了一段时间,觉得这倒也是对日本社会的一种写照。

据统计,目前日本65岁以上的老年人已占全国总人口的22%,预计到2030年要达到29.6%,是世界上罕见的最早进入老龄化的国家。所以在日本,老年人特别多,单位的保安、公共场所的保洁、旅游车的驾驶员等,往往都是六七十岁的老人。

当然，成群结队赴外旅游的也是老年人居多。

由于劳动力缺乏、用工成本高，所以日本的无人售货机特别多，无论在宾馆、街头，到处可见无人售货机。更深入地看，凡是能用机器的地方都不用人工，日本的智能机器相当发达，我们参观的麒麟啤酒厂、污水处理厂、垃圾处理厂等几乎都看不到工人，所有的高速公路收费站也都是电子计时收费。

还有就是日本的乌鸦又多、又黑、又大，尤其是在高楼林立的城里，到处可见乌鸦的踪影，“啊、啊、啊”叫起来就像哭久了的小孩发出的声音，有时还攻击人群，往行人头上拉屎，简直讨厌极了。不知为什么日本人也不打它们，要是在中国早把乌鸦打了吃了。在中国，对付“有害物种”最好的办法就是告诉人们，这东西能吃。

日本小孩少。小孩少不是源于计划生育，他们也没有计划生育一说，而是源于生活压力大，年轻人不愿意结婚，也不愿意生子，据说“宅男”“宅女”这些词就是日本人发明的。一个社会里如果年轻人懒得出门，懒得谈恋爱，懒得结婚，当然也就懒得生孩子了。

在日本几乎看不到垃圾，可以说非常干净，大家不会乱丢垃圾、乱吐痰，都会自觉地将不同类别的垃圾投放到相应的垃圾桶里。顺便说一下，本人在国内有乱吐痰的恶习，但一到国外就没有了，不是因为改邪归正，而是因为环境好，没有痰了。有时候，由于大气能见度的问题，外国的月亮确实要比中国圆一点，亮一点。

再就是日本的警察特别少，街头巷尾、红绿灯下都鲜见警察的踪影。一问才得知，日本人做事特别守规矩，人多排队、红灯停绿灯行、说话低声下气，一派安静祥和的氛围。10 月 13

日我们到横滨考察，看到街头警察特别多，有点意外。一问才得知，11月中旬这里要召开APEC会议，届时多国政要到此一聚，共谋天下大事，因此正在演练保卫工作。这些警察都是从各地抽调的，有的还戴着北海道袖标。翻译说，这些警察在当地也是闲着，来这儿凑凑热闹。

非小即薄

日本人的抠门是有名的，宾馆大多很小。通常单人间不足10平方米，还要五脏俱全，就只能把东西做得很小。小冰箱：日本人喜欢吃冰块和生冷的食物，冰箱不能少，一般都是海尔牌的，这是我在日本仅见的中国品牌。小浴缸：日本人喜欢泡澡，浴缸也不能少。小便洁宝：日本人好干净，冲洗屁股的东西很普遍。还有小电视机、小衣柜、小烧水壶等等。尤其是小牙刷，只有小指甲盖那么大，刷兔子牙倒合适，开始用时还真不习惯，后来想想要节约，也就入乡随俗了，倒也刷得干净。

日本人教育小孩的理念与我们不同。我们从小接受的教育是地大物博，资源丰富，人口众多。而日本人教育孩子说，我们什么都没有，要生存、要发展，就要节约。所以日本人的节约是渗透到骨子里的，无论是手纸还是面巾纸，都比国内的薄很多，各种可乐瓶、矿泉水瓶都比过去薄了一半。如果你留在车上或宾馆里的矿泉水瓶里还有水，哪怕只有一口，日本服务员也不会收拾掉，留着你下次喝。吃自助餐永远是吃多少拿多少，不会有一丁点浪费。各种公共水电设施，也不会有一点的跑、冒、滴、漏现象。

这样的民族，难道不值得敬畏和学习吗？

生猛饮食

在我的印象中，最早听说日本人喜欢吃生冷的东西，大约是在20世纪80年代初期。那时，中日邦交刚刚化冰，民间的体育交往还比较频繁，一次围棋高手聂卫平从日本回来炫耀道，他很喜欢吃日本的生鱼片，我很茫然，心想生的东西怎么能吃呢？后来国内也慢慢流行起吃生鱼片等生猛海鲜，但与日本比起来，简直是小巫见大巫。

日本的饮食简单说，就是东方的材料西方的吃法。早上一起来就喝凉水，还要加冰块。早餐除了大米饭、酱油汤、咖啡等是热的，其他几乎都是生冷的东西，包括各种生的蔬菜、牛奶、面包、面条等，中餐、晚餐更不用说。如果吃正宗的日本料理那就是一生到底了。到东京的第二天，林欣副会长在一个叫两国的地方(那里也是日本相扑比较集中的地方)，宴请大家吃日本料理。一上来就是冰啤酒，然后就是好几种生鱼片，再就是寿司，也就是一个冷饭团上贴着一片生鱼片，再高兴就是喝清酒，度数也不高。闹闹哄哄，吃了一肚子生食，喝了一肚子冷酒，搞得大家还挺高兴。

说来也奇怪，我们这帮人一直是吃热菜热饭长大的，到日本一下子受二十来天的冷食冷饮待遇，整天吃个八成饱，又没有多少油水，也还受得了，没有一个闹肚子不舒服的，不得不说日本的饮食不仅干净卫生，而且健康养生。所以，日本街上看不见大胖子，男女老幼都很苗条。一次在温泉称体重，日本人一般都是60公斤左右，结果我一上去，表针一下子冲到74.5公斤。与日本比起来，我们可能全民超重，这将会造成多方面的社会负担。

榻榻米与罗圈腿

在东京街头不时看到一些腿形不好的妙龄女郎，天气虽然还不太冷，却已早早穿上高筒靴子，不知是为了赶时髦还是为了掩饰有些O字形的腿。这很容易使我想起抗战喜剧片《举起手来》中潘长江扮演的、长着一对罗圈腿的日本兵的样子，非常可笑和可恶。当然，对容貌姣好的东京妙龄女郎来说，真还有点可惜了。

日本人的腿形不好与日本人长期以来睡榻榻米有关，经常盘腿而坐，腿自然就弯曲了。现在日本已经注意到这个问题的严重性，从20世纪80年代以来就很少有人再睡榻榻米了。虽然现在有些日本酒馆还保持着榻榻米似的席座，但下面都是空的，以利于腿放着舒服。至于早已不再睡榻榻米的80后、90后的日本人，为什么腿形还是有些弯曲呢？这可能要怪遗传基因的力量太强，多少代人的盘腿而坐，已经改变了直立行走的基因。所以，日本人可能要再过几代人，腿才能完全直起来。

对睡榻榻米的后果，想起来还有点后怕。当初，家里装修颐景园的房子时，内人有点崇尚日本人的家居风格，一定要装修个有榻榻米的房间，小女不懂事，我又没有坚持原则，结果只能由着她了。好在女儿没住几天，就很快到外地读大学去了，跳舞蹈的腿形倒是没受什么影响。后来房子卖了，这铺有榻榻米的房间的命运如何就不得而知了。

下班泡酒屋

早就听说日本男人能喝酒，下班经常泡酒屋，每天喝个酩酊大醉。其实，这正是日本男人的苦衷，也是日本的一种文化现象。

日本男人表面上很光鲜，每天西装革履，夹着公文包，太太为其准备好出门上班的东西，如果带饭还要准备好午饭，恭送其出门，道一声“沙扬娜拉”！其实，日本男人的压力是很大的，每月的工资要直接打到太太的账上，太太根据情况拨几个零花钱。经济大权旁落，要想变坏是很难的，除非到国外投资包个二奶。为我们开车的南泽新婚不久，他太太每月只给他10000日元，也就够吃几顿像样的晚餐。他太太的理由很充足，经常出差吃团餐，不需要花钱。

不仅经济大权旁落，还不能下班就回家，否则被认为没朋友，没出息，被人瞧不起，在家里抬不起头。所以，结了婚的日本男人很少有下班就回家的，经常约几个同事或朋友去泡酒屋。日本餐馆吃饭喝酒以两小时为收费单位，过了两个小时就要另换场地或另交场租费，通常一个晚上要换两三个地方，先慢慢吃饭，再换个地方慢慢喝酒，一来二去也就深夜了。这样，日本的小酒屋特别多，夜幕之下，花花绿绿的椭圆形灯笼或明或暗地闪烁，也别有一番情趣。

顺便说一下，日本男人虽然经常喝酒，其实酒量并不大。因为日本人一般都是喝啤酒和清酒，也就是日本米酒，都是低度的。如果与中国人一起喝五十几度的高粱酒，是很容易把他们喝趴下的。就像我爷爷我奶奶那一代人，喝了高粱酒，一人敢走青杀口，更不用说去打小鬼子了。

变废为宝

随着人口膨胀和城市化快速发展，人类的排泄物和废弃物越来越多，据说在太平洋上已堆积成一块356万平方公里大的垃圾场,相当于中国面积的1/3。看来,人类要想不被垃圾吞没,就必须知道如何处理自己的排泄物和废弃物。在这方面,日本觉悟得早,比我们先行了一步。

在东京,我们实地考察了东京都下水道局森崎水再生处理厂和东京都中央清扫工厂,实际就是污水处理厂和垃圾处理厂。完全出乎意料的是,这两个工厂不是建在远离城市的郊区农村,而是建在城市居民社区。或许,当初这两个厂也是建在郊区,后来随着城市的扩张被居民小区包围了。

污水处理厂实行全封闭生物处理,经处理后的水清澈如新,排入东京湾后,养得鱼群肥壮,引得澳大利亚的尖嘴鸥飞来觅食。他们还充分利用污水处理厂的屋顶空间建网球场,每天附近居民可吸着新鲜的空气进行锻炼。尤为令人惊奇的是,当处理后的清水流入东京湾时有一个小小的落差,他们就利用这个落差进行发电供厂里使用,真是太精明了!

垃圾处理厂也就是垃圾焚烧厂。从垃圾运输到垃圾焚烧实行全程封闭运行,自动化操作。经焚烧后的垃圾只有原体积的1/40,焚烧产生的热能用来发电,最后剩下的熔渣又可用来填海造地或生产建筑材料,真正做到变废为宝。

这几年,从北京到杭州的全国各大城市居民,都纷纷反对在小区附近建垃圾焚烧厂,认为垃圾焚烧会产生二噁英,毒得很。有些专家也站出来说,现在的技术还不能完全解决二噁英问题。为此,我请教日本专家,得到的结论是,经充分焚烧的垃圾最终排出的二噁英非常少,对人体基本不会造成伤害。而我看到的日本人,连对中国飘去的沙尘都受不了,却能安然地住在垃圾焚烧厂附近,不能不说日本的垃圾焚烧比我们的沙尘暴和雾霾天气要安全得多。问题是,这套先进的垃圾焚烧设备折合人民币要20亿元，全日本有2000多个这样的垃圾焚烧厂，我们肯用吗？用得起吗？

电器王国

我们这一代人大多是使用日本电器长大的。记得20世纪80年代家里买的电视机、洗衣机、照相机等，不是松下的就是东芝的，或是佳能、索尼的，即使不是进口的，也是合资的。叩问一下中国人，哪一个没有使用过日本的电器呢？

所以，我把日本比喻为电器王国是有道理的。日本到底有多少种电器不得而知，也懒得去查数据，估计谁也说不准，因为日本每天都产生着新的电器。逛日本电器商店，恍惚置身于电器的海洋之中，且不说电脑、电视机、电冰箱、空调、摄像机、照相机、电饭煲、冲便器等大件电器，就是血压计、计步器、体温计、身体脂肪测量器等也电器化了，还有电子脱毛器、鼻毛器等，真是想得周到。

在东京的时候，朋友来短信说为她母亲买一个血压计，我很快就买到一个OMRON品牌的，中文译作“欧姆龙”，据说是同类中最好的。其实，这个品牌日本在大连的合资厂也生产，我想国人主要还是迷信日本原装吧。听说，还有国人从日本背电饭煲回去的，一是差价大，二是煮出的饭好吃，不知是真是假。

这次到日本有机会参观东芝电器公司技术馆，才知道日本的电器发明也不是一日之功。拥有135年历史的东芝公司，从创始人田中久重开始就痴迷于电器的发明制造，开始是玩弄上发条的机器人，后来鼓捣电子管的计算机，再后来就发明了世界上最快的医用全身CT扫描仪、世界上第一台笔记本电脑、世界上第一个 16MB 闪存等，直到今天这个样子。看到田中久重 100 多年前玩弄的机器人，联想到上海世博会日本馆整天炫耀会拉小提琴的机器人，以及目睹丰田公司技术馆展示的会吹号的机器人和机器人装配汽车生产线，也就不奇怪了，人家是有这个本事。

不过令我惊叹的是，日本人并没有停下发明的脚步。东芝电器公司技术馆的解说小姐告诉我们，东芝新上市的电子产品包括，从各个角度都能看得清清楚楚的高清晰电脑屏幕，只有手机大小的新能源电池，充电 5 分钟就可使汽车行驶 80 公里等。另外，还有可支撑今后 3 到 5 年市场需要的新产品、新技术储备。

在这里，我仿佛找到了转变经济发展方式的捷径，这就是不停地进行技术创新和新产品开发，永远走在市场需求的前面，也就是国人常讲的由要素驱动转为创新驱动。

中日通婚

人是感情动物，一出国难免会男欢女爱，发生爱慕之情，结成国际婚姻，中日也不例外。别误会，我不是说短期培训考察，而是指长期出国读书、工作之类的。听说，过去伟大的郭沫若先生流亡日本时，就曾娶了一个叫佐藤富子的日本女子，还生了 5 个孩子，而且十分爱中国，成为一段佳话。据说，当年颇有才气的郭帅哥还给美丽的富子小姐写了一首浪漫而令人心动的诗：

我把你这张爱嘴，比成着一个酒杯。
喝不尽的葡萄美酒，会使我时常沉醉！

我把你这对乳头，比成着两座坟墓。

我们俩睡在墓中，血液儿化成甘露！

在郭老浪漫近百年之后，我这次东渡扶桑，无意中了解到中日年轻人组成跨国婚姻的也并不鲜见，从中管见一些有趣的事情。

一次泡温泉时，遇到一个1986年来东京“洋插队”的上海小老板。澡堂聊天，坦诚相见，一时倒也聊得尽兴。他说他的太太是日本人，生有一个男孩，十分珍爱。他做旧家具生意，与一般日本人不同，下班就回家，属于中国新好男人之类，时常自豪地说，上海男人最顾家，娶日本女人最合适，唯一的遗憾是没有及时让儿子回国受教育。原来，这几年上海发展迅速，他的国内同学现在有的当官有的当老板，都已发展起来，有钱有房子有地位，相比之下，他算混得不怎么样的。早几年，他本已把儿子送到上海读书，日本娘子也跟到上海，还与上海里弄的婆婆妈妈的混得挺熟，没事跳个扇子舞什么的，甚至准备投资开个日本料理店。谁知，那一年发生钓鱼岛事件，中国人上街游行，吓得在日本的老丈人天天打电话让外孙回来。可想而知，错失了小孩留在上海读书发展的机会。现在上海举办世博会，发展更好了，想起来就遗憾不已。

还有一次在横滨中华街附近海边散步，与一个带着小女孩的女士聊天。她说她是湖南人，嫁给一个日本人，生有两个小孩，每天在一家中餐馆上四个小时班，其余时间在家带孩子做家务。谈起钓鱼岛事件，她说中国这次态度强硬，大长志气，也出了一口气。但在餐馆，一些日本人往往吃饭后借机生事，想赖账不给钱，后来告诉他们老板是日本人，东西又都吃了，还是乖乖把钱付了。在家里，当与日本丈夫谈起钓鱼岛事件时，往往各执一词。听得出来，民族感情血浓于水，国家问题大于家庭问题。难怪当年卢沟桥事变爆发后，郭沫若毅然忍痛抛下心爱的日本妻子和5个孩子回国参加抗日战争。

这两次聊天使我感到，国家的兴衰也往往牵扯到跨国婚姻家庭的地位和幸福。每个海外游子都企盼着中国的发展与富强，胳膊肘还是往里拐的。

温泉泡澡

日本天然温泉很多，据说有成千上万个，到温泉泡澡是日本人生活的必需部分，也使日本人养成了酷爱泡澡的习惯。入乡随俗，我们在日本期间也常常泡澡，看看能否缓解一下长期积下的腰腿痛。

日本的泡澡设施非常普及，家庭中最大的房间往往是浴室，宾馆除有正常的淋浴间外，都设有专门的大浴场或大浴殿，即大池，就是轮船上也有大浴场，一边泡澡一边欣赏大海，简直妙不可言。宾馆的大浴场无论设在一楼还是设在楼顶，都有露天的。那天，我们住在富士山脚下的河口湖一家宾馆，吃完晚饭天已全黑，泡在楼顶露天大浴场瞭望富士山方向，团长显得很有经验地说，栏杆设有茶色玻璃，外面看不到。我用手一摸，哪有玻璃呀，完全是空空的。

日本人的泡澡规矩挺多，先要更换和服式浴衣，然后进去坐着从头到脚洗干净，再进入大池泡澡。温泉往往有好几个大池，如果换大池或到露天大池，还要先用旁边的小木桶或水瓢冲一下身体再进入，而且不能把毛巾带入大池，这样确保大池水清如镜。泡澡是日本传统文化的重要部分。日本人虽然生活在潮湿的海洋性气候，冬季很少有人穿棉衣毛裤，小孩子更是单衣短裤，但却很少有人得关节炎，这可能与经常泡澡活血有很大关系。

日本的浴衣是不分上衣、裤子的，就是有袖无裤的一块长布。穿起来也有讲究，一定要左外右里缅上，然后拿根带子系上，有点像我小时候穿的缅腰裤，所以学起来很快。浴衣穿起来挺长的，距脚面也就不到10厘米，再穿上狭小的日式拖鞋，只能迈着碎步走路，显得一副很绅士很有教养的样子。

据说，过去日本泡澡有男女同浴的，现在当然没有了，但在男子浴室给男士搓澡的还往往是女子，当然这些女子看上去都已五六十岁，早已过了闭月羞花的年纪，也就见者不怪，毫无冲动之情了。

在日本泡澡，不时使我想起一些反映抗战的电影中，常常见有日本军官用各种土办法泡澡的镜头，一边泡一边舒服地说"嗖——嘎"。当然，现在泡澡比过去要舒服多了。

鼹鼠般的生活

东京很少堵车，街头行人很少，出租车很好打，我们在东京街头散步逛店，悠闲得很。拥有1300多万人口的东京大都市，交通状况居然比小小的杭州市还畅通，简直不可思议。这人都到哪儿去了？

原来，东京人的出行都是在地下。东京地下建有四通八达的轨道交通网络，快速、便捷、立体，多的交叉口有五六层轻轨，就像人的毛细血管一样通往周边各个大小城市的各个角落。许多轻轨站就设在高大的写字楼下面，行人或换乘或上下班都可在地下完成，还有吃饭、购物、娱乐也可在地下进行。我们住的东京港区东新桥汐留宾馆，旁边就是有好几层轻轨站的进出口，目睹匆匆过往的人群，像鼹鼠一样窜来窜去，上了站口就直接进了写字楼，不必到地面倒来倒去。难怪东京人很白，这可能与他们鼹鼠般的生活有关。

东京人的私家车拥有量并不少，但主要不是用作上下班，而是用来周末度假旅行。因为，东京的公共交通十分发达，地下有轻轨，地面有公交车，既有私营的，也有国营的，但价格都一样，服务都很好。公共交通既比私家车快捷，又比打的士便宜，傻瓜才不坐。当然，周末开车旅游度假，路上也会遇到堵车现象，但大家都守规矩，也不会堵得骂人。

东京人对空间资源的利用可以说做到了极致，不仅充分利用地下空间，而且充分利用地上空间。一幢写字楼，往往功能俱全，既有办公场所，又有购物商场，还有饭店、咖啡馆、书店等。我们经常看到东京的街道有许多收费停放小汽车的小作坊，每小时200日元，甚至在不大的空地上建有小型立体停车位，两层或三层，大大扩大了停车的空间。

看来，中国的城市要想根本解决交通拥堵问题，只能学日本，充分利用空间资源，加快发展地下地上立体公共交通网络，请私家车回家，不要再用作上下班的交通工具。

迷人的北海道

20世纪80年代，有一首日本经典歌曲在中国特别流行，就是《拉网小调》。从这首歌里我知道了北海道，一个日本北部风光很美、海洋渔业资源十分发达的地方。

二十几年后，再次引起我对北海道的关注的，是一个叫冯小刚的喜剧导演和一个叫葛优的喜剧演员，以及一个叫舒淇的不怎么喜剧的演员，瞎编演了一部《非诚勿扰》，卖得挺火。影片的大量镜头是在北海道拍摄的，家里的两个女人叫我到北海道，一定要去看一下秦奋和笑笑谈情说爱的温泉旅馆、四姐妹居酒屋、能取岬海边悬崖等地，还特别叮嘱我到秦奋忏悔的小教堂去忏悔，看看能不能把牧师给惹烦了。

带着这样的梦想，开始了北海道之旅。我们从仙台乘“太平洋”号船，晃荡了16个小时到北海道的苫小牧港，然后再到札幌、小樽、洞爷湖等转了一圈，也没看到四姐妹居酒屋。原来，冯小刚这家伙不知听谁说的，选择的拍摄点在北海道的最北边，离我们所在的地方还有700多公里。这样也好，免得去教堂忏悔儿时撒尿和泥、弹弓打鸟、偷生产队棒子的种种“罪过”。

深秋的北海道，层林尽染，漫江碧透，美得令人难以形容，目不暇接。我们一路漫步在原始森林小道，看着长满绿油油蔬菜和苜蓿的黑土地，迎着晨曦畅想在洞爷湖畔，瞭望着喷烟吐雾的昭和新山，不停地深深呼吸，以加快吐故纳新，疏解长期居住在大城市沉积的压力。

北海道经常有熊、鹿出没，还有天鹅等候鸟栖宿，盛产珍品海鲜帝王蟹、优质奶油做的白色恋人饼干、对护肤有奇效的马油，以及薰衣草、玻璃制品等。凡是花钱不多的都买了点，只是帝王蟹每只要七八千日元，团里没有安排，也就没有口福，拍张照片算了。

后来，曾去过四十几个国家、很有经验的团长说，北海道很有味道。看来，对北海道要说一句——沙扬娜拉！有机会再来看看。

福冈虚惊

福冈位于日本北九州，交通发达，充满活力，是九州政治、经济、文化的中心。福冈也是日本最靠近中国的县，它距东京约1000公里，而距上海只有约870公里，目前福冈港的集装箱运输量1/3来自中国，一直致力于与中国的交流。

10月18日下午，我们乘全日空公司航班由北海道来到福冈，与福冈亚细亚都市研究所开展公务交流活动。初到福冈市政厅广场，团长就提醒大家，上次福冈右翼分子围堵中国旅游大巴事件就发生在这里，大家要小心，不要随便活动，晚上也不要出去，搞得大家顿时紧张起来。

第二天上午，在福冈市政厅举行公务活动，一进门气氛就异常紧张。会场挤满了提着长枪短炮摄像器材的新闻记者，桌上摆着中日两国国旗，看着中国五星红旗十分亲切，但望着日本太阳旗显得有点别扭。旁边还立着话筒，站着主持人。副市长亲自到会讲话，我们是团长讲话，均由日方翻译，我们的翻译靠边站了。关键是日本人不会笑，表情很严肃，搞得我们更加严肃。副市长讲完话说还有会要开，就先走了。记者们乱拍了一会儿，也抢着发新闻去了。接下来的公务活动倒也顺利，双方都不提敏感话题，围绕经济社会发展坦诚交流，从中了解到很多可学习借鉴的东西。

晚上，福冈方面还挺客气，在一家日式酒馆宴请我们。开宴前，场面严肃，照例是主持人主持，所长致辞，团长致辞，翻译翻译。接下来，就是上生啤酒、生鱼片、生蔬菜之类的生东西，反正大家已经习惯，就闷头吃。再说，事先团长也嘱咐过，福冈右翼分子多，不要无事生非，没话就闷头吃饭。

谁知开宴不久，喝过啤酒又喝了清酒，气氛慢慢活跃起来，日本人会笑了。再加上在日本研究所工作的上海人唐先生告诉我们，福冈一直致力于与中国友好交流，结果引得九州地区的右翼分子不满，跑来闹事；研究所对外合作交流的经费有一半是花在中国方面的；上午记者采访是研究所请来的，新闻稿是唐先生起草的通稿，不会乱说。听他这么一讲，大家悬着的心立刻就放了下来，于是纷纷离席，或向日方人员敬酒致谢，或邀请访问，一时搞得挺热闹，最后还站起来手拉手合影。

在福冈，我记住了一位叫千叶由纪子的女子，年过六旬，担任日方翻译，曾经一百多次到中国。她说在有生之年，一定要继续做促进中日友好的工作，令人十分感动。

由此我想，无论中日如何纠结，邻居关系是改不了的，只有和睦相处才符合两国人民的根本利益。

广岛原子弹爆炸点

公元 1945 年(日本昭和二十年)8 月 6 日上午 9 点 15 分，美国在广岛投下了人类研制的第一颗原子弹，这颗不到 3 米长、重 4 吨、被称为“小男孩”的新家伙，50 公斤的铀只有不到 1/10 发生原子裂变，但已造成瞬间爆炸中心点产生 100 万摄氏度的高温、火球表面温度达到 500 摄氏度，同时伴随巨大冲击波和核辐射。可想而知，顷刻间，这座历史悠久、有着学都和军都之称、拥有 30 多万人口的城市化为废墟，惨不忍睹。两个月内直接死亡 14 万人，后来又陆陆续续死亡很多，总计超过 20 多万人。这是人类用先进科技制造的巨大灾难。

公元 2010 年(日本平成二十二年)10 月 20 日下午 3 点 15 分，也就是原子弹爆炸后第六十五个年头，我们驱车经福冈来到这里，反思历史，凭吊死难者，祈祷人类和平。广岛是第一颗原子弹的受害者，实际上是日本明治维新以后逐渐走上军国主义的受害者，由学都变军都，这里驻扎着日本第五师团，几次对外侵略都是从这里出发的。要是日本不走上对外侵略的军国主义道路，就不会招来原子弹轰炸；要是没有原子弹轰炸，日本就不会马上投降，中国可能还会死去远远大于原子弹轰炸死亡的人数；要是美军不投原子弹，日本就不会服它，称霸于世界。不停地打斗既是动物的本能，也是人类的本能。一时间，我想起伟大领袖毛主席在1964年作的《贺新郎·读史》这首词，词人深刻总结了人类文明史常常伴随着战争和流血：

人猿相揖别。
只几个石头磨过，
小儿时节。
铜铁炉中翻火焰，
为问何时猜得？
不过几千寒热。
人世难逢开口笑，
上疆场彼此弯弓月。
流遍了，
郊原血。

人类作为个体，生命是有限的，生命力是脆弱的，而作为整体，生命力又特别旺盛。65年后的广岛又充满了生机与活力，目前人口已迅速增长到100多万人，到处郁郁葱葱，莺歌燕舞，乌鸦乱叫，小鸟啼鸣，如果不看原子弹爆炸展馆和建筑遗迹，谁又知道这里曾经是核武器造成的废墟呢？

顺便说一句，我们在广岛下榻的王子宾馆，是到日本后住的最好宾馆，大厅富丽堂皇，房间宽敞，早餐丰富，三面临海，一扫在日本住宿的憋气。而且广岛的街道也十分宽敞，商场规模大、档次高，商品琳琅满目。看来，旧的不去新的不来，打烂一个旧世界才能建设一个新世界。当然，建设得不要太沉重。

养牛抗震的神户

中国人了解的神户，两个最为有名。一个是神户牛肉，据说这种牛是听音乐、被按摩长大的，生长得很幸福，很快乐，死得其所，所以牛肉特好吃，入口就化。在日本，1 斤神户牛肉要卖相当于人民币 2000 元，所以即使请知名人士做宣传节目，每人也只能尝尝萝卜丁大小的一块。由于限制饲养数量，出口是很少的，估计中国卖的神户牛肉大多是用饲养神户牛的方法养成的。不难想象，这么贵的神户牛肉，我们只能像听新闻一样听听罢了，没有品尝的口福。

再一个是 1995 年 1 月 17 日清晨发生的坂神大地震。10 月 21 日，我们来到神户地震保护现场，原以为能看到大面积的废墟，像广岛原子弹爆炸点现场一样的震撼，结果大失所望。地震保护现场就是滨海公园临海大堤一小块地方，有三四个歪而未倒的路灯，几块七零八落的路基石板，旁边有照片和文字，说明地震发生和造成损失的情况，还有一段不停播放的视频。整个大地震造成 6500 余人死亡，还主要是被大火熏烧的，直接压死的很少。我们看到周边一些大型建筑物几乎没倒，桥梁设施也没有大的损害，重建的时间不长，花的钱也不多，由此不得不佩服日本的防震设施做得好。

7.3 级的大地震要是发生在中国，可能就是另一个唐山、汶川或玉树的场景。在防患于未然方面，日本真是我们的老师。

大阪购物

刚到日本，团长就说，你们不要急着购物，等最后到大阪再购物，那里的东西丰富，省得走一路拿一路。话是这么说，可过这村没这店，万一大阪没有路上想买的东西，再想回去买可就来不及了。结果，我是走一路买一路，在东京银座为女儿买了一条项链，作为出嫁的礼物，在北海道买了冬季防裂护肤的马油特产，在福冈、广岛、神户等地也都留下了购物的痕迹。

10 月 22 日，我们经神户来到大阪，上午参加完与关西地区经济社会研究所的交流后，下午的主要任务就是到最繁华热闹的一个叫心斋桥筋的商业街购物。这条街有多长不得而知，反正沿主街来回走两个半小时半条街都没走完。来这里购物的人可以说是摩肩接踵，熙熙攘攘，据说今天还不是人最多的时候，否则走路都困难。在这里，我们看到了什么是购物的天堂，看到了日本消费的力量，看到了许多打扮光鲜、衣着时尚的摩登女郎。当然，在这里也买了自己要用的治疗肩颈和肌肉酸痛的药物。因为，日本已经是老龄化社会，治疗老年人常见的腰腿病的药物很多，想必效果也好，买回去试试。

说到日本的消费真是方便，到处是餐饮店、居酒屋、便利店、大商场，有些还是 24 小时营业。商品的价格几乎是全国一个价，在机场、在酒店、在高速公路服务区，吃饭购物不用担心挨宰，价格与其他地方完全一样，想买就买。还有，日本没有单位食堂，一切服务都社会化了，几乎在外工作的人都到街上饭店吃饭，中午、晚上吃饭时节，满街的饭店都坐满了人，成为一大景观。怪不得咱们华人出国的原始积累，不是开餐馆就是跑外卖的。

据了解，目前日本的消费需求已占国内生产总值的73%，成为拉动经济增长的第一大动力。由此看，中国与日本比起来，扩大内需大有潜力，也大有可为。

古城京都

从神户到京都很近，驱车好像不到一个小时。我们先来到岚山，这倒不是因为这里的风景很美，而是敬爱的周总理1919年4月5日二次到岚山，并写下著名的诗句《雨中岚山》：

雨中二次游岚山，
两岸苍松，夹着几株樱。
到尽处突见一山高，
流出泉水绿如许，绕石照人。
潇潇雨，雾蒙浓；
一线阳光穿云出，愈见姣妍。
人间的万象真理，愈求愈模糊；
——模糊中偶然见着一点光明，
真愈觉姣妍。

1978年11月，这首诗经廖承志书写，十家中日友好机构共同捐资刻碑，矗立在岚山公园。它因见证着中日的友好，常常承受右翼分子“骚扰”。前不久，这块石碑就遭受到日本右翼分子喷漆破坏。当然，我们去看时又焕然一新了。

京都是一座有着上千年历史的古城，曾在一百多年的时光里作为日本的国都。“二战”中，美军接受我国著名建筑家梁思成先生的建议，没有对京都进行轰炸，使这座古城得以完整保护下来,1994 年被载入世界文化遗产名录。有人说,不到京都不算到日本。这里有日本的传统民居,有金碧辉煌的金阁鹿苑寺,有著名的悬空建筑清水寺,还有在京都建都和后来把国都迁往东京的两位天皇的纪念寺。

到了京都恍惚有时光倒流的错觉,街道古朴典雅,有些像西塘、乌镇一样的江南古镇,小店铺林立,叫卖声不绝于耳,不时还看到穿着和服,趿拉着木屐,淡妆浓抹,轻轻地穿梭于熙熙攘攘人群的日本娘子,不由得使人们想起徐志摩写的一首诗:

最是那一低头的温柔,
像一朵水莲花不胜凉风的娇羞,
道一声珍重,道一声珍重,
那一声珍重里有甜蜜的忧愁
——沙扬娜拉!

雨中名古屋

"东部有著名的富士山,北面有世界遗产'白川乡'、冬季奥运会举办地'长野县'、濒临日本海的传统古都'金泽市',南面有保持了 2000 年历史的'伊势神宫'等。观光旅游资源极为丰富的中部地区,名古屋市则是通往这些著名旅游地区的关口。"以上文字是名古屋观光会议协会和中部国际机场株式会社,在一本中文简体宣传小册子上的推介广告,机场、宾馆到处可见,随意可拿。

10 月 24 日,我们来到名古屋。上午参观了名古屋城,这座名城是 1610 年由关原会战后创建江户幕府的德川家康下令建造的具有代表性的平地城堡,距今正好四百年。名古屋城实际上就是一座多角楼，有六层高，屋顶上竖立着两个巨大的鱼身虎头的金虎雕塑，“二战”中遭到美军轰炸，战后 1959 年重建。说实话，在日本看到的古迹，都同中国的相像，而且还没有中国的雄伟、宏大、壮观。但日本对古迹的敬重、保护、宣传则远在我们之上。在古迹维修时，往往组织公众参观，使公众了解古迹维修的真实情况，以广泛接受社会的捐款。

下午，我们正在逛街的时候，名古屋下起了淅淅沥沥的小雨，这是我们到日本后遇到的第二场雨。打着伞，行走在名古屋街头，看着渐渐转黑的天空逐渐被耀眼的霓虹灯照亮，别有一番感触。这个感触不仅是名古屋的商贸业非常发达，而且是名古屋的街头真干净，雨水打在身上，雨滴溅到鞋上都不会脏，流到地面的雨水也是清澈的。不像国内，往往下的是酸雨，小雨脏满地，大雨难排掉，一场大雨就可能导致一座城市瘫痪。不仅名古屋是这样，整个日本都非常干净，甚至连鞋底都不脏。日本是不禁用塑料袋的，但路上看不到乱丢垃圾袋，连一张纸片也见不到。

自觉维护公共卫生，保持举国干净整洁，体现了日本良好的国民素质，而这是不容易做到的。

欢迎使用银联卡

中国人到日本旅游购物，不必带美元，也可不必换日元，只要带一张小小的银联卡，即可走遍日本。

在名古屋，我看到一则专门介绍使用银联卡的中文小册子，内容很有感染力：“空手回国，那是不可能的！逛一下购物天堂名古屋吧。从最新的电器产品到日本、世界著名的品牌精品、医药用品、化妆品等等，只要是您想要的东西，一张小小的银联卡就能满足您的欲望！要多少，有多少！活动期间，使用银联卡购物能够享受到更多的特惠！”然后地图标出三十几家使用银联卡的商店位置和介绍十余家的商店特色，并介绍说有会中文的工作人员帮助提供服务。

其实，我一到日本就尝到了使用银联卡的便利。在东京银座，许多店铺都在醒目处标出“欢迎使用银联卡！”的字样。那天我看中的作为小女新婚礼物的项链，就是使用银联卡结账的。这款漂亮的项链，原价要 16 万日元，现在正遇打折，降至 9.8 万日元，机会难得，如果不能使用银联卡，身上带的钱还真不够，就只能失之交臂了。

使用银联卡不仅方便，而且划算。若在日本用外币换日元，银行要收取 5% 的手续费，使用银联卡就可省下这笔不小的费用。

欢迎使用银联卡，是中国经济快速发展的真实写照。现在世界上最大的出国旅游群体和购物群体就是中国人，进而带动了许多国家宾馆、饭店、商店以及背后相关产业的繁荣兴旺。正如偶遇一位在日本名牌店工作的大连姑娘告诉我的，“对买名牌，欧美人看都不看，韩国人只看不买，日本人犹犹豫豫，中国人看了就买”。不管文化价值观如何不同，有钱就是爷可以说是通用的道理。

看来，中国人的腰包确实鼓起来了，虽然这还只是其中的一部分，如果都鼓起来可不得了，老外要羡慕死我们。

“血拼”关西机场

关西国际机场，位于大阪湾东南部的泉州海域离岸 5 公里的海面上，1989 年建设，1994 年投入使用，投资 120 亿美元，是日本第二大机场和第一个 24 小时营运的机场，客流量可达 3000 万人次。

令人叫绝的是，关西国际机场是建在海中的。由于大阪周边用地紧张，政府决定通过填海造地来修建，经过历时五年的填海工程，用了 1.8 亿立方米的土方，在原先水深 17 至 18 米的大海里填出 5.11 平方公里的机场用地，空中望去，就像漂浮在海中的一扇门，煞是壮观，成为日本向海洋要空间的杰作。

花这么大代价修建的机场，想必它的功能一定是超现代化的，它的购物环境也一定是非常棒的，对前者可由专业人士来评判，而购物大家都可去感受感受。于是，一办好登机手续，托运完行李，完成安检，出了海关，大家就直奔机场购物商店，准备再最后“血拼”一下，花光身上所有的日元，不够再刷卡。

我本来早已超预算消费，该买的东西也都置办齐了，对身上仅存的 1 万日元的大钞和几百块零钱，一再提醒要管住自己，大钞不动，零钱花掉，下次女儿来再用。根据以往出国经验，零钱买点巧克力，送人自用都方便。后来一看团友的购买劲头和导购小姐的热情促销，也就情不自禁地出手了。先为女婿买了两条日本烟，据说免税商店烟酒最便宜。又买了几瓶丸大豆酱油，这些日子亲身感受到日本的酱油真好吃。再买了两盒白色恋人饼干，这是北海道的特产，带回家后，有点品位的女儿说很好吃，有这句话，也就值了。

在机场小姐举牌提醒和团友相互催促下，大家总算依依不舍地登机了。1 个多小时的“血拼”，是在快乐中度过的，花钱真是一种享受，要心疼回家再说吧。

失去的20年

20世纪90年代以来，随着“泡沫经济”的破灭，日本经济陷入了以通货紧缩为主要特征并伴随阶段性衰退的长期停滞阶段。因此，日本的20世纪90年代被称为“失去的十年”。为此，在东京和大阪我曾两次向日本的专家讨教，探其原因。关西地区经济社会研究所的武田寿夫研究员，说了一句语惊四座的话——“不是失去10年，而是失去20年”。这20年包括20世纪90年代的10年和新世纪以来的10年。他把原因归结为“日本的保守与傲慢”。

日本的保守是有目共睹的，街上跑的车基本都是日本车，家用电器也基本都是日本货，就是进口点轻纺产品也往往打着日本的牌子。日本的傲慢也是人所共知的，大概除了美国谁也看不起，而且稍微富裕点，就想买下整个美国。但是我觉得，造成日本失去20年的原因是多方面的，也是日积月累起来的。

首先是日本已进入后现代化社会，工业化、城市化的任务早已完成，大拆大建的阶段已经过去，投资拉力微乎其微。我们了解到，小小日本竟有98个机场，沿海岸工厂码头星罗棋布，连接四大岛的海底隧道和高速铁路已经通车，高速公路、城市地铁和城际轻轨四通八达，农村见不到田地，工厂见不到工人，它还有什么好投资建设的呢？

其次是日本已经进入老龄化社会，不仅劳动力缺乏，而且年轻一代不愿结婚生子，许多城市的人口出现负增长。福冈就是由于人口负增长，造成许多基础设施闲置和萎缩，城市缺少生机和活力，竞争力下降。

再有就是广场协议，美国逼迫日元不断升值，降低了日本出口的竞争力。日本虽是外贸出口大国，但出口占国内经济总量的比重也就百分之十几，去年还不到中国的一半，这辆拉动经济增长的马车也显得劲头不足。

缺了投资，少了出口，老百姓要收入增加和消费增长是很难的。所以日本虽是消费大国，但消费水平一直难以提高，遇到点金融危机，就囊中羞涩，想出国旅游或买点奢侈品之类，就要好好掂量掂量了。

反观中国，正处在工业化、城市化快速发展的时期，大建设的阶段远没有过去，想干的事还很多，若没有特别的干扰，要想慢下来也是很难的。

小日本不能小看

不知从哪一年起，中国人一直喜欢把日本称作小日本或东洋鬼子，这或许是因为过去日本人比较矮小，或许是因为日本国土面积狭小，或许是因为别的什么，好像不这样叫就不足以显示咱中国人的气魄。其实，在日本走了一圈以后，我倒觉得对日本应该反思，重新认识。

日本陆域面积是小了一点，但它是由 3900 多个岛屿组成的长条形国家，战线拉得很长，我们从仙台乘船到北海道花了 16 个小时，从北海道乘飞机到福冈花了 2 个半小时，感觉日本比想象的要大。因为，陆域面积一长，发展的空间和腹地就出来了，显得比紧凑在一起的 37.78 万平方公里的面积要大许多。

重要的是，日本海洋面积很大，比中国要大得多。现在我们的海洋面积只有 300 万平方公里，由于周边国家长期以来的蚕食侵占,实际控制面积也就100多万平方公里。而日本有31万平方公里领海面积,361万平方公里渔业水域,429万平方公里200海里水域面积,加在一起是我们的数倍。日本依靠丰富的岸线资源,在太平洋沿岸地区布满了钢铁、造船、化工、汽车和装备制造等重化工业,构筑了强大的工业基础。加上渔业、淡水资源十分丰富,要吃有鱼,要喝有水,足够这个民族生息和繁衍的。

更为重要的是,1868年明治维新以后,日本迅速走上了资本主义的工业化道路,经过100年的发展,1968年经济总量超过欧洲诸国,坐上了世界老二的交椅,成为最发达的国家之一,其现代化程度至少要领先中国50年。而且,日本国民具有强烈的危机意识和进取精神,海洋国土意识十分强烈,占一个小岛就想扩大一片海域。这可了不得,从过去看,海洋国家都是最先强大起来的,如英国、西班牙、葡萄牙、挪威,以及现在的世界老大美国等;从未来看,谁拥有海洋谁就将拥有世界。

同时,日本还是一个技术创新大国,仅在节能环保方面的技术优势和应对老龄化的产业优势,就能够为日本迎来新的发展机遇。因为,随着中国等国越来越重视环保问题以及快速进入人口老龄化社会,日本的相关技术、设备和产品又会有大把的钱好赚了!

特别值得注意的是,小日本从来没有小看中国。我们在日本了解到,日本研究中国的机构和专家很多,而且经费充足,内容广泛,深入具体,是中国研究日本专家的30倍,也就是人家30个专家研究我们,我们只有1个专家研究人家。在东京内阁府经济社会综合研究所的图书馆,我亲眼看到他们拥有浙江完整的省市县统计资料,以及《桐乡县志》等地方志，真是令人敬佩！但联想到过去日本侵占中国、横扫亚洲、偷袭美国，现在又与中国、俄罗斯、韩国等国争岛屿，骤然平添了许多担忧。

看来，小日本真不能小看。我们只有了解日本，学习日本，超越日本，才能真正强大起来！

写于 2010 年 10 月

走进台湾

在小时候的记忆中，祖国有一处美丽的家园，像一片墨绿色的树叶，镶嵌在东南沿海辽阔的海面上，这就是台湾。

台湾不大，面积3.5万多平方公里，相当于浙江的1/3，人口2300多万，相当于浙江的一半，但蕴藏的自然资源和人文景观十分丰富，称之为宝岛，是祖国的宝贝。

2011年7月的一天，我参加浙江省标准化协会考察团，飞越台湾海峡，考察被誉为"标准无处不在"和"一流企业卖标准"的台湾标准化尤其是农业标准化工作。为此，走进了台湾，开启了台湾之旅，也圆了儿时魂牵梦绕的宝岛情。

老旧设施的丰腴

2008年12月开启的两岸直航，大大缩短了杭州到台湾的时空距离。我们一行从萧山国际机场起飞，经温州方向，飞越宽约200到400公里的台湾海峡，仅用了1小时20分钟，就顺利到达了台北桃园机场。比到北京还快！这多少超出许多人的想象。

一到台湾就有一种亲切感，或者准确地说没有陌生感。一样的面孔、一样的语言、一样的文字，甚至一样的习惯。接待方的秘书长和全程陪同的黄导早已在接机口恭候多时，我们很方便地填好入境单，兑换了一点新台币，带着不多的行李，就上了标有“中国心、两岸情”的136-MM豪华大巴，一路向台北市区驶去。

台北是台湾的第一大城市，有260多万人口，市区人口与杭州差不多，但不像杭州那么拥堵。一路上看到的高楼大厦不多，房屋也显得陈旧，大多是三四十年前台湾作为“亚洲四小龙”之一起飞时建造的。当天下榻的王朝大酒店，虽位居闹市，房间比较宽敞，但因年久失修，临街的门窗密封不严，外面轰鸣的汽车声和风驰电掣的摩托车声不时冲击我异常敏感的耳膜。

说起台湾的摩托车可真是一景。无论是大城市的宽敞大路，还是乡下的林间小道，到处可见飞奔的摩托车擦肩而过，却很少见电动自行车的身影。台湾男男女女都是开摩托车的高手，女人们怕晒黑，于是全副武装，只露出两只眼睛和依稀可见的苗条身材，不输于男人的绝尘飞奔，这很有点像20世纪90年代摩托车风行时的广东。虽然有噪音、尾气污染，电视中还不时地报道一些摩托车撞人或被撞的新闻，但没听说当局有禁摩的打算。问其原因，答案是方便快捷、经济实惠，还有就是民生需要使然。

随后几天，我们又闲逛了几处台北的街道、胡同、商场、店铺、地铁、车站等，感觉设施一般，道路狭窄，有点失望，如同许多人所观感的还不如北京、上海、杭州等城市，怎么看也没有当年“亚洲四小龙”的风采和人均GDP高达1.8万美元的财富水平。

可是，当你住了下来，生活了几天，走了一圈，接触了一些台湾人，你就会感到台湾还是耐看的、有内涵的、有品位的。台湾的设施虽然比较陈旧，但建筑质量好，抗震性强，经得起台风暴雨的冲刷，还有就是尊重民意，没有去搞“新包旧”的改造工程。道路虽说不宽，但绿树成荫，每家门口都精心栽种了花花草草，高速公路两旁更是一片片高高的槟榔树和茂密的芭蕉林，绿化率在 70%以上。城市管理井然有序，道路标识清晰可见，街头巷尾干净整洁。特别是人的素质较高，自觉遵守公共秩序，热情好客，彬彬有礼，说话不喧哗，购物不勉强，好像比电视新闻报道的抢话筒、扔鞋子、大打出手的议员们更有素质。

总起来看，台湾的设施虽然陈旧，但犹如古董积淀了岁月的包浆，犹如丰腴取代了青春。所以，走进台湾不能简单地走马观花，而需要用心慢慢品味，或许还真能咂摸出点味道。

随处可见的 101 身影

101 当然不是特工代号，而是台北一幢最高建筑的名称。

台北的建筑大多不高，规划看上去也不那么美好，但有一处大楼横空出世，突兀而起，鹤立鸡群，傲然耸立，显得与周边楼宇很不协调，无论在哪个地方都能轻易地看到她，这就是著名的 101 大楼。

101 大楼原称为“台北国际金融中心”，后因考虑到大楼地上有 101 层、地下 5 层，故名 101 大楼。大楼由国际建筑大师李祖原设计，外形呈竹节形，共 8 节，每节 8 层，取 8 为“发”的好兆头，传达“成长盛开”的理念，寓意向上长高的竹子或盛开的花朵，步步升高。加上 26 层楼外的古代钱币造型镶嵌，以及每 8 层楼的如意造型，使这栋看似时髦又掺杂中国元素的建筑物，别有一番新意。

101 大楼是台北的地标，几乎每个初到台北的人都会到此一游。这是因为，她是台湾的骄傲，曾雄居世界第一，高达 509 米，既高于美国芝加哥的近 443 米的西尔斯大楼，也高于马来西亚约 452 米的吉隆坡石油双塔，更高于上海约 420 米的金茂大厦。当然还有许多第一，如净空结构、爬升速度等，这里就不一一细表了。

在地震多发、台风每年数次光临的台北造世界第一高楼，一个重要的关键技术就是，在 88 楼与 92 楼挂置一个重达 660 吨的巨大钢球，也就是阻尼器，用于吸收大楼的振动，再将能量散发到下方的弹簧系统，解决了台风或地震可能带来的大楼晃动的危险。令人叫绝的是，阻尼器设计成黄色卡通式的娃娃脸，公开展示，成为一景。每当晚上华灯初上时，101 大楼装配的赤橙黄绿青蓝紫的七种彩虹灯光，以每天一种颜色的更替，照耀着台北的夜空。

禁不住大楼的诱惑，到台北的当天傍晚，我们忙完公务交流，也迫不及待地登上了 101 大楼，参观各种设施，观赏台北市容，眺望阳明山麓，还拍了一张以大楼为背景的合成照片。站在 94 层的观光台，我曾遐想：假如没有 101 大楼，台北的建筑还有什么值得骄傲的呢？

这个疑问很快在第二天就有了答案。

文体地标台北小巨蛋

夏日的台北，太阳起得很早。迎着晨曦，我凌晨 5 点多就走出了宾馆，带着向女儿借用的尼康 D90 单反相机，装出一副摄影爱好者的样子，走进了台北生活，打算捕捉一些有趣的素材，也算是采风吧。

走出下榻的王朝大酒店，东观西望，一眼就看到标有"台北小巨蛋"的体育馆。馆的外墙幕上装有巨大的LED显示屏，不停地播放电影《哈利·波特与死亡圣器》的片花，以及其他广告之类。"小巨蛋"旁边还有一处不算大的运动场，一些中老年人早已在此开始了一天的晨练，或做操或慢跑，或伸胳膊踢腿弯弯腰，还有几个清洁工在一边辛勤地打扫地面。

台北小巨蛋体育馆坐落在王朝大酒店的右侧，位于南京东路和敦化北路的交叉口，是提升台北市健康形象和国际化的重要地标。它耗资47.67亿新台币，地上5层、地下2层，拥有15000个座位，馆内拥有许多游憩资源和体育设施，是台湾首座多功能的体育馆，还有一个大型的综合商场，经营各式特色餐饮，销售各色商品等。

其实，我知道"台北小巨蛋"，是数月前无意间在网上看到的一段视频，说的是"大陆民歌第一天后"宋祖英莅临"台北小巨蛋"演出，引起巨大轰动，云云。那一天正好是母亲节，本已全年排满的演出场地，经过台湾娱乐界"开后门"疏通，终于在5月8日晚拉开了"宋祖英2011台北小巨蛋演唱会"的帷幕，这是宋祖英的首次台湾之行，也是宋祖英2011中国巡演的第一站，之后将在大陆各主要城市巡回演唱，最后在香港收官。

重要的是，宋祖英在小巨蛋的义演人气很旺，气场很足。除周杰伦、周华健担任嘉宾外，刘谦、吴宗宪、张惠妹等艺人纷纷送上花篮，许多社会"名流""要员"捧场观看。在震天响的鼓乐声中，宋祖英以《百鸟朝凤》开场，身着一袭孔雀开屏礼服，乘坐金色凤凰椅现身，惊艳全场，8000名观众引爆全场。特别是宋祖英的粉丝赵本山一路追随到台北，说自己是听她的歌变老的，最后一句"请观众欢迎我下台"引来掌声和笑声一片。

在小巨蛋体育馆旁，我先后与一个看车库的门卫和一个看运动场的保安闲聊，得知他们的祖籍都在大陆，前者年龄稍大，40岁上下，做过生意，讨了一个武汉老婆，现在月收入3.5万新台币，约8000人民币，老婆在餐馆打工，生活还算安稳。后者33岁，父母离异，祖籍福建，月收入3万新台币，平时休息时再补补鞋子，攒点钱，也打算从大陆娶个新娘。看来，台湾的男人还是很愿意迎娶大陆新娘的。千里姻缘一线牵，两岸通婚会让两岸关系更加融合，本来嘛，大陆、台湾就是一家人！

据黄导讲，距“小巨蛋”不远，台北还要规划建设一个可容纳4.5万人的大巨蛋体育馆。到时，“两蛋”辉映，台北市民的文体生活会更加丰富多彩。

目睹“合璧”的富春山居图

从未有一幅画，如此拨动两岸亿万同胞的心弦，这就是情系两岸的旷世名作《富春山居图》。

我们一到台北，黄导就说，台北“故宫博物院”正在展出“合璧”的《富春山居图》，是否一定要看，如果要看，就一定要早去排队，而且要等一个多小时才能看到。我们毫不犹豫地说，一定要看，不怕早起早去，所以第三天一大早就赶到了台北“故宫博物院”。还算运气，在我们前面只有一个上海团在慢慢地观赏，虽然焦急地等了一会儿，还是很快轮到了。

为什么一定要看“合璧”的《富春山居图》，这倒不是因为我们懂画，而是因为我们来自原作的故乡，不久前我还去拜访过该画作者黄公望在富阳的隐居地，有一种特别的情怀。再说了，用来“合璧”《富春山居图》的《剩山图》是浙江省博物馆的镇馆之宝，不轻易拿出来，就是在杭州也难得一见，更不用说看完整的“合璧”真迹了。

据说,《富春山居图》从问世的那天起,就蒙上了神秘而传奇的色彩,完全可以拍一部十分惊险的连续剧。该画作者为元代大画家黄公望,他出家隐居富阳时已年近八旬,倾三载光阴呕心沥血,描绘了富春江两岸初秋的秀丽景色,笔墨清润,意境深远,布局疏密有致,堪称空前绝后。此画本为好友无用禅师而作,后来到明清之际为吴洪裕收藏,谁知这家伙弥留之际要将它火焚殉葬,幸亏他的侄儿从火中抢出,但此时已有五尺被烧毁,余下部分又被烧成两段。前段长 51.4 厘米,恰好有一山一水一丘一壑之景,被命名为“剩山图”,几经辗转收藏在浙江省博物馆;后段长 636.9 厘米,经过精心修复装裱,被称作“无用师卷”,被清廷收藏,抗战爆发后与 50 多万件北京故宫文物一道颠沛流离,1949 年被蒋介石带到台湾。

时光荏苒,日月如梭,如今此画问世 600 余载,烧成两段 300 余年,两段分离 60 余载,何时团聚,两岸同胞翘首以盼。去年 3 月,温家宝总理在“两会”中外记者会上回答台湾记者提问时,深情谈起了《富春山居图》:“我希望两半幅画什么时候能合成一整幅画。画是如此,人何以堪。”是年 6 月,浙江省长吕祖善率团访台时表示,两岸同胞都希望能看到《富春山居图》完整展出,《无用师卷》赴浙展出有困难,《剩山图》可以先走一步,到台湾合展。今年 6 月 1 日浙江省委书记赵洪祝率团访台时终于促成《剩山图》来台,实现两半幅画“合璧”联展,掀起了一股山水“合璧”热,一个月来已有 32 万人观赏,成为台北“故宫博物院”最热的看点,也带动了相关纪念品的热销。

我们虽然不懂画,但在一代山水宗师的画作面前,个个顿足凝神,看得很认真很仔细,后来还真品出点味道。黄公望原作与同时展出的明代著名书画家沈周背摹的《富春山居图》,以及清代王原祁《仿富春山居图轴》和奚冈《仿黄公望富春笔意图轴》等比起来，可以说有天壤之别。其巨大的反差就在于，黄公望的山水原作充满“灵性”和“动感”，而这些临摹作品就显得呆板和黯然失色了。正可谓“不怕不识货，就怕货比货”，真假一比，高低顿现。

望着黄公望的《富春山居图》，我不禁联想到不久前拜访他的隐居地时，手机里记下的一篇骈文，描写富春山水美得醉人：

> 风烟俱净，天山共色。从流飘荡，任意东西。自富阳至桐庐一百许里，奇山异水，天下独绝。
>
> 水皆缥碧，千丈见底。游鱼细石，直视无碍。急湍甚箭，猛浪若奔。
>
> …… ……

观此画、赏此文，多么希望两岸的和平统一，亦如美丽的富春山水——“猛浪若奔”呀！

革命先行者的荣光

在中国近代史上，有一个伟人为两岸所尊崇，看过影片《建党伟业》的人都知道他，知道宋庆龄的人也知道他，他就是孙中山，被毛泽东称为中国革命的先行者。我们这一代人从小就知道，每年十一国庆节期间，天安门前都要挂起孙中山先生的巨幅画像，还有以孙中山命名的中山市，以及全国很多地方都有的中山路、中山公园等。而我还多次拜谒过北京香山孙中山纪念堂和南京的中山陵。

孙中山早年学医行医，曾赴檀香山创立兴中会，赴东京成立同盟会，号召“驱除鞑虏，恢复中华，创立合众政府”，主张“联俄、联共，扶助农工”，提出“民族、民权、民生”的三民主义思想，自1895年至1911年多次策划反清武装起义。1911年10月10日武昌起义，推翻清朝统治，创立中国历史上第一个共和政体，史称“辛亥革命”。其后孙中山被推举为临时大总统。

在“辛亥革命”100周年前夕，我们来到位于台北市仁爱路四段的台北孙中山纪念馆。此馆1964年为纪念孙中山先生百年诞辰兴建，1972年落成，面积35000坪(1坪为3.3平方米)，仿宫殿式建筑，有可容纳2500多名观众的大会堂，巍峨雄伟。馆外有中山公园环绕，还有九曲桥、池塘、假山、柳树等景色点缀。馆内四大展览室装饰精美，设计新颖，展示现代史料及现代名家艺术品。此外，馆内的表演厅、灯光、音响设备一流，经常举办高水准的音乐会。

步入大厅中央，首先映入眼帘的是孙中山巨大古铜色坐像，基座上刻有孙中山书写的“大道之行也天下为公……”的碑文，两位全身身着礼服的卫兵，持枪守卫在两旁。大厅两边常年展出着孙中山的史迹，介绍他从小“始见轮舟之奇、沧海之阔，自是有慕西学之心，穷天地之想”的宏伟志向，展示他与宋庆龄女士的婚姻相爱和革命相伴，以及其他丰富的史料。

走入地下展厅，看到一群学生和一群老人正坐在图书室里静静地读书看报，还有正在举办的书画展、摄影展和个人艺术展等。规模比较大的展览是“第二届国际书画艺术发展论坛及世界书画名家作品交流展”，由中国书画报社等主办，展示了世界华人为纪念辛亥革命100周年精心创造的书画作品，其中有书写孙中山的“天下为公”，也有书写毛泽东《沁园春·长沙》的“独立寒秋……”等诗文。当我在另一个展厅徘徊时，被称“积蓄六十年的能量，大隐隐于市”的陈铭昌先生，拉进看了“陈铭昌六十年首展”，观赏了他的瓷板书画篆刻釉艺艺术，其中有两句瓷板书法“随性而为是为真”“天圆地方道在中央”给我留下了深刻印象。

看到先行者静静地坐在椅子上，市民们静静地在一旁读书看报，欣赏艺术和音乐的情景，不禁想到，杭州云居山烈士陵园有一处无名烈士的碑文，读起来令人心碎：“同志们，当革命胜利的时候请千万不要忘了我们！”是呀，共和国的今天真的来之不易，我们一定要好好珍惜，以不辜负先行者们的奋斗和期许。

文化传承与特色小吃

台湾的最大特色在文化。所以一到台湾，就感受到十分亲切而又有些陌生的中国传统文化，不时冲击我们的感官。

如写繁体字。台湾没有推行过简化字，一直延续了前人传下来的繁体字，象形寓意，疏密有致，无论是官方文件、报纸杂志、广告招牌、材料交流等都以繁体字为主，有些还竖行排版，右先左后。有的繁体字，我顺着上下文还能猜得到意思，有的则已经认不得了，像“菸”（烟）、“葉”（叶）等。由于繁体字确实太“烦”，近来简化字也慢慢流行开来，但台湾当局文件还是坚持使用繁体字。

如讲普通话。台湾人都会讲一口很好听的普通话。我不是语言学家，一时难以说清台湾普通话的特点，但很好听，既没有北京话的儿化音，也没有杭州话的呲音，更没有电影《一江春水向东流》白杨演的素芬和陶金演的张忠良说话的嗲声嗲气。其实，20 世纪 50 年代以前，台湾人大多来自福建闽南和广东潮州一带，流行外人难以听懂的闽南话和潮州话。1949 年蒋氏父子迁徙台湾时，一同前来的 200 多万名官兵和各界精英，又是来自祖国的四面八方，语言五花八门，更是难以交流。于是，台湾当局强行推广北京话，逐渐演化成今天的台湾普通话，方便了各方人士的交流。

再如推崇儒家文化。这不仅表现在台湾的道路取名颇具道德性，如忠孝路、忠义路、仁爱路、信义路、和平路、崇善路、崇义路等，而且表现在待人接物彬彬有礼，摆桌签把来宾的姓和职务写前，名字注后，如赵亚力会长，写成“赵会长　亚力”。还有的在自己名片地址前，注有“赐教处”三字，客气得很。再有就是注重礼尚往来，在公务交流中，我们不免要送接待方一点浙江的丝绸、扇子等纪念品，对方也会回赠带有工作宣传性质的纪念品，如标有 SGS 的环保杯、标有可追溯密码的有机米、金门高粱酒，以及后面要说到的西螺酱油等。这一点，不像欧美人，收了你的礼物，最多耸耸肩说一句“Very good!”或“So beautiful!”就完事了，没有一点礼尚往来的意思。

当然，台湾的地域文化还体现在丰富多彩的小吃上。对于台湾的小吃，我的感觉是，任何一种小吃都具有系列性。如我们在淡水街一家饼铺，随便一看就有十几个品种；至于街头卖的珍珠奶茶、果茶、高山茶等饮料，招牌一挂又是十几种，所以回来时每个人都买好几种凤梨酥、太阳饼、芝麻酥饼等特色小吃。还有就是，台湾的饭菜比较清淡，跟杭帮菜差不多，尤其是牛肉拉面很有名。一次黄导安排我们在台北的金大碗台湾牛肉面馆吃半筋半肉的大碗面，每人一大碗，肉面、小菜不够可以随便添，我们一般只添一碗，而据店里伙计说，河南的一个团，有位老兄一口气添了十二碗，还有一个添了六碗，可见台湾的牛肉面还是很好吃的。

标准检验和塑化剂事件

在台北的几天，我们连续走访了SGS集团台湾分公司、台湾“标准检验局”、台湾认证基金会等部门和机构，了解了台湾同行标准化工作的管理体制、运作模式，以及对塑化剂事件的态度和责任追溯等。

SGS集团1878年在法国鲁昂成立，最早的业务是谷物的运送检验，1919年在瑞士日内瓦登记注册为通用检验公证集团，1952年在台湾注册提供公证和验证测试服务，有包含70位验证稽查人员在内的1700多专业员工。至于SGS的价值，说白了就是可以让我们放心地买东西，从汽车到住房，从食物到衣服，从呼吸的空气到服用的药品，经过SGS的检测就可放心购买使用。

台湾“标准检验局”是依据台湾省经济主管部门相关规定成立的台湾省最高商品检验机关，行政上隶属经济主管部门，主要任务是为台湾省标准制修订及推行国际标准质量保证制度和环境管理系统；办理台湾省度量衡标准的统一及实施其他检（试）验服务。凡经台湾省经济主管部门公告为应检验之品目，须经该局检验合格，始得输入、输出或在台湾省市场陈列销售，这实际是一个标准制定和监管部门。

台湾认证基金会旨在建立符合国际规范并具有公正、独立、透明的认证机制，建构符合性评鉴制度的发展环境，以满足台湾当局、工商业、消费者的需求，提供认证全方位服务，促进与提升产业竞争力及民生消费福祉。

在与同行交流时，我们不断提问：为什么台湾标准化和检验检测那么严格，还会出现令世人震惊的塑化剂事件？同行回答:其中一个重要原因是,台湾食品检测只参照“两表”,肯定性物质列表和否定性物质列表,至于不在“两表”中的物质,台湾卫生主管部门的检测员通常不会注意。看来,面对无良厂商的利欲熏心,今后监测制度必须要加强对有毒有害等异常物质的检测。

不过,台湾对塑化剂事件的处置还是相当及时和严厉的,今年5月31日零点起,包括运动饮料、果汁、茶饮、糖浆果浆、胶锭粉状类等五大类产品一律先下架,企业必须提供不含塑化剂的安全证明,否则禁止销售,违反者处以重罚。而且,台湾地区有关食品卫生管理的规定的修订案很快得以通过,对黑心厂商最高处罚千万元新台币,涉案人员最高判30年徒刑。

联想到不久前发生的欧洲“毒豆芽”事件和大陆“双汇瘦肉精”事件等,说明在化学添加剂泛滥时代,食品卫生是一个世界性的问题,必须筑起铜墙铁壁,不给无良厂商以可乘之机。

西螺镇农会和稻谷深加工

早就听说台湾的农业十分发达,1984年就提出了要发展以“经营方式的细腻化、生产技术的科学化及产品品质的高级化”为特征的“精致农业”。于是,在“中华知识产学合作交流协会”费力巴拉的安排下,我们来到台中的云林县西螺镇,考察台湾的农业生产和精深加工情况。

接待我们的是西螺镇农会供销部主任沈培昇先生,他介绍说:西螺镇农会拥有1万多位农民会员,300多公顷土地,约占全镇的30%,入会农民只需一次性交500元新台币入会费,纯属象征性的,农会的管理人员和职工有105人,员工的收入根据效益确定，但总体比较稳定。农会由政府控股，股权占51%，其他股东只占49%。农会不以赚钱为目的，年收入的65%用于农业的基础设施建设，以及良种培育等，反哺农民。

由于西螺镇地理环境优越，土地肥沃，气候适宜，盛产的西螺米、西螺酱油、西螺果菜等地方特产全台知名，有些还销往大陆。农会与农民建立契作专业区，从育种、栽培至田间管理，合理化施肥、定期检测等，依循标准化耕种，翔实记录过程，建立生产履历制度，取得消费者信赖，安心食用。

在农会办事大厅，我们看到三三两两的农民，或来贷款，或来购置农业生产资料，或来购买农副产品。农会的促销口号是“西螺好米，农情好礼”。在这里，我们不仅看到了品种繁多的大米，如清健米、芋香米、寿司米、胚芽米，以及花了十年时间选育的黄金米等，还看到了用大米加工开发的美颜皂、面膜、面膜泥、抗氧精华液、弹力保湿乳、莹白防护乳等。原来大米还可以用来美容，真是大开眼界！

西螺农会碾米厂的设备相当先进，我们参观时看到，农民运来的稻谷直接倒入地下漏斗，然后送入烘干，烘干后密封储存，再进行碾制，最后到包装，全过程由电脑控制，低温管控，低温保鲜，完整保留了大米的营养与原味。特别是作业的循环系统非常精细，地上看不到一粒米、一片壳，稻壳用来做烘干能源，稻灰用来做保温材料。我想，这样的碾米厂，如果进来一只老鼠也得饿死。

还有，西螺的酱油真好吃。沈培昇先生告诉我们，西螺酿制酱油有上百年的历史。这里具备酿造优质酱油必需的水质、温度和湿度等得天独厚的条件，加上选用优质有机黑豆和长达120天的封缸发酵，酿造的酱油天下独绝，气味芳香甘醇，色泽红褐，具有黏稠性，风味特佳，成为台湾的“酱油王国”。临走时，厂里还送给我们每人一小瓶，回去一尝，果然名不虚传，比我去年在日本买的酱油还好吃呢。

顺便说一下，好东西必然要好价钱。西螺酱油顶级油膏一瓶 130 元新台币，按 4.3∶1 折算，合 30 元人民币，稍差一点的也要 70 元新台币，合 16 元人民币。西螺酱油厂的厂长告诉我们，低于 10 元人民币的不可能是纯酿造酱油，只能是勾兑的，因为那价连成本都不够。

台一生态农场与草莓文化馆

在南投县埔里镇，我们住在台一枫桦卉馆，宾馆建筑采用环保的绿色建材，营造春露、夏荷、秋枫、冬恋等不同楼层的精致花泉客房，让人置身在香榭水岸的花园中，仿佛在山峦环抱中享受浪漫悠闲的生活。我们享受这里四季低调奢华的住宿氛围，还可享受室内温泉浸泡的乐趣。

其实，台一枫桦卉馆不是通常意义的宾馆，而是一个集种养殖、生态教育、休闲观光、饮食购物为一体的大型农庄，名称叫台一生态休闲农场，相当于我们这里的“农家乐”，无非规模更大一些，功能更全一些。

台一生态休闲农场资源条件极佳，园区占地 13 公顷，拥有得天独厚的山峦视野，栽培了 200 多种植物，精心建造了花神庙、雨林风情馆、蝶舞馆、绿雕公园等绿色园艺，就连屋顶和厕所也都种满了植物，还是当地的种子种苗培育基地呢。徜徉其间，山水经流，鲜花怒放，蝴蝶飞舞，四季如春，宛如步入一处美丽的世外桃源。

不久前，赵洪祝书记率浙江省代表团考察台一生态休闲农场时，称赞：“台一生态教育休闲农场是精致农业与休闲旅游结合的典范，对于浙江深入发展的高效生态农业和方兴未艾的农家乐休闲旅游业来说，这些先进的发展理念和经营模式对我们很有启发。”据了解，目前台湾休闲农业规模有1102家，平均每个乡镇3.3个。主要有乡村花园、乡村民宿、观光农园、休闲农场和市民农园、教育农园、休闲牧场等类型。休闲农业点平均占地约90亩，每个休闲农场投资约200万元，每个休闲农场年游客人数约45000人，年营业总收益高达10多亿元。我想，浙江人多地少，但山海资源十分丰富，大力发展生态休闲农业，大有潜力，亦大有可为！

接下来，我们赶赴苗栗，参观大湖草莓文化馆，仿佛又进入了一个草莓世界。接待方先是让我们看了一段视频介绍，随后自由参观。台湾农民居然把小小的草莓，加工成200多种相关的草莓系列产品，游客不仅采摘品尝草莓鲜果，了解草莓种植栽培的历史、所用的稻草和农具，还能购买到草莓酒、草莓蛋糕、草莓香肠、草莓豆腐乳、草莓冰激凌、草莓咖啡、草莓饰品等，年产值高达1.5亿新台币。我问了一位营业员的收入情况，她说一个月大致有1万人民币，而农会仅从草莓宴中就可获得20%的收益，真正做到了农业增效，农民增收。

伴手礼与红珊瑚和猫眼石

第一次知道“伴手礼”这个词，还是去年小女结婚的时候。婚礼前夕，看到夫人和小女忙着买一些不大值钱的小礼品，我问是做什么用的。说是“伴手礼”，回赠参加婚礼的女宾客用。由此我以为，伴手礼是婚礼场合随手送送的小礼品，是杭州的一个风俗，因为我老家是不兴这个的。

到了台湾，才知道伴手礼很流行，被称之为“丹禄”或“等路”。这是因为，过去台湾人生活艰苦，每当年节送礼花的钱都是一点一滴省下的，就像炼丹一样，因此伴手礼等于“丹禄”。再一个说法是，按过去传统习俗，出嫁的女儿初二返家时，要请弟弟在到家前一段路“等路”以示礼遇，而女儿看到弟弟就表示已经到了娘家，请弟弟把礼品带回去献给父母，故民间有“仔爱伴手，姑仔爱等路”的习俗。

现在的伴手礼早已泛化了，到亲朋好友家中做客带的礼物，或是到某个地方旅游、度假，买些当地的特色商品或名产回家，皆为伴手礼之意。由此，接待方在发给我们的材料中，就把宝石珊瑚、猫眼石、阿里山高山茶、凤梨酥、桧木艺品等，都作为超人气的台湾伴手礼推荐的。

说起宝石珊瑚，一般都是红珊瑚做的。台湾是世界上红珊瑚主要产地之一，其生长条件十分苛刻。它只生长在深海火山地震活动的高发区，海底火山活动给海水提供了大量的铁、锰、镁等常量和微量元素，使珊瑚虫骨骼在钙化和受压过程中，大量吸附铁、锰、镁等红色元素，形成了十分名贵的红珊瑚。它是非常有灵性的千年宝物，在各类宝石中尤显珍贵，因而有“红色软黄金”“龙宫珍宝”之称。它还有驱邪避凶、养颜驻秀、通血活络、明目退烧、调节内分泌、促进血液循环的功能，可依据人体健康状况，产生不同变化，被称为“人体精、气、神的观察站”。所以，过去蒋夫人美龄和藏族达官显贵最喜爱佩戴的饰品就是红珊瑚，在台湾还不时能看到宋美龄佩戴大串红珊瑚项链的照片。当然，现在生活宽裕了，寻常百姓也能买点戴戴，不过价格可高得令人咋舌，好的要几十万，稍看上眼的也要万把元。我是经友人的友人介绍，赶到高雄的一家红珊瑚加工专卖店，左挑右选，讨价还价，狠心咬牙，才给家里的小公主买了一条稍看上眼的红珊瑚小项链。事后一比较才知也不便宜，好在是真的。

台湾还有一宝，叫猫眼石，也称“猫儿眼”“猫睛”。由于猫眼石与猫的眼睛一样，灵活明亮，能够随着光线的强弱而变化，因而得名。台湾以花莲的猫眼石最有名，猫眼石色泽亮丽、花纹美观，常被认为是好运的象征，而且据说有美容养颜的功效。猫眼石的价格比红珊瑚便宜多了，当然好的也要好几万。我们在台北圆山饭店“佐芳天然水晶公司”专卖店，看到一颗开价 5 万元的淡黄色的猫眼石，猫的眼睛活灵活现，故称为“活眼”，人见人爱。可惜，我囊中羞涩，只好买件“死眼”挂坠作为伴手礼，带给糟糠之妻，而这还是购物冲动这一“魔鬼”驱使的结果。

三潭印月在中台禅寺

“三潭印月”本是杭州西湖的著名景点，中秋夜晚窥潭望月，天水辉映，被誉为“水天合璧影团圆”的一大胜景，然而它怎么会出现在南投县，印月在中台禅寺呢？原来，这里有一段佳话。

今年 5 月 30 日下午，浙江省代表团参访了著名的中台禅寺，并举行“三潭印月”石雕赠送仪式暨揭幕典礼。“三潭印月”石雕来到台湾，象征着两岸人民血脉相连，心心相印，共盼团圆。赵洪祝书记在与中台禅寺惟觉大和尚会面时，对他提出的“两岸未通，宗教先通；宗教未通，佛教先通；佛教未通，中台先通”的大愿表示感佩。7 月初的一天，当我们来参访中台禅寺时，“三潭印月”石雕早已矗立在禅寺前的莲花池中，与 2007 年灵隐寺特意委托工匠铸造的纯铜制“同源桥”构成一景。铜桥上有灵隐寺已故方丈木鱼老和尚的题偈：“西湖桃柳喜相逢，燕子将归认主人，拂面和风生暖意，山光水色见精神。”以及中台禅寺开山方丈惟觉老和尚题词：“金桥庄严通两岸，迷悟只在一瞬间，悟时登桥到乐土，迷时寻找桥不见。”数语道尽两岸佛教交流真髓，希望借此因缘，在两岸同胞心间架起一座“同源金桥”，促进彼此间的沟通理解与和谐互动，共促祖国和平统一、成就世界和平。

经事先预约，我们在一位清秀的尼姑引领下，听取另一位资深尼姑讲解中台禅寺的故事。这座禅寺 1992 年由开山方丈惟觉老和尚与著名设计师李祖原居士（即台北 101 大楼的设计者）共同主持设计，历经三年规划、七年建设，于 2001 年 9 月 1 日正式落成启用，其建筑体量为亚洲庙宇之冠。

参访中台禅寺给我们最深刻的印象是，非常现代，与时俱进。建筑的理念融合艺术、文化、科学及弘法功能，充分展现佛法五化（学术化、教育化、艺术化、科学化、生活化）的内涵。建筑外观远望恰似一位修行者澄心静坐于群山之中，散发着包容大千的磅礴气象，诉说着顿渐不二的大乘妙理，从中心轴三身佛殿至金顶，象征着“明心见性，见性成佛”的顿悟法门。殿堂内有电梯、电脑、互联网等现代化办公设施，僧人普遍运用电子媒体进行日常佛教活动，而且禅寺内外都不能烧香，文明敬佛。再有，中台禅寺男女皆可出家为僧，现有男女僧人 600 余人，分“男宿舍”和“女宿舍”，大家同修炼、同学习、同劳动，开启现代寺庙之先河。总之，中台禅寺就像一个小社会，自给自足，功能齐全，集生活、教育、学术、艺术、科学于一身。寺内建筑、佛像、壁画、彩绘、雕刻、书法等等林林总总，无一不蕴含着丰富的艺术内涵，呈现出至真、至善、至美、至圣的佛法精神。走进中台禅寺，仿佛是一次洗涤心灵之旅，让你轻松休闲之余，又能获得内心的祥和与宁静。

在中台禅寺，我们不仅见证了两岸佛学的水乳交融，见证了灵隐寺与中台禅寺的“同源”往来，见证了惟觉大和尚率弟子推进两岸和平统一的志向努力，还记住了惟觉大和尚亲拟的《中台四箴行》：“对上以敬：以恭敬心降伏骄慢。对下以慈：以慈悲心对治瞋恚。对人以和，以忍辱心化解粗暴。对事以真，以真诚心去除虚伪。”

阿里山的小火车和桧木林

“高山青，涧水蓝。阿里山的姑娘美如水呀，阿里山的少年壮如山唉。”相信大家都会唱这首歌，并由此知道了著名的阿里山。

阿里山位于嘉义市东 75 公里，靠近台湾最高峰玉山。这里完整分布着从亚热带的阔叶林到寒带的针叶林，被称“阿里山五木”的红桧、台湾扁柏、台湾杉、铁杉及华山松等，在此大量生长，尤其千年桧木群是台湾最密集的巨木群。茂密的森林植被，造成这里气候温和，盛夏清爽宜人，是台湾最理想的避暑胜地。

一日清晨，我们驱车近两个小时，一路弯弯曲曲爬上海拔 2216 米的阿里山，幻想着山里的姑娘和少年的青春美丽，目睹着“碧水长围着青山转”的自然美景。当然，由于赶路，我们看不到阿里山的日出、云海和晚霞，只能亲历一下森林浴和高山小火车。

上山后，我们漫步在千年桧木群中——其实为了赶路走得很快，大口吸吮着负离子含量很高的森林“精气”，欣赏着大自然鬼斧神工的一个个杰作，时不时地在什么心形树、猪头形树、大象形树、三兄弟树、三代树、林涧吊桥等前拍照留念，心情愉悦。

到阿里山不能不提小火车。沿途向上攀爬，不时能看见漂亮的小火车站和绵延伸展的小铁轨，宽度只有普通铁路的一半，它是世界三大山铁路之一，全长 71.4 公里，从海拔 30 米的嘉义火车站，历经 3.5 小时到达海拔两千多米的阿里山火车站。据黄导说，这是当年日本占领台湾时期，为了砍伐偷运名贵的桧木而修建的，现在已改为观光交通用道。可惜，我们上山那天小火车没有开，原因是今年 4 月 27 日一根朽木致小火车翻覆，造成大陆游客 5 死 108 伤的重大事故，小火车还在进行深刻"反省"和全面"整顿"。

其实，阿里山最著名的特产是桧木。它是世界珍稀树种，号称"森林之王""植物中的钻石""台湾之宝"。据说，桧木中的芬多精具有强大的杀菌力，含有抗癌成分，对湿寒、腰酸、背痛、皮肤炎、皮肤过敏、蚊叮虫咬等有明显疗效。为此，嘉义市建立了台湾桧木博物馆，许多特产店都出售品种繁多的桧木雕塑艺术品，以及桧木提取物制作的精油、洗发精、沐浴乳、精油皂等。当然，价格还是有点贵的，稍能看上眼的也要两三千元。我们一行在黄导引领下，来到阿里山脚下一家专卖高山茶和桧木艺术品的专卖店，我看中了一个纹路非常精美、散发出阵阵香气的桧木聚宝瓶，经讨价打对折，花了 1000 多元拿下，不求招财进宝，权作阿里山之行的纪念吧。

明白了为什么叫日月潭

前几年，有一部由林心如、文章、柯叔元等大陆与台湾当红影视明星，共同牵手演绎的 30 集都市情感剧风靡两岸，它是首部深度反映大陆与台湾骨肉亲情和两岸同胞相恋的故事，剧名叫“爱在日月潭”。我虽没看过此剧,但早就知道日月潭,也渴望一睹日月潭的芳容。

那日,风和日丽,我们经南投来到美丽的日月潭。她是台湾最大的淡水湖和最大的高山湖泊,海拔 760 米,水域面积满水位时可达 10 平方公里。四周群山环抱,层峦叠嶂,湖面辽阔,群峰倒映湖中,潭水碧波晶莹,好似一颗墨绿色的“活眼”猫眼玉,灵动而乖巧地迎接着各地游客。

随着乘坐的 2 号游艇刺破水面,破浪前行,我们一面忙不迭地摄取美景,一面倾听导游讲述日月潭的传说。一是神鹿说。相传 300 年前当地一群山胞打猎,发现一只巨大的白鹿窜向西北,于是尾随追踪,发现在千峰万岭、绿树层林的簇拥下,有一处碧水闪耀着宝蓝色的光芒,碧水中有个翠林茂密的圆形小岛,把大湖分为两半,一半圆如太阳,其水赤色;一半曲如新月,其水澄碧,于是把大湖称为日月潭,将小岛叫作珠仔岛,并迁居此地,耕耘狩猎,繁衍生息,成为高山族、邵族人的祖先。二是恶龙说。相传很久以前,有个大水潭住着两条恶龙,一日公龙吞下了太阳,一夜母龙吞下了月亮,相互吞吐玩耍,使人世间分不清白天和黑夜,造成树木枯萎,鸟儿消失,稻穗干瘪,家家户户过不下去了,这时一对相恋的大尖后生和水社姑娘,找来金斧头和金剪刀,杀死了这两条恶龙,重新把太阳和月亮送回天上,使大地光耀,万物复苏,人们欢呼雀跃,后来,人们就把这个大水潭叫作日月潭,把周边的两座大山叫作大尖山和水社山。

其实,科学的解释是:日月潭本来是两个单独的湖泊,后来因为发电需要,在下游筑坝,水位上升,两湖就连为一体了。潭中有一个小岛,远看好像浮在水面上的一颗珠子,故名珠仔岛,现在叫光华岛。以此岛为界,北半湖形如日轮,南半湖状似上弦之月，因名日月潭。旧台湾八景之一的“双潭秋月”就是由此而来。

随着游艇到达对岸，我们登上玄光寺，在一块两面刻有鲜红大字“玄光寺”和“日月潭”的巨大石碑前，拍照留念，并远望“青山拥碧水，明潭抱绿珠”的美丽胜景。待返回时，天色已晚，正值夕阳西下、新月东升之际，日光月影相映成趣，显得宁静优雅，别有一番诗情画意。

华丽而神秘的圆山大饭店

在台湾的最后一天，我们下榻在台北圆山大饭店。那天傍晚，我们先在“维格”饼家铺买了点特色糕点，又在金大碗台湾牛肉面馆吃过拉面，然后乘着大巴上了一座小山。当大巴驶过一座汉白玉牌楼和两座石狮后，猛然看见，一座宫殿飞檐翘角，金碧辉煌，内厅设施更是雕梁画栋，古色古香，对于见识不多的我来说，仿佛是“刘姥姥进了大观园”。

圆山大饭店位于剑潭山西南，是台北的代表地标，曾被评为世界十大饭店之一。中国宫殿式格局，富丽堂皇、精雕玉琢的外观，连绵的大理石阶梯栏杆，概分为正楼、金龙厅、翠凤厅与麒麟厅等部分，享有“御厨”美誉的餐饮水准。各厅装潢豪华典雅，后山是客房部，常为接待政要之处。还有二楼的空中花园，盘根错节的盆景奇石，房间内陈设的明式红木家具，无一不显露出饭店的华丽和考究。大厅走廊遍悬出自名家手笔的画饰与浮雕，如康人雪山图、洞天山堂图、清明上河图，以及周公与礼作乐浮雕等。无论什么时候，无论哪个角度，这座高达十四层的“中国宫殿”都散发着高贵典雅的气息，而台湾特殊的历史发展过程，又给圆山大饭店蒙上了一层神秘色彩。

早晨起来，经店里一位工作20余年的服务生介绍，我来到二楼走廊观看展示圆山大饭店历史的照片。原来，圆山大饭店的创始人是蒋介石夫妇。20世纪50年代初，台湾没有高档的宾馆饭店，于是蒋介石选定台北市区基隆河河畔、圆山山腰的一块地盘，在原台湾大饭店的基础上，当局拨款，精心设计，建造一座体现博大精深的中国传统文化的饭店。当时考虑蒋介石的安全，地下还建造了东西两条长约180米的密道，直接通往外面的剑潭公园与北安公园，可惜的是，由于目前不对外开放，我无法探秘地道传奇。

从介绍中得知，曾经，圆山大饭店的实际后台老板是宋美龄，实际管理者也就是首任CEO是孔家二小姐孔令伟，发起人多为国民党政要，而围绕圆山大饭店的产权纠纷、经营管理、腐败丑闻等一直不断，这也从一个侧面见证了蒋介石政权垮台的历史必然。当然，现在圆山大饭店已成为接待大陆游客特别是两岸开展经贸往来的重要场所，在二楼走廊的图片中，还展示着去年以来一些省市党政主要领导来台开展经贸交流活动的照片。看来，时过境迁，世事沧桑，领导共来往，照片共展放，携手促进文化和经贸交流，推进两岸和平统一，这也是民心所向，大势所趋，历史必然。

看罢照片，浏览了一下空中花园，沿着V楼出售各种珠宝玉器和台湾特产的店铺走廊，出后门拾阶而上，走进了剑潭公园。正值清晨，公园里早已有了许多爬山晨练者，山间小道旁还有三三两两的小贩，兜售着煎饼、药材、土特产之类。这一情景，使我不禁想到，过去住在杭州保俶路时，经常牵着女儿的小手去爬宝石山，路上也有些叫卖杭州土特产的小贩。由此想来，两岸老百姓的生活大致都是这个样子的。

两岸一家人一家亲

这次赴台，时间短促，走马观花，只能浮光掠影，了解些皮毛，至于精美的骨头和肥肉之类，也只能以后自由行再说了。但任何事第一感觉很重要，就像谈恋爱，一见钟情往往胜过青梅竹马。所以，短短几天下来，台湾给我最大的感受，还是开头讲到的，是一样的面孔、一样的语言、一样的文字，甚至一样的习惯，也就是同根、同宗、同源。从工作走访和实地考察所接触到的一些台湾人来看，更感到两岸是一家人，一家亲，再折腾也是兄弟家自己的事。

首先，台湾2300多万居民绝大多数是来自中国大陆各省的移民后裔，其中以东南沿海的福建、广东移民最多，浙江也不少，且不说蒋介石把一些跟随他多年的浙江老乡带到台湾，仅1955年2月就有3.8万台州大陈岛居民被迫迁往台湾，而真正土生土长的原住民不足36万人。我问过几个80后、90后的年轻人，他们虽然没有去过大陆，但谈起祖先都说是广东、福建、广西等地的。所以人都是有祖宗的，尽管目前台湾人淡化了祖籍概念，但祖宗还是难以忘怀的，也是无法忘怀的。因为寻根认祖，是中国人的传统。

再者，这几年随着两岸海运直航、空运直航、直接通邮的“大三通”，大陆居民赴台旅游日渐增多，正在形成“宝岛热”。我们在圆山大饭店看到的贵宾团，基本上都是来自大陆的，一天有十几个。那天，正好是山东省省长姜大明率团访台，开展以“走亲戚、交朋友、促交流”为主题的“孔子故里、好客山东”经贸文化交流活动。店里的服务生告诉我，过去接待最多的是日本团、韩国团，现在接待最多的是大陆团，要占75%以上。据了解，目前已有超过 250 万人次的大陆居民赴台参观旅游，不仅直接拉动了台湾旅游业的发展，还带动了台湾的水果、蔬菜等农产品销往大陆，更重要的是促进了两岸居民的相互交往和沟通。正像嘉义市市长所说的"大陆省长来，农民都高兴"。

还有，民间交往也没有什么障碍，沟通融洽。一直与我们朝夕相处的黄导，实名黄超吾，自称是台湾防务主管部门退役"少将"，现在还担任防务主管部门人力司专门委员、行政主管部门青年辅导委员会科长，以及其他六七个兼职（开始我们还怀疑他是国民党特工呢），其子女中儿子在上海学习工作，女儿在台北服役，他本人经常来大陆看望儿子或参观旅游，不仅工作敬业，服务周到，还十分健谈，经常开些玩笑，属于蓝营，离境前还交给我们一张他拍摄的工作资料风光片。大巴司机林千叶，祖籍福建，1968 年生，育有一儿一女，开旅游车 13 年，我们乘的这辆新车是花 110 万人民币买的。他沉稳寡言，服务细心，告诉我现在的旅游生意七八成靠大陆游客，还指望接待更多的大陆游客赚钱还贷呢。朋友的朋友陈清调和谢奇享，一位是养鸽和跆拳道高手，一位是台湾知名品牌"小丑鱼"吸湿排汗衫公司董事长，后者在杭州还设有专卖店，他们很有信心地告诉我们，无论是谁都不敢也不可能使台湾从祖国割裂出去。

由此看来，"度尽劫波兄弟在，相逢一笑泯恩仇"，实现祖国和平统一和中华民族伟大复兴，是两岸人民的共同愿望和最大福祉。希冀这一天早日到来！

写于 2011 年 8 月

三国纪行

这里所说的三国，当然不是指中国古代的魏、蜀、吴，而是指现代颇具异国风情和特色的俄罗斯、乌克兰、土耳其。为深度考察这三国的经济社会发展情况，我参团于2012年最后一月的10日出境，到玛雅人预言的世界末日那一天返回，历经十二天，横跨欧亚大陆。虽说一路难免走马观花、乘车观景，但经过走访政府官员、大学校长、名胜古迹、街道商场、小镇社区、田园牧场等，收获颇丰，感触颇多。正应一句老话，读万卷书不如行万里路。

初识莫斯科

莫斯科，曾是苏联的首都，也是1991年苏联解体后俄罗斯的首都。对于20世纪五六十年代以来看过多遍《列宁在十月》《列宁在1918》和《莫斯科保卫战》等电影的中国民众来说，到莫斯科去看列宁，邂逅喀秋莎，登“阿芙乐尔”号巡洋舰，体验“莫斯科郊外的晚上”，一直是许多人的梦想。可是，如果真到莫斯科，现实和梦想还是有很大不同，梦想就会变成一块块具象的碎片。

我们一行是 12 月 10 日下午 2 时从北京国际机场起飞的，经乌兰巴托和西伯利亚，大约飞行八个小时，来到莫斯科国际机场。由于北京与莫斯科有四个小时的时差，我们下飞机时，莫斯科才是晚上 6 点多，正是华灯初上的时候。当然，由于莫斯科冬季夜色来得早，机场外面早已经是漆黑一团了。

初见莫斯科的尊容，印象不是很好。国际机场出站楼小得超乎想象，边检站好像只有一间大客厅那么大，而且装修简陋，灯光幽暗。在狭小的边检站大厅，簇拥着一批批待入境的宾客。靠右边的边检通道地上，清晰可见用黄色美术体书写的两个醒目的汉字“欢迎”，并直接指向旁边的一个房间，大概是专门用于盘查中国护照设置的。

入境是无言的，俄军边防检察官只是对照电脑资料与真人进行了一下核对，没有像 1999 年我第一次去美国时遇到的“你是共产党员吗?”的不友好盘问，也不需要塞上几个卢布搞灰色通关，简便而顺利。来到行李领取处，简陋的行李传送带上，我们的行李已经在上面转悠多时了，取下行李即可出站，也还方便。

走出航站楼，刺骨的寒风迎面扑来。我们赶紧穿上带来的棉衣、围巾、帽子、手套。此时的莫斯科已是零下七八摄氏度，一片冰天雪地。回想起来，我们已算非常运气，来前一个星期，莫斯科刚刚下过一场大雪，道路难以行车，许多地方只好步行。我们走后，莫斯科又是一场大雪，路上堵车成灾。我们在俄罗斯的那几天，可谓冬天里的春天，零下七八摄氏度，不影响出行和考察，还能享受冰雪之美。据说 1 月底莫斯科最冷的时候，有零下四十几摄氏度，撒泡尿瞬间就会变成冰凌，那时候大家都躲在家里，像熊一样不出窝了。

来接我们的翻译徐敏女士，已在机场出口等候多时。小姑娘是武汉人，来莫斯科已八年，先留学再打工，翻译加导游，把难懂的卷舌俄语说得挺利索，是个本地通。她穿着厚厚的羽绒衣和雪地靴，围着红围巾，在以后的一天多时间里，一路不停地向我们介绍着莫斯科的风土人情。

莫斯科街头见闻

据翻译小徐介绍，在莫斯科工作和生活，要学会慢下来，凡事不能急，慢慢来。对性情急躁的中国人来说，有两点需要适应。一是学会等待。莫斯科有 1300 多万人，却拥有 800 多万辆汽车，道路虽然很宽，但没有高架桥，也没有地下停车场，所有的汽车都挤在路面，而且莫斯科的汽车没有使用年限和报废一说，好车差车满街跑、到处停，尤其遇到下大雪，一堵就是几个小时，只好等待。二是学会忍耐。莫斯科人办事一根筋，不灵活，不会变通，早上 10 点上班，早一分钟不开门，傍晚 5 点 30 分下班，晚一分钟也不等，有钱赚也不干，中午还要关门休息一两个小时。接送客人的车，哪里下哪里上，客人只好来回跑路，要有足够的耐心。

谈起莫斯科的治安，出发前旅行社的宣传资料多次提醒，什么俄罗斯的安全检查非常严格，街上可能会遇上警察盘查，要保持镇定，听从导游指挥；什么俄罗斯的治安不太好，晚间减少出行，尤其禁止脱离团队单独行动等。过去也时常听说起俄罗斯的光头党如何如何，挺吓人的。为此，小徐向我们解释，过去莫斯科是有这种情况，但自从 2008 年普京下令铲除光头党，不准酗酒，不允许警察在街上盘查外国人以后，莫斯科的社会治安已有很大好转，夜间外出一般也没什么问题。事实上，我们在俄罗斯的这几天，一切皆很安全、很顺利。当然，我们也没有没事找事，晚上都躲在宾馆，没出去体验偶发事件。

莫斯科人的生活是休闲和安逸的。小徐说他们比较懒，好吃懒做，好穿衣打扮，造个房子四五年也造不起来。我倒觉得人家有懒的资本。首先，俄罗斯资源十分丰富，石油、天然气、森林、土地、河流等，人均都是世界第一，守着这么丰富的资源，谁不懒才是傻瓜呢！二是人均收入水平比较高。莫斯科人均月收入大约1200至1500美元，其中公务员在2200美元左右，医生、律师、马戏团及舞蹈演员等在5000美元左右，足以维持较高的生活水准。三是社会保障比较完善。生小孩的有补助，低收入家庭可享受经济适用房，医疗、教育基本免费，当然这些只有本地人才能享受，外来者只好干瞪眼。四是会生活，今朝有酒今朝醉，享受人生。俄罗斯人没有存钱的习惯，有钱有闲就去玩，不考虑置办家产，住房和装修都很简单，而且在郊区一般都有小木屋，作为夏天旅游度假的别墅。

莫斯科的街头是美的。点缀莫斯科街头的美，除了高耸尖塔、圆形拱门、大窗户及绘有圣经故事花窗玻璃的哥特式建筑，再就是莫斯科的女人。据说，莫斯科女人是仅逊于白俄罗斯女人的世界第二美女，正如俄罗斯大作家契诃夫小说《美女》所描绘的："她最具魅力的地方就是那一头淡黄色的、波浪起伏的、厚厚的秀发。它们披散着，头顶上系着个黑色的发带……她那一双眼睛，不知是出于卖俏呢还是由于近视，总是微微眯缝着，鼻子微微向上翘起，嘴很小，侧影轮廓不分明，肩膀窄得与年龄不相称。尽管如此，姑娘给人的总体印象依然是真正的美丽。"

在莫斯科街头，这样的美女实在太多了。可以说，十七八岁的莫斯科女人都是这样的美女。据说，莫斯科美女都是天生丽质，而且很爱打扮，化妆用品随身携带，花在身上的钱比花在肚子里的钱多得多，甚至为了身材不愿生育，导致俄罗斯的人口下降，惹得普京很生气。可惜我们来时正值寒冷的冬天，见不到莫斯科美女那雪白的肌肤和迷人的身段，但契诃夫所描写的淡黄色秀发、眯缝的眼睛、翘起的鼻子、小巧的嘴唇和狭窄的肩膀，仍然随处可见。在莫斯科红场东头的一条街巷，我看到一位典型的莫斯科美女，看上去并不年轻，也不雍容华贵，甚至穿着还有些寒酸，黑色的手袋已泛出白茬，但她那花格子长裙掩饰不住的消瘦身材，包头围巾露出的淡黄色秀发，冻得微红的脸颊镶嵌的小巧挺直的鼻子，以及薄薄的嘴唇、忧郁的眼睛和消瘦的肩膀，无不流露出一种令人怜香惜玉的美感。

或许是莫斯科女人知道自己的美，她们即使在寒冷的冰天雪地也喜欢穿裙子。有的着多彩相间的花格子，有的着飘逸抢眼的大红袍，还有的着与银色世界融为一体的纯白色，一个个跳动着像雪山红狐或白狐，煞是好看。当然，美的外表之下也许是冷酷的心。据小徐讲，莫斯科美女都非常傲慢，眼光很高，一般看不起外地人，更不会与中国人通婚。而愿意嫁给中国小伙子的一般是白俄罗人或是远东地区的俄罗斯人。这没有深入调研，不知是真是假。

克里姆林宫的钟和炮

到莫斯科一般都要到克里姆林宫看看，这有两个原因：一是这里曾是俄罗斯帝国好几代沙皇的皇宫，十月革命后是苏联最高权力机关和政府的所在地，苏联解体后又成为俄罗斯的总统府，即相当于中国的中南海；再一个是克里姆林宫保存了俄罗斯最优秀的古典建筑和文化遗产，包括著名的钟王、炮王、钟楼、大教堂、兵器馆等。据说克里姆林宫的前身是800多年前，一位名叫尤里·多尔戈鲁基王公建造的一个城堡，“克里姆林”一词的原义就是“内城”“城堡”(俄语或蒙古语)。

从外面看，克里姆林宫雄伟壮观，整体呈不规则三角形。面积很大，据说有27.5万平方米，周长2公里多；宫墙很高，有5到19米，厚度达3.5至6.5米，呈土红色，很像中南海的红墙；四周建有许多个尖耸的绿顶塔楼，其中5座是城门，鉴别的方法是塔楼顶上带有五角星，其余不是。

克里姆林宫实际上是以教堂为主的古建筑群，享有“世界第八奇景”的美誉，允许人们参观。虽说安检必不可少，但也十分简单，只是从安检门走过去即可。

进入宫门，左侧是几幢黄白相间的古典俄罗斯式建筑，而右侧有一座大理石贴面和宽敞玻璃建造的现代长方形建筑，据说这是20世纪60年代赫鲁晓夫下令建造的六千人大礼堂，在克里姆林宫里十分刺眼，显得不伦不类。当然，这种依仗权势留下的建筑败笔，在中国一些地方也为数不少。

克里姆林宫里面有一条弯曲宽敞的水泥路，把办公区和旅游观光区自然分开，三三两两的警察在巡逻站岗。我们沿着道路，踏着积雪，慢慢往里走。小徐不时指着对面的建筑告诉我们，那座是普京的办公楼，楼顶上飘着白、蓝、红三色国旗，象征俄罗斯幅员辽阔，国土跨寒带、亚寒带和温带三个气候带；那座是列宁曾经办公用过的，现在正在整修，好几年了也没修好。我们遥望着列宁的办公楼，仿佛看见列宁领导十月革命忙碌的身影，彻夜不眠地起草文件，会见各方面领导，痛斥富农代表，吃着黑面包，逗着小女孩，还向瓦西里交代着什么。当然，一切都是仿佛，眼前已是物是人非。

由于我们不懂宗教，也搞不清什么东正教、基督教、伊斯兰教等的区别，所以对克里姆林宫广场上矗立的三座金顶大教堂，没有留下什么印象。倒是对院子里陈设的“没敲响过的钟”和“没打过炮弹的炮”记忆尤深。

克里姆林宫里面最高的建筑是白色金顶的伊凡大帝钟楼，里面藏有 50 多口铜钟。钟楼外陈列着一口最大的钟，高与直径都约 6 米，重达 200 吨，表面上刻有浮雕、人像和题词，可声传 50 公里，为世界之“钟王”。它是 18 世纪时由 200 多名俄国的能工巧匠花费了 2 年时间铸造的，是俄国铸造工艺的“纪念碑”，据说当时为了得到最佳音色，除用铜和锡外，还加了几公斤金和银。十分可惜的是，这座世界“钟王”实在太重了，刚刚挂起还没来得及敲，就掉下来摔坏了，故称是一座“没敲响过的钟”。

与“钟王”相伴的是“炮王”。大炮长 5.34 米、口径 0.89 米、重 40 吨，巨大的炮口可同时爬进两三个人，前面还堆放着 4 发巨大的炮弹。这座古式铜铸大炮从 1540 年开始造起，一直到 1586 年完工，历时 46 年，中间换了 8 个沙皇，至今尚未使用过。据说“炮王”没有使用的原因，是工匠们计算失误，炮弹大于炮筒，填不进去，故称“没打过炮弹的炮”。

参观克里姆林宫给我留下最深刻的印象，是俄罗斯沙皇文化的野心和霸气。比如，在六千人大礼堂正门上悬挂的双头鹰国徽：双头鹰一头望着西方，另一头望着东方，象征横跨和觊觎欧亚两大洲；鹰头上是彼得大帝的三顶皇冠，鹰爪抓着象征皇权的权杖和金球；鹰胸小盾牌上是一名骑士骑着一匹白马，用长矛杀死了邪恶的毒蛇，象征俄罗斯勇于斗争的精神。再有，克里姆林宫大院里摆放最多的是大炮，一排排，一列列，大大小小，林林总总，杀气十足。这不由得使我想起有一年到海参崴去，得知过去中国渔民祖祖辈辈都在这一带捕鱼，后来沙皇派来一个连队，修筑了炮台，支起了大炮，宣布为俄罗斯领土，渔民们就再也不能到海参崴捕鱼了。这就是彼得大帝与康熙皇帝不同的地方,也是两国民族文化不同的地方,故宫里面是没有大炮的。

红场、列宁墓与无名烈士墓

走出克里姆林宫,沿宫墙和莫斯科河往东走,快到红场北门口时,小徐急忙招呼大家:“快点! 快点!”原来,她看见无名烈士墓换岗仪式即将开始。于是,我们赶紧跑了过去。

无名烈士墓是为纪念反法西斯战争牺牲的无名英雄而建造的,修建于 1967 年胜利节前,位于克里姆林宫红墙外的亚历山大花园里。正面朝北、东西走向的深红色大理石陵墓上,陈设着钢盔和军旗的青铜雕塑。墓前有一个凸型五星状的火炬,五星中央喷出的火焰,从建成一直燃烧到现在,象征着烈士的精神永远光照人间。据介绍,火炬前青色大理石地面上镌刻着一行铭文:“你的名字无人知道,你的功勋永垂不朽。”外国领导人来莫斯科访问,都要到这里敬献花圈,以表达对俄罗斯人民的敬重。

无名烈士墓两侧设有两座玻璃岗亭,岗亭前站着两名神情庄重的持枪哨兵,昼夜为烈士守灵,这就是俄罗斯妇孺皆知的“全国第一岗”。这里,每隔一小时举行一次独特的换岗仪式,成为一道独特的风景,引来众多行人驻足观看。我们赶到时,换岗仪式刚刚开始。只见一名军士带领两名士兵,三人两行,身着深灰色呢大衣,头戴呢子帽,脚蹬长筒皮靴,手持带刺刀步枪,迈着踢脚过肩的正步,咔嚓、咔嚓来到无名烈士墓前,与正在站岗的士兵进行交接,然后再迈着正步离开。整个换岗仪式也就几分钟时间,但庄严肃穆,令人震撼。

离开无名烈士墓继续往前走，就来到了著名的莫斯科红场。红场意为美丽的广场，位于莫斯科市中心，虽说面积不大，大约只有天安门广场的1/5，但名气很大，是俄罗斯举行重大集会和阅兵的地方。尤其是1941年11月7日的著名红场大阅兵，斯大林站在列宁墓上，用沙哑的声音向苏军将士发出号召："让伟大的列宁胜利的旗帜引导你们，彻底粉碎德国侵略者！"随后，接受检阅的苏军将士，冒着飞雪直接奔赴战场，创造了一个冬天的神话，开启了莫斯科保卫战和卫国战争的征程。由此，红场大阅兵震惊世界。

再有，莫斯科的经典建筑几乎都集中在红场附近。西南与克里姆林宫相毗连；北面为莫斯科国立历史博物馆，馆前矗立着朱可夫元帅的骑马塑像；东侧为宫殿式的古姆商场，是世界十大著名百货商店之一，商品高档而奢华；南部为瓦西里升天大教堂，一座拥有8个洋葱顶、色彩斑斓、童话般的建筑，据说当年伊凡大帝为了世上不再出现同样的教堂，竟残忍地刺瞎了建筑师的双眼。红场的地面也很独特，全部由青条石铺成，据说地基有6米厚，十分牢固，泛着久经众人踩踏的亮光，完全经得起大阅兵时重型坦克车、装甲车的碾压。

列宁墓位于红场西侧靠宫墙的中部。墓上为检阅台，两旁为观礼台，有点像天安门城楼的观礼台和检阅台，但比天安门要低矮得多。据介绍，1924年列宁去世后一直长眠于此。陵墓曾先后建过三次，前两次都是木制的。现在的列宁墓一半在地下，一半露出地面，体表是阶梯状的三个立方体，采用黑、红两色大理石和花岗石建成，墓前刻有"列宁"字样的碑石。沿黑色大理石台阶而下，可进入陵墓中心的悼念大厅，无产阶级革命导师列宁的遗体即安放于建筑内部的水晶棺中，身上覆盖着苏联国旗，脸和手都由特制的灯光照着，清晰而安详。1994

年，列宁墓被联合国教科文组织确认为世界历史文化遗产，定期免费对外开放。可惜我们来时，正值列宁墓维修，周边已被高高的建筑围栏围起，无法瞻仰列宁同志的遗容，成为此行的一大遗憾。

需要提及的是，红场北侧有一排摊位，小贩们叫卖着俄罗斯套娃、保尔戴的红军帽子，以及围巾、琥珀、蜜蜡等特产，可用人民币，也可讨价还价。值得一提的是，我们在这里参观拍照时，看到了一个小插曲，四个年轻人走到朱可夫元帅塑像附近，突然一人从大衣里掏出一条横幅迅速拉开，一人点燃一枚像炮仗一样的燃烧弹，嘴里高喊着口号，不知在干什么，警察也只是远远地看着，并未采取措施。当我们正要准备拍摄时，这四个人已草草收场，迅速离开了，前后也就几分钟时间。事后，小徐告诉我们，这是车臣分子搞的抗议举动。看来，任何国家都会遇到一些麻烦事。

夜里列车从莫斯科驶向圣彼得堡

我们考察的第二站是圣彼得堡。从莫斯科到圣彼得堡，全程 600 多公里，通常都是坐火车。莫斯科的火车站名与国内不同，他们是火车开到哪里就标哪里的站名。如，我们到圣彼得堡，也就是过去的列宁格勒，站名就叫列宁格勒火车站。格勒是城市的意思。

列宁格勒火车站没有国内那样的宽敞漂亮的候车大厅，有个候车室也是四面透风，灯光不太亮，没有坐的地方，行人进进出出，带来一阵阵寒风。同行老姜因为没戴帽子，在参观克里姆林宫时已冻得两耳发麻，很想买个帽子戴戴，可问了好几个小卖部也没买到，一是价格比国内贵许多，二是只收卢布，不收其他外币。看来，我们还真是融入了俄罗斯的日常生活之中。

我们坐的是 026 号机车，晚上 11 点发车，车头还是老式的黑绿色长方形，喘着一股股的粗气，车厢也比较陈旧，一看就不是先进的动车组，还好是全程卧铺。我们四人挤上四人一间的卧铺车厢，感觉空间比国内的要小，卧铺、行李架等都要比国内的小一号。由于我们每人带的都是大号行李箱，费了很大的劲才把行李塞好。等坐下来一看，俄罗斯的卧铺设施还挺齐全，有充电插座、伸缩式脚蹬、一次性拖鞋和洗漱用品，尤其是为每位乘客配置了一袋丰盛的晚餐和一瓶矿泉水，有点像国内的航空服务。车厢暖气也比较足，列车在冰天雪地里疾驰，没有寒冷的感觉。

列车快到终点站时，我们连忙起来洗漱，突然看到其他乘客都把行李放到下铺可翻起的空格里，连呼我们真笨。原来俄罗斯火车的下铺是可翻起的，大件行李不费力就可放到下面的格子里。后来回国后谈起此事，有人告诉我，莫斯科到圣彼得堡经常发生偷窃事件，行李箱有时从火车下面就被人偷走了。由此看来，当初笨一点，没有发现下铺的空格子还是对了，无意中减少了风险。

列车行驶了 7 小时 40 分钟后，准时到站。一夜过去，此时此地已是圣彼得堡 12 日的黎明。由于冬季的圣彼得堡夜长日短，早上 10 点钟天才大亮，此时距天亮还有 3 个多小时，车站外面还是黑乎乎一片。接待我们的唐逸飞导游和司机任师傅，顶风冒雪，连忙接我们到瑞龙居饭店休息。到了饭店，人困马乏，简单洗了洗，喝了点稀粥，每人找来三四把椅子一字放平，穿着衣服又睡了过去。待再次醒来，东方已泛出鱼肚白，圣彼得堡也开启了新的一天。

风情独特的圣彼得堡

我们在圣彼得堡待两天，一直由导游小唐和司机任师傅陪同。这两个人都是东北人，前者来这里九年，属于先留学后留下；后者已经十五年，是先做生意后留下。东北人都很能侃，也很率直，主动向我们介绍了许多鲜为人知的情况：什么来俄罗斯的东北人最多，许多人都是从做国际"倒爷"开始；什么留学生有关系的都回去了，没关系的也只好先留下打工；什么这里挣钱虽不多，但很自由，压力小；什么有的导游很黑，经常恫吓游客赚黑钱；等等。当然，更多地还是介绍圣彼得堡的情况。

听了东北老乡的介绍和随后两天的亲身经历，我对圣彼得堡还真产生了点兴趣。她不仅是俄罗斯的第二大城市，俄西北地区中心城市，是俄罗斯通往欧洲的"窗口"，拥有 4000 多个工业企业，号称"北方首都"，更是一座历史悠久、风格迥异、风情万种的城市，曾在 200 多年的时间里一直是俄罗斯的首都，文化底蕴十分深厚，很值得走一走，看一看。

首先，这是一座石头城，是世上少有的由巨大的石块垒起来的城堡。前面说过，莫斯科的经典欧式建筑几乎都集中在红场附近，远离红场的建筑几乎与世界其他城市没啥区别。而圣彼得堡不同，整座城市的建筑、桥梁、道路几乎都是用石头奠基垒起来的，而且设计十分精美，就像一座艺术殿堂，能与之媲美的大概只有巴黎。可谁能想到，300 年前这里还是一片沼泽地，周边无山也无石，完全是彼得大帝头脑发热，拍脑袋决策，下令把全国所有的石头运到这里充当地基，其他任何地方禁止用石头盖房子。此外，他还下令外地来这里的船只必须用石头抵税，大船交 30 块，小船交 10 块，每块不小于 10 磅。真是一声令下，聚沙成塔，集腋成裘。我虽不知道建这座城市用了多少年，但听说当时征用了30多万个工匠和农奴，其中死亡就达10万余人。可见就像中国的长城一样，堪称带血的奇迹。

其次，这是一座水城，坐落在波罗的海芬兰湾东岸、涅瓦河河口。整个圣彼得堡临海靠河，由100多个岛屿组成，有800多座桥梁，岛屿错落、河渠纵横、风光旖旎，素有"北方威尼斯"之称。夏天泛舟河上，游览街景，会别有一番情趣。当然我等无福享受，因为时下正值寒冷的冬天。由于圣彼得堡海河纵横，这不仅为把全国的石块运来造城提供了水上便利，更重要的是，在"二战"期间，苏军趁涅瓦河河口冬季结冰，把物资偷偷运进城来，打破了德军长达三年之久的围困。

再次，这是一座艺术城，不仅许多建筑都是由当时欧洲顶尖的设计大师设计，而且孕育了灿烂辉煌的俄罗斯文化。像大家熟悉的门捷列夫、普希金、果戈理、高尔基、柴可夫斯基等许多杰出的科学家、艺术家都在这里生活和工作过。全市有40多所高等院校、400个科研机构，其中有著名的国立圣彼得堡大学、国立圣彼得堡技术大学、北极和南极研究所，以及永冻土研究所，还拥有50多个博物馆。我们在这里，包括在莫斯科，看到了俄罗斯人对文学的崇拜。比如，凡是普希金住过的地方，都完好地保存下来；凡是有普希金塑像的地方，都有人敬献鲜花；凡是去剧场看戏剧的时候，都是盛装出席。所以我们能在《列宁在十月》等电影中，看到起义的水兵一边吃着鸡腿一边看芭蕾舞的场景。这种文化素质可不是一天两天养成的！

然后，这是一座英雄城，是俄罗斯的革命圣地，具有光荣的革命传统。伟大的革命导师弗拉基米尔·伊里奇·乌里扬诺夫，笔名列宁，曾于1917年俄历10月在圣彼得堡发动革命，推翻了资产阶级临时政府，建立了苏维埃政权。电影《列宁在十月》《列宁在1918》的许多故事都发生在这里。1924年列宁逝世后该市改名为列宁格勒，后来1991年苏联解体后，经市民投票又恢复圣彼得堡旧名。“二战”时，德军从1941年9月到1944年1月将这座城市围困了872天，希特勒扬言：“让彼得堡这座城市在地球上消失。”但俄罗斯人不屈不挠，以巨大的伤亡代价把敌人阻挡在城外，取得了列宁格勒保卫战的胜利，让世人看到了俄罗斯人等待和忍耐的力量。还有，现任总统普京和总理梅德韦杰夫，都是圣彼得堡人。所以，圣彼得堡人很牛，其优越感和傲慢完全不输给莫斯科人。

最后，再说一点，这是一座不夜城，由于靠近北极，每年5月至8月城中几乎没有黑夜。白夜时漫步在静静的涅瓦河畔，遥望着蔚蓝色天空的北极光，感觉犹如在梦幻中一般。这种情景与北欧相似，我曾在那里体验过，晚上不拉厚厚的窗帘，简直无法入睡，也挺痛苦的。

这样一座奇特的城市，您不想来体验一下吗？

炮打冬宫的一声空响

中国的一位伟人说过：“十月革命一声炮响，给我们送来了马克思列宁主义。”回想起年轻时在杭州大学课堂上，党史老师曾告诉我们，炮轰冬宫的是一艘名叫“阿芙乐尔”号的巡洋舰，当时资产阶级临时政府的部长们正在冬宫开会，密谋维护资产阶级的统治，可是随着大炮一响，赤卫队员冲进冬宫，资产阶级政府就垮台了，随后建立了世界上第一个社会主义国家。由此之后，亲眼见识一下这艘神奇的炮舰，一直是我的一个梦想。

那天早上，冒着飞雪，我们来到涅瓦河边。由于天气十分寒冷，冷风打在脸上生疼，在导游的劝说下，我们没有登上“阿芙乐尔”号巡洋舰，只是在岸边注目和拍了一会儿照。从岸边看，建造于1900年的“阿芙乐尔”号巡洋舰，历经100多年的战争和风霜洗礼，已老态龙钟，完全丧失了战斗能力，但清新整洁的灰色舰体，迎风飘扬的海军军旗，以及昂首指向冬宫的大炮，无不显示当年的王者风范。据小唐介绍，当年列宁下达炮轰冬宫的命令时，“阿芙乐尔”号巡洋舰正在大修，加上起义的将士大多是圣彼得堡人，不忍心炸毁精美的冬宫，就向冬宫方向打了几发没装弹头的空弹。即使这样，也把资产阶级临时政府吓坏了，最后起义“未流一滴血就取得了胜利”。由此看来，大厦将倾，即使一个小指头也能把它推倒。

顺着“阿芙乐尔”号巡洋舰大炮的指向，我们来到冬宫。冬宫其实就是沙皇的宫殿，后来被资产阶级临时政府占据，十月革命后成为艾尔米塔什博物馆的一部分。这个博物馆很有名，与伦敦大英博物馆、巴黎罗浮宫、纽约大都会艺术博物馆齐名，并称为世界四大博物馆，比北京故宫名气还大。

馆内藏有世界珍贵的名画和雕塑，如达·芬奇、毕加索、凡·高等名家的油画，名贵钟表器皿达270万件，集世界各地艺术珍品之大成。记得给我留下深刻印象的有这么几件：一是孔雀钟。镀金树上站立一只金孔雀，树洞里有一只猫头鹰会按时出来鸣叫报时，据说是18世纪英国的一位大师所造。二是达·芬奇的油画《圣母和婴儿》。画面中的圣母年轻漂亮，神情宁静，穿着镶金边的蓝色外套，露出红色内衣，双手怀抱圣子，凝神瞩目在喂奶，而调皮的圣子黄发蓬松，一边叼着奶头，一边张望外面的世界。三是伦勃朗的油画《浪子回头》。虽说是未完成之作，但画面中那位苍老而慈祥的父亲，双手抚摸浪迹多年、赤脚破衣回家的儿子，向世人展示了父亲对浪子的宽容与爱怜。

彼得堡郊外的行宫与木屋

大概历史上所有的帝王都喜欢有两处房子，城里住宫殿，城外有行宫。就像中国清朝的叶赫那拉氏，有故宫住，还非要在郊区造个颐和园一样，沙皇俄国的叶卡捷琳娜，也不满足于冬宫，在郊区造了一座精美奢华的叶卡捷琳娜宫。因此，到郊区去看行宫，几乎是游览一切古老国家的必去之处。于是，看完冬宫我们又马不停蹄地看了一下圣彼得堡郊外的夏宫和叶宫。

夏宫又称彼得宫，是彼得大帝亲手设计督造，就像清代的颐和园和承德避暑山庄，是沙皇的避暑之地，夏天去会感觉很美。可是我们来得不是时候，只好踏着厚厚的积雪，赶赴距市区 29 公里外的芬兰湾畔，欣赏冬天里的夏宫。此时的夏宫，隐藏在冰雪之中，博物馆不开放，几个俄罗斯人忙着铲除路上和屋顶上的积雪，几只乌鸦在冰雪中跳跃觅食，偶遇几个来自广东的游客，因没见过大雪而开心地玩耍。虽说银装素裹，但却一片萧条。说实话，冬天还真不能来夏宫，这时看不出她那凡尔赛宫般的富丽和白金汉宫般的奢华，看不到大力士掰开金狮口和从中喷涌而出高达 20 米的喷泉，也看不到万紫千红的“上花园”和“下花园”，而看到的只是同行老应不断嘟囔出来的“啊！北国风光，千里冰封，万里雪飘”的雪景。而且这句话，他一路上嘟囔了多次。

参观叶卡捷琳娜宫好一点，因为外面虽冰天雪地，但宫殿开放，里面又暖气十足，可以慢慢地欣赏。叶宫又称凯瑟琳宫，是彼得一世第二任妻子、皇后叶卡捷琳娜的夏日别墅，位于圣彼得堡以南约 25 公里处的沙皇村，因普希金在此度过童年并与妻子在此住过，也叫普希金村。既然是女沙皇的宫殿，在设计和建筑上就颇具女性的精巧和妩媚。整座宫殿蓝白相间，金色镂刻，300 多米长一字排开，具有强烈的视觉冲击力。宫殿里面金碧辉煌，镀金雕饰镶满了整个墙面、拱门和镜框，镜面和烛台灯光的摆设，则让这里的空间充满了层次感，可谓是巴洛克风格装饰的经典之作。加上各个大厅、房间摆设的精美桌台、餐具、油画、瓷器、钟表，以及女皇穿的性感睡衣，无不显示女主人的奢华。

更令人惊奇的是宫内的琥珀厅。其实琥珀厅面积不大，只有 55 平方米，它的价值是大厅四周全都由比黄金还贵十几倍的天然蜜蜡和琥珀制成，并镶嵌钻石、宝石、黄金和银箔，这些蜜蜡、琥珀和宝石多达十几万片，总重超过 6 吨，可谓价值连城。“二战”期间，这里被德军占领并成为德军司令部，琥珀厅也被德军拆掉掳走，至今下落不明。20 世纪 70 年代末，俄罗斯决定重建“琥珀厅”，征集全国琥珀、宝石和能工巧匠，历时 24 年，直到 2003 年才原样复原。据说琥珀厅有保健功能，叶卡捷琳娜每天都要到里面待上 2 小时，于是整天就神清气爽。我们待的时间短，感觉不到作用，等以后有条件了或许可以试试。

也许是受沙皇贵族的影响，圣彼得堡人几乎都在郊外拥有一套木屋，或大或小，或洋或土，而且大多自己建造，有的要花好多年才能造好。当然，他们不是为了炒房，而是为了享受。在去郊外行宫的路上，我们受路旁小木屋的吸引，请任师傅把车开进一个沿河的村边停下。下得车来，只见一条河流穿村而过，流床边结满了冰雪，河中一股股激流静静地流淌，河岸两旁覆盖积雪的树木纵横交错，一个个小木屋就隐藏其中，有的用红色围栏围起，真是美不胜收。这种天人合一、人在画中的美景，惊艳得同行老姜搓着手，跺着脚，嘴里冒着哈气，连连感叹：“太美了，太美了！”是的，如果是夏天来看，一定还会更美。

拜访像捷尔任斯基的校长

在圣彼得堡期间，我们还访问了俄罗斯波罗的海国立技术大学，重点考察和探讨了在知识产权和科技创新等领域的合作前景。波罗的海国立技术大学，具有150多年的历史，于1860年由俄国沙皇创办，是俄罗斯理工类重点大学和国防技术类高校，其机械、电子、机电一体化、自动化、材料学、激光等学科研究在国际上处于领先地位。该校为俄罗斯科学技术的迅猛发展做出了卓越贡献，培养了大量俄罗斯功勋科学家及功勋英雄，其中有的参与了1957年世界第一颗人造卫星斯普特尼克1号的研制和发射。还有，曾三次进行过太空飞行的功勋英雄宇航员格列奇科和七次进行太空行走的功勋英雄宇航员克里科廖夫等，都毕业于该校。

当我们按约定时间拜访这所大学时，还费了一点周折。原来学校没有像国内那样宽阔气派的大门和校牌，几个校区就是几幢独立的建筑群，每个校区只有一两个比家门略大一些的校门，供学校的教职员工进进出出。当然，进入校门需要打卡或检验证件。校牌也非常小，有点像放大了的圆形徽章，悬挂在不大的校门上方，上面浮雕着列宁、红旗、党徽、麦穗、齿轮等组成的图案。

在一位典型的俄罗斯年轻貌美的女教师引领下，我们踏着积雪穿过不大的校园，来到激光系统研究所，也叫激光系统公司的办公室，该校副校长弗拉基米诺维奇已经在此等候我们多时了。副校长分管科研，负责国际事务，也是激光领域的专家，他个头很高，身材苗条，脸庞长瘦，灰色头发，蓄着不长的白色胡须，着灰色西服外套，打着浅色领带。猛然一看，很有点像苏联老电影中的捷尔任斯基。

副校长人很随和，也很善解人意，身边没有助手，整个接待介绍都是一人忙活。他先请我们喝咖啡、吃点心暖和一下，然后闲谈起俄罗斯人都喜欢夏天，不喜欢冬天，因为夏天可以到海边度假，圣彼得堡成为漂亮的不夜城，城中的桥梁可以打开供游船行驶。他还谈到该校与浙江工业大学有着二十几年的联系，办公室摆放着浙江工业大学赠送的瓷盘，并对中国经济发展取得的成就表示赞赏，等等。

随后，他详细介绍了该校的历史，特别是自豪地介绍了该校激光技术世界领先，拥有80多项激光专利技术，专利技术牌子挂满两个墙面，学校、老师和公司都把科研成果和专利技术视为荣誉，不对外转让。我们一行没有激光方面的专家，但知道激光技术用途十分广泛，小至医疗、安检，大至航空、航天都离不开激光技术，特别是太空激光技术，关系着一个国家的安全。所以，很关心激光技术的合作和转让。

当我们一再提问如何推动科研成果产业化和加强合作时，副校长显然不大高兴。他认为合作要有具体项目，中国人谈合作都很空，回去就没有了下文。再就是学了技术就大量生产，像引进彩电、冰箱、汽车技术，然后再卖给全世界，很可怕。看来我们如何开展与俄罗斯的经济技术合作，把该校先进的激光技术引入浙江，确实还有很多问题值得研究。

座谈完毕，副校长热情地带领我们参观激光实验室、学校办公楼等设施。在二楼走廊上，在装修简朴甚至有点简陋的走廊墙面上，我们看到悬挂着几十幅大型人物油画，有穿军装的，有着西装的，一个个充满着自信和睿智。副校长自豪地介绍说，这些都是为学校发展做出重大贡献的著名人物，有的是学校创始人，有的是学校专家，有的是学校培养的航天员，他们是该校的骄傲，十分令人尊敬。由此看来，大学不仅是校园大、设施好、员工多、学生多，更重要的是有文化、有大师，能培养出国家的栋梁之材。这方面，很值得我们的大学学习。

富饶而"蹒跚"的乌克兰

13日晚上，我们结束在俄罗斯的考察，乘国际航班由圣彼得堡飞往乌克兰首都基辅。一路夜色苍茫，没有留下什么深刻印象，只是依稀记得飞机准时起飞，大约飞了四个小时。基辅与圣彼得堡有两个小时的时差，积雪似乎比圣彼得堡还大些，但气温差不多，没有更冷的感觉。

我们在基辅逗留了两天三夜，虽说时间不长，但由于接待我们的是十分了解乌克兰情况的王大成和高伟珍，道听途说，加上亲身体验，初步对乌克兰有了点粗浅的认识。当然，在谈印象之前，要先谈一下王大成和高伟珍。

王大成，简称大成，四十几岁，个头中等，脸庞圆润，穿着简朴，为人谦和，语速快并略带一点湖北普通话的口音。他是湖北人，其父曾是武汉大学副校长，著名哲学家，因不甘走父辈之路当一辈子老师，1996年来到基辅语言大学学习，后来就留在基辅创业。现在事业做得挺大，全面发展，既是基辅最大的旅游公司老板，每天最多接待20多个国内旅游团，还代理汽车轮胎轮毂销售，参股洽洽集团在乌克兰的农业开发和参股一家企业的大理石矿开发，喜欢欣赏收集乌克兰油画，成为华人在乌克兰的侨领。据说，2011年6月，胡锦涛主席访问乌克兰时，他还参与了有关接待工作，受到胡主席的接见。

高伟珍，简称小高，河南商丘人，正在基辅大学读大三。她长相甜美、说话甜美、举止甜美，即使与号称“世界美女之国”的乌克兰的美女相比也不逊色。特别是自然质朴，没有一般导游的油腔滑调，尤其在走积雪覆盖着的坡坎和过马路时，很细心地搀着我的胳膊，真有一点女儿的亲切感，团里人都喜欢她，甚至开玩笑要招她做儿媳。当然，她对老板更是亲热有加，一口一个“大成哥”，亲昵得很。

经过大成、小高的介绍和两天的考察，我感到乌克兰是东欧最富饶、最具发展潜力和最具有投资价值的国家之一。

首先是地大物博。乌克兰位于欧洲东部，是欧洲除俄罗斯以外面积最大的国家，总面积60多万平方公里，人口约4600万人，森林、湖泊、大理石、铁矿等资源十分丰富。也就是说，乌克兰面积是浙江面积的近6倍，而人口比浙江还少1000多万，地广人稀与浙江的人多地少形成强烈的反差，当然也就有更大的互补性。

其次是土壤肥沃。乌克兰一年四季分明，土壤很像东北的黑土地，盛产玉米、小麦、大豆、甜菜、向日葵、葡萄和长纤维亚麻等农副产品，曾是苏联的粮仓。而且乌克兰土地虽说不卖，但租地很便宜，每亩只需人民币30元，所有农产品都不含转基因，都是欧洲标准，可直接销往西欧。

三是工业基础好。重工业比较发达，其煤炭、冶金、机械制造和化工等构成了现代经济的骨架，特别是造船工业、军事工业、焊接技术等，均具世界先进水平。比如，我国刚刚下水的“辽宁”号航空母舰，就是在乌克兰建造的“瓦良格”号航母的基础上改建的。

四是文化旅游资源丰富。乌克兰教育发达，苏联时期建造了很多有名的大学，有5000余名中国人在乌克兰，其中3000多都是学生。首都基辅是著名的旅游胜地，历史悠久，文化古迹比比皆是，最著名的旅游点有彼切尔洞窑修道院、索菲亚大教堂、米哈伊尔教堂、卫国战争博物馆、祖国母亲的巨型雕像、马林斯基宫等，此外还有许多历史名人的故居和纪念馆等名胜古迹。

十分可惜的是，乌克兰自 1991 年苏联解体而宣布独立以来，经济体制转轨并不成功，加上这几年不断闹腾的橙色革命，经济增长缓慢，社会分配不均，外来投资不多，人又比较懒惰，使得乌克兰经济步履蹒跚。然而，乌克兰资源丰富、经济基础十分坚实，目前就像一块待开发的处女地，在表面荒芜的地下，蕴藏着无限生机。

一位乌共老处长的迷茫

14 日一大早，按照既定安排，我们在小高的带领下，由一路勤快热情的乌克兰司机瓦洛佳开车，来到乌克兰·中国商贸协会所在地。这是一幢十分陈旧而普通的建筑，过道的门墙正在用水泥修补，办公室更是狭小和简陋，只铺着一块不时滑动的塑料台布，没有准备开水，更没有咖啡、点心让我们品尝。在这里，我们将与乌克兰国家科学院举行座谈，听取外事局对外联络处处长谢尔盖介绍乌克兰经济社会发展情况，探讨两地合作前景。翻译是王大成，许多情况他比谢尔盖还熟悉。陪同座谈的还有一位在商会工作的乌克兰妇女。

谢尔盖是乌共老党员，已当了二十几年的处长。他看上去五十几岁，身材不高，头大谢顶，体型微胖，头发灰白，着一身灰色西装，系一条浅色领带，对马克思主义很有研究，淳朴而怀旧，给我们介绍了许多新鲜情况。

关于现行体制和分配关系。谢尔盖先生说，随着 1991 年苏联解体，1992 年乌克兰宣布独立，原有的体制和分配关系被打乱了，人民收入和生活水平下降了许多，结果是一部分人受益，大部分人生活没有以前好。他说，目前乌克兰大约 10%的人很富有，5%的人依靠为 10%的富人服务比较富裕，而 85%的人生活得很苦。谈到公务员收入，他说平均每月只有 500 美元，但实际上加上各种福利补贴及灰色收入，在职人员收入一般都是工资的 2 至 3 倍，但退休人员就没有了。从地区看，基辅市好一些，生活还不错，边远地区就很苦了。

关于社会福利保障。谢尔盖先生说，乌克兰教育发达，科研院所众多，医疗免费，教育基本免费，医院甚至没有收费窗口，在医院吃住包括用救护车都不收费，医生也没有效益观念，病人没治愈甚至不让出院。即使是外国侨民，包括留学生，每年只要买 100 美元医疗保险就可享受免费医疗。但随之而来的问题是，人民税负很重，工资收入的 60%要交税。这样，工作的人都没有积极性，许多人才都跑到国外去了。他的女婿就是在基辅大学读的免费教育，毕业后嫌国内税负太重就到国外去赚钱了，培养人才没有回报。

关于社会治理。谢尔盖先生说，现在是人治社会而不是法治社会，有法不依，执法不严很严重。季莫申科坐牢是因为亲美疏俄，惹得普京很不高兴，现在的总统则是亲俄的，其亲属都在垄断行业经商。目前，贪婪腐败之风比较严重，领导、军队、海关、警察等都很强势，侧重自己的利益，以权谋私，而不完全是为了国家利益。谢尔盖先生的话我们不能全信，但第二天，当我们路过基辅克格勃总部大楼时，大成提醒我说，这里不让照相。连路边的大楼都不让照相，可见克格勃的余威还很大。

听了谢尔盖先生的一席话，我大致明白了乌克兰作为资源大国而发展步履蹒跚的原因。而当我提出旧体制是回不去了，下一步怎么办时，谢尔盖先生显然没有思考过，有些迷茫，反而对中国的发展充满了期待。他认为中国应强化人民币国际化，加快经济国际化进程，中国经济越发展对世界贡献越大，再过50 年或 100 年就能达到世界强国的水平。

我们衷心期待乌克兰早日走上健康发展的轨道，也期待谢尔盖先生对中国的良好祝愿能早日实现。

母亲山下的“二战”纪念馆

乌克兰由于资源丰富和地理上的战略地位，一直是欧洲一些大国觊觎的对象，屡经战乱，曾有过七次亡国七次抗争的历史。特别是“二战”期间，乌克兰为抗击德国法西斯侵略做出了巨大牺牲。1957 年为纪念卫国战争中牺牲的烈士建立了无名烈士纪念碑。胡锦涛主席 2011 年 6 月访乌时，还专门到此敬献花篮。

我们到基辅第二天的上午，踏着厚厚的积雪来到乌克兰无名烈士纪念碑。纪念碑矗立在乌克兰母亲河——第聂伯河岸边一片茂盛的树林中。在高耸的纪念碑下是一座无名烈士墓，墓前点燃着永不熄灭的长明火，象征着革命烈士永生和革命精神永远传承，墓前有两排一块块低矮的石碑，上面雕刻着在“二战”期间死难者的名字。尤其打动我们的是，在一条通往纪念牌的小路上，矗立着一尊青铜雕像，一个皮包骨、青筋暴出、头发枯黄的小姑娘，就叫她娜塔莎吧，抱着一把麦穗，眼大无神，眼眶因饥饿而深陷，一脸茫然，象征战争给人民尤其是孩子们带来的饥饿和灾难，震撼人心。

凭吊完无名烈士继续往前走，就来到乌克兰著名的母亲山。其实母亲山并不高，真正高的是母亲山上有座巨大的母亲雕像。母亲雕像由数千块不锈钢板焊接而成，高达100余米，很远就能看到英雄母亲一手持利剑、一手持盾牌，目光炯炯，英气逼人，但剑尖已磨掉，象征保卫祖国的决心和对和平的渴望。承接这项高难度工程的是乌克兰巴顿焊接技术研究所，他们的无缝焊接技术世界领先，我们打算推动浙江企业与之合作，把乌克兰的无缝焊接技术引进浙江。

来到母亲山下，只见路边陈列着许多大炮、飞机、坦克、装甲车，包括著名的喀秋莎多管火箭炮和参加过阿富汗战争的武器装备，两边墙壁上雕刻着苏联军民抗击德国法西斯的浮雕，浮雕上残留着稀稀拉拉的积雪，使人很容易联想起冬季斯大林格勒保卫战等场景。

“二战”纪念馆就在母亲雕像的下部。纪念馆分为三层，两层是展馆，一层是观景台。与国内很多战争纪念馆不同，这里具有强烈的现场气息，迈进大厅首先进入人们眼帘的是，在巨大的乌克兰国旗下，是一堆破碎的德国铜铸鹰型国徽，被称为“折戟的鹰”，据说是“二战”后从柏林运回的，象征乌克兰的最终胜利。可是，这场胜利的代价实在是太大了，不堪回首。这里有由无数照片组成的超大照片墙，照片上的人无论老老少少、男男女女几乎都牺牲了；有德国法西斯的飞机残骸、报废的摩托车、各种武器装备、毒气室等，完全可以管窥战争的残酷；有德国法西斯用来粉碎人骨的粉碎机，用人的脂肪做成的肥皂，以及用人皮做成的女士手套，据说当时德国的上流女士曾以拥有一副人皮手套为荣耀，看得我们是心惊肉跳、头皮发麻。陪同的小高说，每次带人来参观讲解都要哭，很难受。

从“二战”纪念馆出来，我们每个人心里都很不平静，一直反思人类为什么要不断地互相杀戮。我们真心期望和祈祷人类远离战争，永远和平！

基辅的“农家乐”与油画街

在基辅的这两天，除了参观著名的无名烈士纪念碑、母亲山及“二战”纪念馆、彼切尔修道院及洞窟教堂、索菲亚大教堂等外，我们还走街串巷，深入农村了解基辅郊外的洋“农家乐”和非常具有文化特色的基辅油画一条街。

到基辅郊外去的起因，是源于我们提出要吃一顿基辅当地的特色饭菜，过一次普通的基辅人生活。没想到大成很爽快地就答应了，说去农村洋“农家乐”。那天下午，忙完公务和考察活动，我们驱车来到基辅 25 公里外的卡留卡村。由于路上积雪堵车，我们到村子里时，天全黑了，路灯照耀在积雪覆盖的村道和树挂上，有一种若隐若现的虚幻感。“农家乐”就在村子中间，二层楼的俄式建筑，旁边还有一家便利店，销售一些日用品。由于临近圣诞节，饭店院子里摆放了圣诞树，悬挂着彩灯，营造起浓浓的节日气氛。来到二楼，店堂虽不大，但布置得很精巧，摆着长条桌和刀叉餐具，两名漂亮的女服务员熟练地忙碌着。记得我们吃的黑面包、香肠汤、烤三文鱼，还有番茄汁和一瓶当地白酒，很简单，也很实惠。

其实，卡留卡村不能代表普通的基辅农村，这里实际上是逐渐形成的一个别墅村，来这里居住的都是基辅的有钱人。住在这个村子里的华人一共只有两个，一个是王大成，他的别墅刚刚打下地基；另一个是大成的朋友大李，是个东北人，也是靠销售汽车零部件起家的，他的别墅刚刚造好，正在装修。谈起在基辅造别墅，大成和小李给我们算了一笔账，建造 300 平方米左右的别墅，买图纸 2000 美元，买地 4 万美元，造价 20 万美元，装修 15 万到 20 万美元，大致也就合 240

多万人民币。买地时，地下已铺设好天然气管道，水、电、气、路、互联网等设施一应俱全，而且是永久产权，比国内许多城市的别墅都便宜。

据大成介绍，卡留卡村距保尔·柯察金的故乡仅10公里，原来的故居展览馆很大，现在只保留了40多平方米的小屋，里面展示着保尔的生平事迹和一些物品，来这里参观的大多是中国人。我想多数可能是我们这些20世纪五六十年代出生的人。那个年代，我们是看着保尔·柯察金的自传体小说《钢铁是怎样炼成的》长大的，其中许多名言都能背下来，如："人最宝贵的是生命。生命属于人只有一次。人的一生应当这样度过：当他回首往事的时候，不会因为碌碌无为、虚度年华而悔恨，也不会因为人卑劣、生活庸俗而愧疚。这样，在临终的时候，他就能够说：我已把自己整个的生命和全部的精力献给了世界上最壮丽的事业——为人类的解放而奋斗。"还有印象深刻的是，保尔与冬妮娅的爱情故事，写得非常凄美，小时候甚至幻想自己长大后也有这样的故事，可惜没有遇到冬妮娅这样的姑娘。由于天色已晚，我们没有时间去保尔的故居参观学习，但保尔的英雄事迹将继续影响我们的有生之年。

还有，我们在基辅逛街看得最多的是油画。到乌克兰买油画，可以说是我们主要的购物活动。因为油画的故乡在欧洲，那里的油画不是国内一些商品画的画法，而是画家一笔笔画出来的艺术品，价格也不贵，物有所值。于是，在王大成的带领下，我们来到基辅油画一条街，只见路边大街小巷摆满了大大小小、风格迥异，或风景，或人物，或静物的油画。开价一般都不高，但讨价还价的余地也很小。

我对油画还有一点感觉，很快花400美元买了两幅小的，一幅是《雪景》，画中的雪落满田野和茅草屋，一道车辙延伸至村里，雪的松软性画得非常好，仿佛一把就可以攥成一个雪团。另一幅是《夏日田园》，画中绿草茵茵，点缀着几朵小花，两只奶牛在静静地吃草，一道车辙经过时留下的一洼积水，泛着水光，简直美极了。大成说我很有眼光，这两幅画虽小，却是当下乌克兰顶尖画家的作品，前一个画家叫鲁尔文科，目前排名第一位；后一个画家叫岗珠科，目前排名第二十位，如果是大作品，摆到画廊去卖，价格就要翻上几倍。至于同行，比我更能买，每个人都买了三四幅，成为我们这次出国花费最高的一次购物了。

从乌克兰来到土耳其

土耳其对我来说，完全是一个神秘而陌生的国度，有关这个国家的地理位置、资源分布、民族种族、宗教信仰，以及经济社会发展情况等，完全一无所知。过去只是在《英雄儿女》等电影中，得知联合军中有个土耳其旅很能打仗，最后还是被我们志愿军打得七零八落。

16日上午，我们结束在乌克兰的考察，乘土耳其国际航班中午11点的飞机前往伊斯坦布尔。一上飞机，就仿佛置身于另一个世界。机上乘客大多是土耳其人，而不是我们这几天看惯了的欧洲白种人。土耳其人兼有欧洲、中东、印度及蒙古人的特点，大致可算皮肤不白不黑、个头不高不矮、身材不胖不瘦的印欧混血人，据说其祖先是中国西域的突厥人和鞑靼人。土耳其飞机的装饰也与一般的航空公司不同，都是黑色真皮包饰，显得庄重和奢华。土耳其人还很健谈，坐在我们旁边的一对老年夫妇，一路不停地与我们交谈，大致是说去过中国，对中国很友好。可惜我们不会土耳其语，英语也说不好，等一下飞机，这对夫妇很快从贵宾通道离开，我们才感觉失去了一次与一对重要人物交流的机会。

或许是土耳其横跨欧亚大陆的缘故，从基辅到伊斯坦布尔好像不太远，大约只飞了两个小时。可气候完全不同，这里虽也属于冬季，但没有冰雪，反而绿树成荫，路边的柑橘、柠檬、甜橙树等结满了黄灿灿的果实，感觉比浙江的气候还要略暖和一些。

到机场接机的叫古丽，不是新疆通常叫的古丽，而是土耳其语 GüL 的音译，是我们在土耳其活动期间的翻译兼导游。她年方三十有余，身材不高，略显丰满，棕色皮肤，染黄的头发，曾在南京大学和新疆大学留过学，目前正在读博士，尚未成家。其实，古丽与新疆还是有渊源的，她祖上一直在新疆，后来爷爷那辈才从新疆移民到土耳其。

听古丽介绍，土耳其地跨亚、欧两洲，位于地中海和黑海之间。全国总面积约 78.36 万平方公里，其中 97%位于亚洲的小亚细亚半岛，3%位于欧洲的巴尔干半岛。地理位置十分重要，号称是世界的心脏。她说拿破仑说过，如果世界是一个国家，土耳其就是首都。土耳其东接伊朗，北邻格鲁吉亚、亚美尼亚和阿塞拜疆，东南与叙利亚、伊拉克接壤，西北和保加利亚、希腊毗连，西南隔地中海与塞浦路斯相望。地形东高西低，大部分为高原和山地，仅沿海有狭长平原。沿海地区属亚热带地中海气候，内陆高原向热带草原和沙漠型气候过渡，温差较大。截至 2012 年 2 月，总人口约 7256 万，其中，土耳其族占 80%以上，此外还有库尔德、亚美尼亚、阿拉伯等族。土耳其 99%的居民信奉伊斯兰教。

谈到土耳其特点，古丽说有三个不能相信。一是货币不能相信，汇率变化太快。2004 年土耳其的人均 GDP 为 2710 美元，2005 年土耳其为抵御通货膨胀压力进行货币改革，用新里拉换旧里拉，结果 2008 年土耳其的人均 GDP 就达到 10479 美元，四年间土耳其人均 GDP 提高了 3.8 倍。里拉升值很快，1 里拉可兑换约 3.6 元人民币，这种上升虽说是以本币对以美元计价的商品购买力加强所得，但也反映了土耳其的人均经济水平要大大高于中国。二是天气不能相信，一天有四季，天气说变脸就变脸。我们在土耳其的几天，经常遇到行车下雨、停车天晴的好运气，真是东边日出西边雨。三是老公不能相信，男人都太花心，靠不住。这点我们没有体验，可能这就是古丽老大不小而迟迟不结婚的原因吧。

迷人的伊斯坦布尔

由于那天到得比较早，旅途又不累，我们就没先去宾馆，而是拉着行李直接开始了考察活动。古丽带着我们爬上海拔 286 米高的松树山，也叫情人山，据说是过去奥斯曼皇帝打猎的地方。由于这里是全城的制高点，山上密密麻麻，布满了广播、电视、通讯的发射塔。其实，情人山不算高，也不算大，主要是在这里登高远望，可以俯视伊斯坦布尔的市容。

伊斯坦布尔虽说不是首都，但要比首都安卡拉大多了，人口约 1400 万，加上流动人口有 1800 万，是土耳其最大的港口城市，也是全国经济、文化、金融和商业中心。伊斯坦布尔还是世界上唯一横跨欧亚两大洲的大都市，国土面积的 60% 在欧洲，40% 在亚洲，兼具欧亚风情。

我们在伊斯坦布尔先后逗留四天，与中国·土耳其经济研究中心主任助理奥努尔等人进行了交流，考察了市政和文化设施，参观了托普卡珀博物馆（老皇宫）、多尔玛巴赫切宫（新皇宫）和圣索菲亚大教堂等名胜古迹。托普卡珀博物馆除了收藏着土耳其历史上许多珍贵文物和文献以外，还收藏着1.7万余件中国古瓷器；多尔玛巴赫切宫建于19世纪中叶，建筑精美，以精湛的雕刻和华丽的壁画、吊灯和装饰品著称，尤其收藏着号称世界第二大的钻石；圣索菲亚大教堂是罗马帝国时期的基督教堂，非常雄伟壮观，拜占庭帝国灭亡后，信奉伊斯兰教的土耳其人在教堂外修建了四座宣礼塔，将这座千年历史的大教堂改为清真寺，实现了前所未有的基督教堂与清真寺的融合。经过短短几天的考察，伊斯坦布尔给我们留下了迷人的印象。

先是迷人的海峡风光。伊斯坦布尔是一座建立在海峡通道上的城市，这条海峡处在亚洲大陆最西端的黑海与地中海之间，把亚洲和欧洲大陆分割开来，其中间是马尔马拉海，南端叫达达尼尔海峡，北端叫博斯普鲁斯，也叫伊斯坦布尔海峡，总称黑海海峡。经过数千年的建设，伊斯坦布尔海峡两岸矗立着无数的教堂、宫殿、清真寺、城堡、高楼大厦和别墅房屋，成为繁荣靓丽的国际大都会。那晚，我们乘船游览海峡，脚踏深蓝色的层层波浪，远望两岸忽隐忽现的万家灯光，前观由色彩斑斓的灯带装点着的欧亚跨海大桥，顿时一幅海峡风光油画浮现在脑海。然而，迷人景色的背后也暗藏着角力。由于伊斯坦布尔海峡是欧洲通往亚洲的唯一海上通道，最窄处只有700米，只容一只大船进出，一直成为兵家必争之地。当年，中国向乌克兰购买报废的“瓦良格”号航母时，就是因为美国阻拦无法运出来，后来还是做通了美国的工作，土耳其才放行。

再是迷人的残垣断壁。伊斯坦布尔曾经是罗马帝国、拜占庭帝国、拉丁帝国、奥斯曼帝国与土耳其共和国建国初期的首都，在2600多年的时间里，虽屡经战乱和改朝换代，但古城一直延续下来，留下许多源远流长的名胜古迹。特别是土耳其对保护古建筑极为严格，一块砖、一块石都不让动。据悉，伊斯坦布尔现有40多座博物馆、20多座教堂、450多座清真寺,在市内西岸旧城区里,历代各帝国时期遗留下的石砌古堡、城垣、塔楼、渡槽、方尖碑,以及泛着清光的丁石路随处可见。我们住的宾馆,大概离老城区不远,推窗远望,即可清楚地看到许多塔楼和残垣断壁,真有一种恍如隔世的沧桑之美。

还有迷人的宗教文化。一到伊斯坦布尔,就感觉空气中弥漫着特殊的味道和声音。先是烧烤的香味。土耳其人喜欢吃烧烤,从街头小摊到饭馆酒店都有卖烧烤的,主要烧烤牛羊肉,也有鸡肉和鱼肉什么的,再喝点啤酒,真是味道好极了。再是从清真寺里不时传出背诵《古兰经》的声音。伊斯兰教信徒一天要做五次礼拜,冬季上午5点、12点,下午2点、4点和晚上6点,夏季间隔拉长。

据古丽介绍,根据伊斯兰教教规,每个信徒终生要做五件事,即要有念功、做礼拜、斋月、去麦加朝圣、把年收入的一部分送给穷人。古丽还说,伊斯兰教不允许杀人,不允许吸烟饮酒,骂人也不行,崇尚平等与简朴的生活。想来,要真正都做到这些,还是很不容易的。

爱琴海的一抹晚霞

过去《非诚勿扰》看多了,知道世界上有个爱琴海。据主持人讲,如果男嘉宾被24个女生首轮亮灯超过22人并最后牵手成功,可参加由某企业赞助的爱琴海之旅。说来好笑,我以为爱琴海就是爱情海,至于在什么地方,还真不知道。

到了土耳其才知道,原来爱琴海是地中海东部的一个大海湾,位于地中海东北部的希腊和土耳其两国之间,岛屿众多,有“多岛海”之称。爱琴海又是黑海沿岸国家通往地中海以及大西洋、印度洋的必经水域，在航运和战略上具有重要地位，但与爱情还真没有一点关系。而《非诚勿扰》之所以为牵手的情侣选择爱琴海之旅，大概是因为“爱琴海”与“爱情海”谐音，而沿岸的风光又很美，有利于延续浪漫的故事吧。

那一日，我们从伊斯坦布尔乘一个多小时的飞机，来到爱琴海的沿岸城市——人口超过 400 万的土耳其第三大城市——伊兹密尔。下机伊始，我们在古丽的带领下，先来到位于爱琴海岸附近巴因德尔河口的以弗所古城遗址参观。这里是世界上保存最完好的古城之一，曾是罗马时代亚细亚省的首府和罗马总督驻地。据称，圣母玛利亚在此度过她生命最后的日子。从保存完好的遗址看，有容纳 2.5 万人的露天大剧院，几乎可容纳当时的全镇人口，至今还可使用；有大型图书馆和最早刻着心形标志指向红灯区的广告；有贵族区最早镶嵌马赛克的精美图案和先让奴隶坐热贵族再去如厕的花岗岩坐坑；还有数不清的深殿、庙宇、门廊、石柱，无一不显示曾经的繁华与昌盛。同时也感叹，世事沧桑，时间的流逝，如今使这里变成一片废墟。

参观完以弗所古城后，我们乘车沿着爱琴海海岸向著名的度假胜地——库萨达斯（俗称“鸟岛”）挺进。傍晚前来到鸟岛，下榻在海边酒店。趁着天色未黑，我们放下行李就开始了观光游览。此时的鸟岛，正值冬季，气温虽说不太冷，但也不是度假的好时机。偌大的星级酒店，稀稀拉拉没住几个人。酒店周围大片大片的别墅，铁将军把门，一户户门庭冷落，落叶丛生。街上行人稀少，不少店铺已经关张。在这一片萧条的背后，很难想象在盛夏度假的旺季，这里是何等的车水马龙、人头攒动和笑语欢歌。

我们来到海边，踩在不知是什么树叶堆砌的海滩上，软软的、绵绵的，清澈的海水不时拍打着海岸，栈桥尽头歇脚的海鸥不时展翅飞翔，两条黄色的柴火狗不时在我们周围摇头摆尾。啊，冬季的爱琴海实在是太宁静了，宁静得近乎无趣。然而，无趣之中也有浪漫的事，就是捡石子。爱情海不知什么原因，岸边没有贝壳，只有小小的、圆圆的、薄薄的，像瓜子一样的小石片，晶莹剔透，润滑无比，很讨人喜爱。我们沿着海岸不时捡几片石子，不时抬头望望落日余晖。不知不觉间，一道镶嵌金边的霞光即将消失在海平线，映照得天际一片红晕，我们赶忙拿起相机抢拍，留下爱琴海珍贵的一抹晚霞。

棉花堡的自然奇观

棉花堡位于伊兹密尔西南山区约200公里处。第二天，我们离开鸟岛，沿着爱琴海岸向棉花堡开进。一路上，弯弯曲曲的道路两边分布着平原、河谷、丘陵和山脉，一块块肥沃的良田种植着橄榄、无花果、葡萄、草莓、蔬菜等农作物，特别是黄澄澄的柑橘、甜橙和柠檬挂满了枝头。我们有时会请驾驶员把车子停在田头路边，或在路边小摊购买无花果、葡萄干、蜂蜜等特产，或走近果林一通狂拍乱照，或直接走进果园与果农交谈，深深羡慕爱琴海沿岸有这么肥沃的土地、这么好的果园和这么亮丽的自然景观。

在路过棉花堡地区一些村镇时，古丽指着一个放着瓶子的屋顶，讲述了一个美丽的故事。她说：当地想出嫁的女孩，都要在屋顶上放着装有自己照片的瓶子，想娶她的年轻小伙儿，就扔石头把瓶子从屋顶上砸下来。故事的起源是：过去村里有一位很丑的姑娘，一直嫁不出去，后来就想从棉花堡跳下去自杀，结果掉进温泉里变成一个美女，于是丑女回家就把漂亮的照片装在瓶子里放到屋顶让大家看，引得周边小伙子都来砸瓶子争姑娘。可见，棉花堡的温泉还有美容的功效，建议爱美的姑娘都要去试试。

棉花堡是由土耳其文 Pamuk（棉花）和 Kale（城堡）两个词组成的，棉花是指其色白如棉，远看像棉花团，其实是坚硬的石灰岩地形；城堡是说它由整个山坡构成，一层又一层，形状像城堡，故名棉花堡。实际上，历史上棉花堡确实建有城堡，整个景区就在古城的废墟里，至今还残存着希腊风格的澡堂、拱门、横梁、石柱、长廊和残垣断壁。此地温泉众多，温泉自洞顶流下，将山坡冲刷成阶梯状，平台处泉水蓄存成塘，可坐在里面泡温泉，既解乏，又健康；泉水中的矿物质沉淀下来，把整个山坡染成白色。从上往下看，一方方温泉平台像一面面镜子，映照着蓝天白云；从下往上看，像刚爆发完的火山，白色的岩浆覆盖了整个山坡，颇为壮观。

温泉流出时很热，待流到池塘里也就 30 多摄氏度，熏得整片山体雾气腾腾，好像仙境一般。我们赶紧走到池边，脱鞋脱袜，挽起裤腿，挎着相机，慢慢向池中走去。水温正好，脚底坚硬，略有滑爽，如果不小心，还真会滑倒在里面。我们一面陶醉于棉花堡的蓝天、白云、阳光、美景，一面感叹几千年过去了，棉花堡的熔岩还是像棉花一样白，由衷敬佩土耳其人对大自然的珍爱和保护。

其实，棉花堡地区还真产棉花，是土耳其著名的棉纺织基地，据说品质上乘，行销欧美。在回来的路上，古丽带我们去了一家纺织品销售中心。我们看到这里的纺织品还真不错，价格也不算贵，精纺全棉高织衬衣也就合人民币 200 元左右，这比国内动辄标价七八百、上千元的衬衫来说，便宜多了，同行老姜买了一件，我等则买了几条绣有奥斯曼帝国图章花纹的围巾，自用或送人都很实惠。

琳琅满目的大巴扎

12 月 20 日，我们在土耳其的最后一站是参观香料市场和大巴扎。那天，伊斯坦布尔下起了十分罕见的、据说是五年未遇的鹅毛大雪，我们顶风冒雪来到香料市场。

香料市场叫埃及巴扎，坐落在金角湾大桥起点处，旁边紧挨一座清真寺，比较古老，始建于 17 世纪 60 年代，有上百间香料商店，出售各种香水、香粉和香料，大多是烤肉和烹调用的调味品。其实，这里更多的是售卖各种干果、橄榄油、红酒、土耳其软糖和甜点，也有一些工艺品。大概土耳其人喜欢吃甜食，出售的无花果、软糖和甜点都特别甜，甚至沿街出售的红茶也是甜的。我们在这里买了点开心果、榛子、葡萄干、蜜枣、软糖等，味道很好，价格适中。尤其是购物过程很愉快，土耳其人很会做生意，可以先尝后买，可以讨价还价，甚至可以只尝不买，最后还喜欢同你照相，留下美好的回忆。

随后，我们又来到离香料市场不远的大巴扎。古丽说这个市场很大，是世界上最大、最古老的巴扎之一，横跨七八个街区，有大小 21 个门洞，室内有 60 多条街道、4000 多家商店，里面像迷宫一样纵横交错。她叮嘱我们进去后不要走散，从哪里进哪里出，这里是 1 号门，一个小时后还在 1 号门集中。

走进富丽堂皇的大巴扎，感觉如同走进绘画的艺术殿堂。整体建筑是伊斯兰风格，巨大穹顶随着街道向前延伸，几乎所有的门洞、街道、店铺都是圆拱形的，顶上彩绘着各种精美图案。每个店铺布置得十分精致，一家挨着一家渐次展开，地毯、丝巾、披肩、皮革制品，以及香料、干果等货品琳琅满目，金银饰品、手链项链、各样宝石、具有土耳其特色的挂灯、磁盘、海泡石烟斗、茶具等都是游客的最爱。而卖东西的小商贩们，不仅会阿拉伯语、英语、法语，甚至还能操着中文招揽生意，主顾各为其利，用各种语言讨价还价。我在这里买了一个小挂件，七头小象和一只蓝色的恶魔之眼串在一起，据说有吉祥和避邪之意；还买了一块彩色铜盘，上面是亚欧大陆桥的浮雕，花钱不多，但很有纪念意义。

傍晚，我们简单吃了点晚餐，直接赶赴伊斯坦布尔国际机场，办好各种手续走进候机大厅，并与送机的古丽道别。谁知，飞飞扬扬的鹅毛大雪一直下个不停，虽说天气不算太冷，大雪落地就化，但起飞时间还是延迟了三个多小时。等我们登机起飞时，已是第二天的凌晨。经过十个小时的飞行，晚上 8 点多到达上海浦东国际机场，圆满结束了愉快而令人难忘的行程。

写于 2013 年 2—3 月

新疆印象

20 世纪六七十年代，有一首颇具异域风情、旋律非常优美的歌曲唱遍大江南北：“我们新疆好地方啊，天山南北好牧场，戈壁沙滩变良田，积雪融化灌农庄……”正是通过这首歌，我知道了新疆，并向往着新疆。2011 年 7 月 30 日至 8 月 7 日，我有机会走进新疆，来到儿时梦想中的好地方。

大哉！美哉！富哉！

初次走进新疆，一路走走看看，听听问问，回来又认真查阅了一些资料，反复欣赏所拍摄的精彩照片，慢慢有三个词在脑海中逐渐跳了出来，这就是大哉、美哉、富哉。

先说新疆之大。疆，本有疆土、国土之意，其笔画很多，正巧新疆的区域面积也是我国省级行政区域中最大的，有 166.49 万平方公里，比 16 个浙江还大，占中国国土总面积的1/6。

新疆的大，从说文解字看，广袤而辽阔。疆字左边的“弓”

字旁活脱脱像一匹一颠一跑的骆驼，弯弯曲曲开辟了古丝绸之路；“弓”字里面有一片肥沃的土地，好似一片片绿洲滋养着万物生灵；“疆”字右边是三横加两田，意寓“三山夹两盆”：北为阿尔泰山，延绵2000多公里；南为昆仑山，“横空出世”，“阅尽人间春色”；中部为天山山脉，把新疆分为南北疆；南部53万平方公里的塔里木盆地是中国最大的盆地；北部38万平方公里的准噶尔盆地其中央的古尔班通古特沙漠是中国最大、世界第二大流动沙漠。这两个盆地表面看似荒凉之地，实际地下油气资源十分丰富，是两个大大的聚宝盆。

新疆的大还体现在河流长、边境线长和物产个体大。这里有穿越塔里木盆地的塔里木河，长约2100多公里，是中国最长的内流河；有5600多公里地的陆地边境线，与俄罗斯、哈萨克斯坦、吉尔吉斯斯坦、塔吉克斯坦、巴基斯坦、蒙古、印度、阿富汗这八个国家接壤；还有那大哈密瓜、大核桃、大红枣、大苹果，以及几个人吃不了的大馕饼、大馒头等，无一不显现出新疆的大和与众不同。

再说新疆之美。新疆的美是一种野性的美，也就是原生态的美，粗犷的美，天人合一的美，错落有致的美。美人、美景、美食浑然一体，搭配非常协调，形成一种异域的特质美。

美人之美。我不知道楼兰美女有多美，达坂城的姑娘有多漂亮，但长得像演员的姑娘、小伙儿在新疆随处可见，尤其是未出嫁的小姑娘，肌肤嫩、脸型瘦、鼻梁挺、辫子长，两只眼睛真漂亮，而且热情奔放，能歌善舞。加上新疆是多民族聚集地，原有汉、维吾尔、哈萨克、回、蒙古等13个历史悠久的民族，现在已发展到47个民族，呈现出丰富多彩的民族特色。

美景之美。新疆到处是美景，其著名旅游景点就有1100多处，居全国之冠。在这片广袤的大地上，冰川雪岭与戈壁瀚海共生，大漠荒原与绿洲城郭共存，既有海拔 8611 米的世界第二高山乔戈里峰，又有低于海平面 154 米的中国最低点吐鲁番盆地艾丁湖；既有一泻千里的河流、万顷碧波的草原，又有光怪陆离的戈壁幻境、神秘莫测的沙漠奇观；既有数不清的珍奇异兽和牛马羊群，又有保存完好的原始动植物种群，无一不彰显出得天独厚的大自然本色，正可谓“山随平野尽，江入大荒流”。

美食之美。食色，性也。对从小喜欢吃羊肉的我来说，非常羡慕新疆人以羊肉为主的美食，况且新疆的羊“走的是黄金道，喝的是矿泉水，吃的是中草药，拉的是六味地黄丸”。无论是烤全羊、羊肉串、手抓饭、烤包子、羊杂碎，都让人垂涎欲滴，味道异常鲜美，再喝上几口正宗的很酸很酸的酸奶，易于消化，十分养人。还有熏马肠、大盘鸡、大馕饼、皮带面等，都非常好吃。当然这些吃食离开新疆味道就变了，不知是食材的原因，还是水土的原因，或许是心理上的原因，总之，要想品尝新疆的美食就非得到新疆去！

三说新疆之富。新疆的富饶超出我的想象。自治区党委政策研究室的樊主任告诉我们，新疆的资源远远不是“一黑一白”（即煤炭和棉花）所能概括的。新疆地域辽阔、日照长、温差大，有着复杂多样的地貌和土壤，不仅风光旖旎，而且特产资源十分丰裕。

在崇山峻岭、绿洲戈壁之间，有着数不尽的“粮仓”“肉库”“油盆”“煤海”。新疆现有耕地逾 6000 万亩，人均超 3 亩，是全国人均的 2 倍多。在“三山夹两盆”周围有大量的优良牧场，牧草地面积 7.7 亿亩，居全国第三。水资源约占全国的 3%，人均地表水占有量 5000 多立方米，是全国平均值的 2 倍多，地下水可开采量 251 亿立方米，冰川储量占全国的近一半。更重要的是，新疆矿产种类全、储量大，开发前景广阔。目前发现的矿产有138种，其中9种储量居全国首位，石油资源量占全国陆上石油资源量的30%，天然气资源量占全国陆上天然气资源量的34%，煤炭资源量占全国的40%，还有种类繁多的铁矿、铜矿、黄金、宝石、玉石等稀缺资源，说不定一片片荒凉大漠之下就是滚滚的石油煤海，寸草不生的荒山野岭就是一座座金山银山。

值得庆幸的是，国家对这些资源的开采严格控制，以确保中华子孙的可持续发展。所以有人说，中国今后20年发展看新疆。这话很有道理。

朋友，这么广袤而大美的新疆，难道不令您心动而向往吗？

二道桥大巴扎

新疆的首府是乌鲁木齐，蒙古语意为“优美的牧场”。正如我们在后面的考察中经常看到的现象一样，新疆许多地方是用蒙古语命名的，这足以管见800年前那位“只识弯弓射大雕”的成吉思汗对新疆的影响。

历史上，乌鲁木齐曾用过“轮台”“委鲁母”“迪化”等名称，1954年2月1日改迪化市为乌鲁木齐市。可以说，乌市是一座古老而年轻的城市。

令人失望的是，初到乌市，我们并没有看到“优美的牧场”，也没有感受到西域的民族风情，城市建设也几乎与沿海地区没什么区别。负责接待我们的小孙告诉说，正像不到喀什不能说来过新疆一样，不到二道桥大巴扎就不能说来过乌鲁木齐。“巴扎”是阿拉伯语“市场”“集市”的意思，在信仰伊斯兰教的国家和地区，“巴扎”的规模是当地经济发展、市场繁荣的重要标志。大巴扎就是“大市场”“大集市”之意，当然也是乌鲁木齐市维吾尔族人聚集地，这里居住的人口中维吾尔族占96%，颇具维吾尔族风情。

听小孙这么一说，我们到了宾馆，放下行李，就立马驱车赶赴二道桥大巴扎。由于职业习惯，到了二道桥我没有直奔大巴扎，而是走进了附近一个叫“清泉园”的小区。这个小区是典型的维吾尔族居民区，过去曾有一些零星的汉族人住在里面，2009年“7·5事件”后，汉族人都搬了出来，所居房子或卖掉或出租，维汉之间多了些客气，少了些争吵，但隔阂还没有完全弥合。小区外面的路边，坐落着一个个手工作坊和店铺，或正在烤制金黄色的大馕，或正在出炉五颜六色的清真糕点，或正在出售核桃、大枣、巴旦木等干鲜果品和特色小吃。还有一辆正在销售西瓜的汽车，停在小区门口，几个维吾尔族大妈一边吃着西瓜一边聊着什么，氛围挺祥和的。

几经扩容改造，现在的二道桥大巴扎建筑面积近10万平方米，拥有3000个民族手工艺品商铺，3000平方米的广场，一座观光伊斯兰清真寺，一座露天大型舞台等。在小孙的引导下，我们登上80米高、刻有精美雕塑的观光塔，欣赏维吾尔族一个个特色实物和一幅幅精美照片，观赏气势宏伟的清真寺，瞭望大巴扎建筑全貌和熙熙攘攘逛市场的人群。不知什么原因，我发现二道桥的维吾尔族居民很少离开二道桥，他们的活动半径几乎就在二道桥附近。这些维吾尔族兄弟多数忙着做生意，也有三三两两无所事事的人在街上闲逛。小孙告诉说，维吾尔族人喜欢群居，一人胆小，多人胆大，一人挑事容易引起多人起哄。看来要促进民族融合，还得用毛主席当年“掺沙子”的办法，不能过分强调民族的群居性和特殊性。

二道桥大巴扎与义乌小商品市场不同，摊主几乎清一色的少数民族，所经销的产品也不是一般的工业品，而是极具民族风情的手工艺品和新疆特有的干鲜果品，还有一些是周边国家如哈萨克斯坦、巴基斯坦、土耳其、印度等国的丝织品和工艺品。当然，产品中最多的是各种民族刀具、地毯披肩、皮帽皮具、民族乐器、金银铜器、和田玉器，以及各种干鲜果品和薰衣草精油等。

我们徜徉在颇具民族特色的商品海洋中，欣赏和选购各自所需的工艺品。小孙讲，按当地民族规矩，看准的商品可以讨价还价，但一旦双方谈好价，就一定要买下来，否则可能会有麻烦，而且当地讲的斤是指公斤，价格也比较实惠，讨下的余地并不多。我们这帮来自小商品故乡的人，不少骨子里流淌着善于讨价还价的血液，尤其是温州人小张，经过软磨硬泡，硬是花40元买下开价150元的巴基斯坦披肩，还叫人家不要生气，令陪同的新疆人小孙目瞪口呆。我则经过简短的讨价还价，按55元一公斤买了6公斤最好的纸皮核桃，价格比杭州几乎便宜一半；花了200元买了两根外皮苍老、内芯红润的雕刻着楼兰美女的胡杨木雕，以便回去慢慢欣赏这种“生千年不死，死千年不倒，倒千年不腐”的沙漠英雄树。

乌鲁木齐的必吃、必买和必看

到了一个城市，有些当地的风土人情是一定要体验一下的，以勾上这个城市的“魂”。我觉得乌鲁木齐这座城市的“魂”，就是集中反映颇具新疆风情的特色饮食、和田玉器和民族歌舞。

新疆的饮食很有特色，但初到新疆，要想在短时间内尝遍新疆饮食几乎是不可能的，可乌市有一家叫“米拉吉”的清真餐厅就可以满足这个愿望。“米拉吉”在维吾尔语中是“云梯”，也就是“步步高”的意思，老板来自阿图什市，从土耳其归国的维吾尔族人。这家餐厅装潢极具土耳其风格，饮食是正宗的维吾尔族清真风味，除汉字“米拉吉”标牌外，还有大写的“MIRAJ”灯箱标识。

漫步走进餐厅，我们一面欣赏走廊两旁橱柜摆设的精美工艺品和民族乐器，一面被悦耳动听的维吾尔族音乐所吸引，六位维吾尔族大叔围坐在一个装饰考究的演出厅里，吹拉弹唱具有新疆风情的曲调。餐厅包厢是长条形的，餐桌是长条形的，铺着的桌布也是长条形的，体现着新疆人对长条形的喜爱。待大家坐定，身着民族服装的维吾尔族姑娘先是送上用蜂蜜等调制的红茶饮品，然后再逐一品尝地道的羊肉串、手抓饭、烤包子、烤牛排、拉条子，以及凉拌蔬菜和特色干果等。最令人难忘的是酸奶，不加一点糖，有一种特殊的酸味，一口下去不适应，两口下去有回味，三口下去便上瘾了，以至于在新疆时，我就完全喜欢上这种酸酸的酸奶了。

特别值得一提的是，“米拉吉”餐厅保持着正宗的维吾尔族习俗，不许喝酒，也不许抽烟。由此我才知道，维吾尔族是一个不喝酒不吸烟的民族。当然，现在许多维吾尔族人早已经异化了。

新疆盛产玉石，尤其是和田玉久负盛名，加上这种稀有资源几近枯竭，上好的和田玉籽料都快被“炒煳”了，引得到新疆来的人大多要买一两块玉回去。我们在乌市逛街时，到处可见大大小小的和田玉器店，宾馆、饭店、市场里都有，还有店外周围三三两两兜售玉石的小贩。在乌市，如果说玉器店多过米店，一点也不夸张。

我们的集体“大采购”是从“恒久玉器”店开始的，因为来前从网上得知，“恒久玉器”店网购促销 99 元一个玉器平安扣。可来到店里得知，这种货只网购不现卖，但二楼有打折柜台，品种很多，折扣很大。于是我们一行立马杀到二楼，直奔打折柜台，分别在 500 元、1000 元、2000 元等不同价位的令人眼花缭乱的玉石器件前精心挑选自己的意中物。我虽好玉，但不大懂，也不痴迷，加上为了控制外出乱花钱的毛病，有意把信用卡放在家里，只带了一点现金，就躲在 500 元一档的柜台前漫不经心地挑选，借以等待血拼的同伴。

玉是讲缘分的，经过一个多小时的挑选，我最后选中一块半圆形的青料仔玉，重量 20.13 克，编号 HJ564-208，原标价 5990 元，上面雕有一颗花生和一片石榴叶，寓意吉祥，回家与我早先买的另一块半圆形的青料仔玉相配，正好相对成圆，也算是珠联璧合吧。500 元买下标价 5990 元的玉件，足见这个行业的泡沫够大的。当然，我的同伴收获更大，其中那位张女士花了 1800 元，买了一块通体透亮的雕猴挂件，引得大家十分羡慕。

除了吃的玩的，新疆的民族歌舞也很值得一看。这是因为，新疆的歌舞既具有唯一性，是维吾尔族和哈萨克族特有的，历史悠久，旋律明快，舞姿优美；又具有普适性，无论男女老幼、民族种族，大家都喜欢传唱，比如电影《冰山上的来客》中的那些插曲，至今久唱不衰。

一天傍晚，我们参加完考察活动，来到最负盛名、可容纳 1000 余人的国际大巴扎宴艺厅。宴艺厅，顾名思义，连吃带看。于是，我们先自助品尝了诱人的烤全羊、羊肉串、烤包子、手抓饭、馓子、拉面，以及干鲜果品、蔬菜、酸奶、饮料等，然后再欣赏原汁原味的新疆歌舞。我对歌舞一向外行，尤其对集歌、舞、乐于一体的新疆维吾尔十二木卡姆，至今没弄明白，但新疆歌舞那种欢快、愉悦和富有感染力、穿透力的表演，不时使我跟着游客们的掌声而鼓掌，跟着游客们的笑声而傻笑。

吐鲁番的五景五“最”

吐鲁番，维吾尔语的意思是“富庶丰饶之地”，曾是古丝绸之路上的重镇，是西域政治、经济、文化的中心之一。1975 年成立地区，辖 1 市 2 县，共 31 个乡（镇），总人口 60 余万，以维吾尔族为主的回、蒙古、哈萨克等 33 个少数民族约占总人口的 3/4，其余为汉族人，是新疆最早对外开放的地区。

初到新疆的人，必然要先去吐鲁番。一是源于吐鲁番历史悠久，文化灿烂，旅游资源丰富，在约 7 万平方公里的面积上几乎包含了西域风物的全部经典。二是源于吐鲁番距离乌市比较近，只有 190 多公里，且交通便利，一天可往返。因此，我们到达新疆的第二天，首先开始的新疆之旅就是去吐鲁番。

那一天早晨，迎着晨曦，我们早早起床，早早吃饭，早早上车，在小孙的陪同下，从华凌大饭店起程，直奔吐鲁番而去。一路上道路平坦，或为高速公路，或为二级路面，沿途观赏十里盐湖、亚洲最大的风力发电站——达坂城风力发电站，远眺达坂城，联想到王洛宾先生创作的维吾尔民歌《达坂城的姑娘》。还有就是看见一辆辆的旅游大巴，满载着像我们一样的好奇者，不远千里、不辞辛苦地涌向吐鲁番。

吐鲁番地区有 2/3 个浙江那么大，来回一天时间只能看冰山一角。于是，按照日程安排，我们只好沿固定旅游线路，马不停蹄地看了 5 个景点，姑且叫“经典五景”吧。

先是来到火焰山。这山并不高，但很热，山体呈红褐色，仿佛正在燃烧一样，是全国最热的地方，夏季最高气温达 49.6 摄氏度，地表最高温度在89.2摄氏度以上。那天正值中午，我们看到金箍棒造型温度计显示的温度是68摄氏度，难怪当年孙悟空也翻不过去，只好求助铁扇公主。火焰山很长，但游客只能到固定的停车点下车参观，还要途经新建的地下展厅，厅内有几块反映新疆风土人情的浮雕，更多的还是兜售新疆特产的摊位。地面上矗立一块刻着“火焰山”三个红色大字的石碑，七零八落摆放了几尊反映孙悟空翻越火焰山的铜雕，以及铁扇公主、牛魔王、猪八戒的造型等。远处，还有零零散散的几峰骆驼，它们的主人在招揽游人拍照，浓郁的商业气息弥漫着火焰山。

再是参观葡萄沟。葡萄沟，是火洲的“桃花源”，位于火焰山西侧的一个峡谷，沟谷狭长而平缓。在葡萄沟溪流两侧，葡萄架遍布，葡萄藤蔓层层叠叠，绿意盎然。四周是茂密的白杨林，花草、果树点缀其间，农家村舍错落有致地排列在缓坡上。我们沿着葡萄架组成的长廊，信步走在浇灌渠上，或仰首观望一串串珍珠般的葡萄，或沿途欣赏饱经沧桑的老榆树，或在彭真书写的“葡萄沟”石碑旁拍照留影，或来到出售葡萄的小摊上，随意摘几个葡萄扔到嘴里品尝(维吾尔族人习惯可先尝后买，不买也没关系)。后来，我们又来到一户维吾尔族人家里，盘坐在她家的葡萄架下，一边吃着西瓜、葡萄，一边欣赏着家庭歌舞表演。当然，这家是旅游点，临走前要买一些人家的葡萄干。由于葡萄沟特殊的地理、气候和自然特点，这里的葡萄真是甜呀！

三是参观古村落。吐鲁番有好多保存完好的维吾尔族古村落，对游客开放的有历经数百年的亚尔果勒村，散落在交河故城两至数公里的亚尔乃子沟内。我们参观的实际是这个村的一个仿真建筑群，但每一处都有出处，可以说与原物一模一样。这些用土块垒砌的建筑依山傍水，特别富有乡土味。房屋与院落紧紧相连，土楼阁与葡萄晾房相得益彰，家家有单独的院落房间，户户生活在通达的大空间里。那近似山色与大地色的黄泥巴主色调，使楼阁、房屋、院落在造型与格调上都充分显现出独特的异域风情。给我留下深刻印象的是，当走进一处院落时，一位自称86岁的白胡子老人招手要我与他合影，他的梳着新疆小辫子的小孙女也跑过来站在一旁，我学着他们的样子，右手捂在左胸口上，大概表示祝福的意思，随着相机咔嚓一响，定格这一瞬间。后来有人告诉我说他是"巴伊"老爷，即过去常常被阿凡提戏弄的地主老爷，不知是真是假。当然，与"巴伊"拍照要交10块钱。看来真是开放了，要在过去，是"巴伊"他也不敢说。

四是游览交河故城。交河故城位于吐鲁番市以西13公里的一座岛形台地上。因河水分流绕城而过，故称交河，最早是西域三十六国之一车师前国的都城，距今约2000年至2300年，所有的建筑不见砖瓦、木料，全部由黄土夯实而成。如今，庞大的建筑群经过岁月侵蚀已成废墟，但整座城市格局依然保存完好，各种功能区依稀可辨，不难想象当年的繁荣和"白日登山望烽火，黄昏饮马傍交河"的战乱场景。不知为什么，车师前国灭亡后，这座古城就成为废墟了，没有后人在此居住和重建，成为一段突然中断的历史。我虽好奇想弄明白，可那天实在太热，待了一会就汗流浃背，没心情详尽考证，只好匆忙拍了几张照片就出城了。

五是观看坎儿井。吐鲁番地区干旱燥热，年降水量只有16毫米，而蒸发量竟在3000毫米以上，如何利用天山雪水灌溉农田而又防止雪水从地面蒸发，古人在2000多年前就发明开凿了"坎儿井"，成为与万里长城、京杭大运河齐名的三大宏伟工程。我们来到吐鲁番坎儿井博物馆，先看沙盘模型，再看实地景观，了解到昔日的吐鲁番人，利用沙漠质地渗漏性强的特性，开挖由竖井、地下暗渠、地上明渠、涝坝组成的上千条地下长河，最终完成总长5000多公里的坎儿井工程，从而把天山雪水引入地下长河，为绿洲农业提供源源不断的水源。望着古人开挖竖井、暗渠、提水的艰辛雕塑，听着雪水从脚下暗渠流淌的声音，看着几株树木从暗渠直刺天穹的雄姿，真是无比钦佩古人的聪明智慧和伟大创造！

看完五景，在导游的介绍下，我觉得吐鲁番有五个“最”很有意思。一是最低的海拔，低于海平面154米，不知多少亿年前，这里也曾是一片蓝海，如今成为沙漠，真是沧桑巨变呀。二是最高的气温，据说是全国最热的地方，沙地里都能烤熟鸡蛋。三是最干的天气，干到空气中没一点水汽，连蚊子都无法滋生，所以这里的人不知道蚊子为何物。四是最甜的瓜果，由于温差大、生长期长，盛产的葡萄、西瓜特别甜。最香的烤全羊，这里的羊都是吃雪莲草、听古兰经长大的，并用土灶和香木烧烤，味道异常鲜美。这五“最”归一，就是令人难忘的吐鲁番！

伊犁山水似江南

据说，喀什最富有新疆特色，民间传有“不到喀什，不算来过新疆”的说法。出于从众心理，在我们的行程中，原本是要去喀什的。谁知刚到乌鲁木齐，7月30日晚和31日，喀什就接连发生歹徒在大街上公然行凶杀人，导致十几人死伤的暴力袭击事件。出于安全考虑，我们临时改道去伊犁，这个号称盛产“新疆茅台”伊力特的地方。还算运气，小孙很快买好了机票、订好了住宿和安排好了行程，随即开始了伊犁之旅。

伊犁是哈萨克族自治州，总面积35万平方公里，有3个半浙江那么大，总人口仅为浙江的1/10。与吐鲁番完全不同，这里是亚欧大陆干旱地区中的一块“湿岛”，幅员辽阔，土地肥沃，雨量充沛，资源十分丰富，素有“塞外江南”“西陲宝地”的美称，故有“不到新疆不知中国之大，不到伊犁不知新疆之美”的美誉。

8月2日清晨，我们乘天津航空公司的专线航班从乌市来到伊犁首府伊宁市。到了伊宁没敢停留，直接上中巴赶赴280公里之外的那拉提。一路上，我们沿着弯弯曲曲的伊犁河谷，穿过白杨猎猎的林荫大道，望着一片片由白杨林围起的黑油油土地，以及土地上生长着的绿油油的玉米、大豆、芝麻、高粱，还有那低着头、弯着腰、绽开了笑脸的向日葵，嗅闻着庄稼成熟的好味道。途中，偶尔也会把车停下来，或在田头瓜摊买一两个西瓜，用小刀划破掰开，开心地吃着；或跑到葵花地里高兴地摆个POSE、咔嚓拍照；或钻到庄稼地里痛痛快快地“唱山歌”，享受着旅行的过程之美。

伊犁的第一站是那拉提，蒙古语为“曙光”之意。传说成吉思汗西征时，一支蒙古军队由天山道向伊犁进发，时值春日，山中却是风雪弥漫，饥饿和寒冷使这支军队疲乏不堪，不想翻过山岭，眼前却是一片繁花似锦的莽莽草原，泉眼密布，流水潺潺，犹如进入了另一个世界，这时云开日出，朝阳如血，将士们不由得大叫“那拉提！那拉提！”，于是留下了这个美丽的地名。这里，山势和缓，雨量充沛，春夏时节，各种野花开遍山冈，五颜六色，草高花旺，碧茵似锦，极为美丽。我们一到，立刻被这迷人的景色融化了，瞬间野性大发，竟然不顾劝阻，跑到没脚脖子的草原深处拍照，引得一个脸庞红黑、戴着毡帽、身着绿色衬衫、手架猎鹰的中年汉子，提着猎鹰驱赶我们，好一个狼狈相！

那拉提的迷人之处是高山草甸，宛如空中草原。上高山草甸既可以骑马，也可以坐游览车。骑马时间会长一些，来回要三个小时，当然味道也就在这三个小时里。我的选择无疑是骑马，在一个小男孩的牵引下，当跨上一匹不算高大但也耐力十足的棕色新疆马时，人顿时显得高大起来。我们随着马队，沿着河谷小道，一步步前行在绿毯式的草原上。望着马蹄下盛开的花草，以及不远处茂密的丛林、云移的畜群、点点的毡房和飘逸的蓝天白云，这种天、地、人融为一体的胜景，真令人忍不住大吼一声，新疆太美了！

伊犁的第二站是赛里木湖，蒙古语称“塞里木淖尔”，意为“山脊梁上的湖”。传说赛里木湖是由一对为爱殉情的年轻恋人的泪水汇集而成的，又被称为天池和乳海。由于进疆前，我只听说过天山天池和喀纳斯湖，不知道赛里木湖，而且路上又是山道弯弯，所以在没有任何想象的状态下，猛然间，一幅壮极美极的画面蓦然跳上了车窗，闯入了眼帘，在最猝不及防的时候，击中心里最柔软的那个角落，弥漫成心醉神驰的一声惊叹，撞上一次最美丽的邂逅。

赛里木湖仿佛像一位躺在高山之巅、敞开胸怀的母亲，流淌着无尽的乳汁。她海拔 2000 多米，面积 450 余平方公里，最大水深 100 余米，比 100 个天山天池、10 个喀纳斯湖还要大；她无大河注入，流域内也少有冰川和永久积雪，湖水主要来源于雨水和地下水；她晶莹剔透，变幻万千，色彩斑斓，透明度达 10 米以上，四周水草丰裕，养育着如云似锦的牛羊。我们一下车，就立即扑向她那柔软的怀里，大家或走向湖边，探寻一股股冒着清泉的泉眼；或追赶着放牧的羊群，摄下那些与山水长天共一色的精灵；或聚在刻有“西海草原”石碑旁合影，留下那醉人的瞬间。值得一提的是，这里的旅游设施比较简陋，旅游车可直接开进景区，几个穿棉大衣的哈萨克族汉子拉个横杆收“买路钱”，更凸显了赛里木湖的原生态之美。

伊犁的第三站是霍尔果斯，蒙古语意为“美丽的河”。这里远在隋唐时，就是古代丝绸之路的重要驿站，1881 年设置口岸，是目前全国最大的联系亚欧大陆桥的陆路口岸，是中国与哈萨克斯坦等中亚国家开展经济、文化交流的国际大通道和桥头堡。近年来，国家对霍尔果斯发展极为重视，设立了总面积约 73 平方公里的霍尔果斯经济开发区，其中仅中哈霍尔果斯国际边境合作中心就达 13.16 平方公里。我们来到这里时，正赶上启用新的口岸国门，展开大规模的集贸易、加工、仓储、旅游、市政为一体的基础建设，可以想象，这里很快就会崛起一座漂亮的口岸城市。

站在“中华人民共和国霍尔果斯口岸”国门和“中国 324（1）1997”的界碑前，望着庄严的国徽、飘扬的国旗和威武的卫士，以及不远处安放的 1881 年清政府与俄国签订不平等《中俄伊犁条约》而竖立的“耻辱碑”，今昔对比，不禁想到祖国的统一和强大是多么的不容易，一种自豪感和使命感油然而生。如今，霍尔果斯的边境贸易十分发达，一辆辆满载各种木材等资源的重型卡车不断通关过来，而满载我国生产的轻工产品的车辆也不断通关而去，口岸还设有霍尔果斯口岸国际商贸中心，很像我们江浙的专业批发市场，熙熙攘攘。在这里，我看中了一个桃木“五龙戏珠”花盆、一个镶嵌水晶的铜壶和一个公主乘车出行浮雕铜盘，据说都是巴基斯坦的特产，价格很便宜，总共只花了 450 元，比乌鲁木齐大巴扎卖得便宜多了，真是物美价廉！

伊犁的第四站是参观喀赞其民俗村,“喀赞其”在维吾尔语中的意思是“从事有关锅的行业”。现在虽说早已没有补锅、修锅的行业了,但一些挂着“皮鞋订做裁店”“地毯世界”等招牌的手工作坊随处可见。喀赞其民俗村是完全开放的活的博物馆,虽说街口也有旅游售票点,每人需花 100 元由导游带领坐马车参观,但这里老街小巷纵横,据说有 400 多条,居民进进出出,无法封闭售票。于是,在别人的指点下,我们几个人直接走进小巷深处,途中拦下 2 辆马车,沿着大街小巷,走街串户,纵情领略古朴的民族风情。

这里小巷浅浅,道路不宽,仅能容一辆小汽车或马车通过,道路两旁白杨挺拔,一条小溪穿村而过;然而却是庭院深深,往往一走进朱红描蓝的大门,都是三代、四代同居一堂,依然过着那种温馨的大家庭生活。这里的主人十分好客,我们走访了几户人家,其中一户十分富有,首先映入眼帘的是满眼翠绿、结满果实的葡萄架,葡萄架下放着一张雕花大铁床,床上放着一张木桌,桌上铺着地毯,两个大西瓜就放在铁床下。院子扫得干干净净,院中鲜花似锦,果树满园,精雕细琢的亚欧式建筑与十分考究的现代设施相得益彰,院子里还摆放了一个气囊游泳池,真是美不胜收!一问得知,主人是做边贸生意的,难怪如此。

在小巷深处,我看见一位赶着毛驴西瓜车的汉子沿途叫卖,两位妇女带着两个小孩站在门口聊天,几个老人蹲在树下打着扑克,引得我们的同行小徐也凑上去看热闹,展现出一幅幅美妙动人的人物风情画。临走前,几个同行在街口的皮靴店发现了冬天室内穿的无底皮靴,皮质柔软,纯手工制作,经讨价还加,每双仅 150 元,非常便宜。我也凑热闹买了 2 双,以带回去博得宝贝女儿和糟糠之妻的欢心。

美丽神秘的喀纳斯

8月4日，我们起个大早，乘坐CZ6613航班从乌鲁木齐飞往喀纳斯。顺便说一下，在新疆乘飞机到周边旅行，一般都要经乌鲁木齐中转，全疆现已通航16个机场，十分方便。我们是前一天晚上才从伊犁飞回乌市的，现在又去赶飞喀纳斯。

经过1个小时的空中飞行，又坐了近两个小时的区间车，中午时分，我们终于来到刻有"新疆·喀纳斯国家地质公园"巨型石碑的景区门口。这时，太阳高照，能见度很高，蓝天裹着白云，天气格外透亮。这里的旅游设施比较完善，与九寨沟差不多，都是统一乘公园游览车游览，在服务接待中心用餐、如厕、买东西。有所不同的是，这里的门票可用两次，第一次进景区检好票后，检票员在你的手臂上盖一个看不见、洗不掉的无印章，第二天再进景区就可验章放人了，很神奇。

喀纳斯是蒙古语，意思是"美丽而神秘"。早在很久以前，这里就成为令世人仰慕、敬畏以及朝拜的"世外桃源"和"人间净土"，即使没有来过的人，也多少听说过喀纳斯湖的湖怪、变色湖、水下森林、白熊出没、图瓦人身世等。当然，我们逗留很短，没有时间去一一揭示谜底，只能浮光掠影地亲近一下喀纳斯湖的肌肤和美丽景色。

坐在游览车里，顺着山道弯弯、河流弯弯、群山弯弯缓慢前行。我们一面纵情欣赏窗外秀美的蓝天、白云、高山、河流、森林、湖泊、草原等奇异的自然景观，一面听导游小姐讲述成吉思汗西征、古代岩画、图瓦人民俗，以及湖怪传说的故事。这里，森林茂密，冰川连绵，珍稀物种繁多，原始生态系统保存完好，是一个巨大的不可多得的天然物种基因库，也是亚洲唯一的瑞士风光景区。这里，生活的植物已知的有800种，昆虫300余种，鱼、鸟、兽类品种繁多，其中国家一类保护动物就有紫貂、貂熊、雪豹、北山羊等5种，二类保护动物有棕熊、猞猁、马鹿、雪兔等23种。这里，还是蒙古族图瓦人唯一的聚居地，据说是成吉思汗的后裔，几百年来，图瓦人一直保留着古老、完整的部落和较强的氏族血缘，构成当地自然风情不可或缺的组成部分。

车行半路，随时可在景点下车停留、观光拍照。喀纳斯湖的美景不胜枚举，因时间关系，我们只看了其中的"一湖三湾一亭"。

先是顺河流而上，沿着河谷走进湖口来到湖边，尽情与一望无际、翡翠般的湖水嬉戏，或在一块块灵石和一株株冷杉树前拍照留影，或饱览湖山一色的美景和不时划过的游艇，还不由得突发奇想："水下的湖怪是否知道比它们更怪的人类前来造访呢？"

然后来到神仙湾，欣赏宛如神仙造化和居住的湖湾，在这样的美景面前，我简直失控，顾不得膝关节的疼痛，在小孙的陪同下，爬上高高的山冈，俯视神仙湾。只见她就像一只展翅欲飞的大鹏，歇息在湖湾里，旁边的草甸上，三三两两绊了马索的骏马在悠闲吃草，构成一幅灵动鲜活的"放马湖山图"。

从神仙湾往回走，经过一条峡谷，豁然开朗，湖水宛如一轮蓝月躺在河湾里，河湾中有一前一后两块酷似脚印的小沙滩，传说是嫦娥奔月时留下的，也有说是成吉思汗西征时留下的，你也可以想象是神仙散步留下的，这就是著名的月亮湾。当然，我等凡人，是没有本领在这个地方散步的。

过了月亮湾，峰回路转，一个更宽阔的河湾扑入你的眼帘，河湾中有一个弯弯曲曲的沙洲，酷似一条传说中的恐龙，头小尾长，身体宽厚，张牙舞爪，欲腾空而去，真是鬼斧神工，人间奇景。我忙不迭地拍了许多卧龙腾飞的照片，可惜总没有亲眼看见的来得有气势、有神韵。

傍晚时分，我们来到了观鱼亭，据说是建在海拔2030米的哈拉开特（蒙古语意为“骆驼峰”）山顶上，与湖面的垂直落差达600多米，处于观察“湖怪”的最佳位置。在这里，极目远眺，只见四周层峦叠嶂，翠峰倒影，云起波涛，3/4的湖面尽收眼底。湖面呈绸缎般光滑平静，宛如一块色彩斑驳的翡翠镶嵌在山谷之间，并向下游河谷蜿蜒流淌，波光闪耀，呈现出童话般的色彩。可惜，由于天色渐晚，“湖怪”早已歇息了，我们只好见“湖”不见“怪”了。

饱览了一天的美景，感慨万千，不由得写下一段文字，权当微博：“神的眼睛，可汗之水，神秘而美丽的地方，这就是喀纳斯湖。一天有四季，十里不重景，神仙湾里居神仙，月亮湾里奔嫦娥，卧龙湾里腾巨龙，还有那湖怪、变色湖、水下森林、白熊出没、图瓦人身世等五谜迷人。聪明的朋友，不必去求解谜底，人的痛苦就在于知道太多，还是消融享受在天地自然之中吧！”

图瓦人和西北第一村第一哨

前面说过，喀纳斯湖的景区门票可以连用两次，是否可连用三次或更多就不知道无印章还灵不灵了，一般游客也没时间验证。我们是第二天再次进的景区，目的的是图瓦人的居住地，也就是被称为西北第一村的白哈巴村。

大致沿着昨天的旅游线路，驱车个把小时，办好边境通行证，便来到东距喀纳斯湖30多公里外的白哈巴。白哈巴村地处中国版图最西北角的阿勒泰地区哈巴河县铁列克提乡境内，全村分蒙古族的支系图瓦人居住区、哈萨克族居住区和边防站三部分，是新疆阿勒泰地区图瓦人最集中的一个村子，最完整地保存了图瓦人居住的村落，具有浓郁的图瓦人风情。

村子坐落在一条沟谷中，一条清澈的小河蜿蜒环村流过。我们在村头下了车，村头空地上几个临时搭建的小摊正在出售当地的一些土特产，几个骑马的孩童不停地询问游客是否骑马逛村，不远处有一座搭建在高坡上的蒙古包，一位蒙古汉子身着绿色迷彩服，正在铁炉上烧开水。

白哈巴村“一年之中有七个月冬天，五个月夏天”。我们来时正值一年中最好的季节，村里的牧民都转场放牧去了，留下来的图瓦人趁着旅游旺季接待南来北往的游客。我们信马由缰地在村子里闲逛，或走进长满杂草的院落，观赏图瓦人的生活起居；或走进挂着白狐、蓝狐和狼皮出售的“老山货”商店，询问山货的价格；或走进“西北第一村邮局”，盖上一枚“新疆布尔津·巴哈吧”的邮戳，好奇地体验着离我们早已远去的原始般生活。

说起图瓦人风情，实际上就是原始与自然的完美结合，几百年来他们以游牧、狩猎为生，擅长骑马、滑雪、射箭，与喀纳斯的自然风光融为一体，极为和谐。这里，若不是一条新铺就的乡村水泥路和零星可见的一些塑料用品，几乎看不到现代生活的气息，使人仿佛进入了与世隔绝的原始村落。村里的所有建筑均由木头筑成，房屋是清一色的尖顶木楞屋，墙体和顶棚用整根原木垒砌、拼接而成，顶部再用木板支撑成“人”字形的尖顶，可防雨防雪，以保证住房的安全。院落都是用木头围栏起来的，大门只是象征性地扎个木头门，或者干脆就没有门，游客可以自由地进进出出。屋内家家户户炕上铺着花毡，墙上挂着刺绣的帐幔壁毯，地中央为精制的火炉，院子里还有烤馕用的土炕。据说，图瓦人特别能喝酒，通常一个人一次能喝两三斤，而且即使喝醉了，也照样纵马奔驰，不会掉下来。我们没看到，就不得而知了。

离开白巴哈村继续前行大约半个小时，便来到了白哈巴边防站，这就是著名的“西北第一哨”，有一年中央电视台春节联欢晚会，这个哨所的官兵还向全国人民拜年，在电视上露了脸呢。这里，执勤的边防战士要对所有人员的身份证和边境通行证进行验证，一旁还有两个战士正在用鹅卵石堆砌中国地图，借以表示拳拳爱国之心。事先，尽管导游一再提醒我们绝对不能拍摄哨所，否则会被没收相机和影响全团人参观，可是出于对边境的好奇，许多人还是忍不住对着写有“西北第一哨”红字的岗楼一通偷拍。不幸的是，同伴小姚被一小战士抓住，没收了相机，后来折腾了半个多小时，在美女导游的游说下才讨回来，也算是一段插曲吧。

过了哨所检查站，我们徒步登上一座平缓的山坡，与许多边境线一样，这里也是一条峡谷，下面是一条流淌的河流，泛着蔚蓝色。边境线上拉着铁丝网，竖着一块刻有“中国 5(1) 1997”的红字界碑，对面就是邻国哈萨克斯坦的山脉和国土。据说，哈萨克斯坦地广人稀，资源丰富，而且是女人多男人少，男人游手好闲，基本是女人养活男人，引得男士们心里痒痒，十分羡慕。

军垦圣地石河子农场

8 月 6 日，我们本已结束在新疆的行程，一早赶赴机场准备返杭。谁知人算不如天算，受超强台风“梅花”的影响，飞往杭州的航班停航，我们被迫滞留在乌鲁木齐机场。几经询问，按照“梅花”的运行轨迹，恢复通航至少也要一天时间，大家一合计，决定抓紧时间再到久负盛名的军垦圣地——石河子农场看一看。

说走就走，我们带着行李，从机场上奎屯方向的高速公路，直奔石河子。一路上，笔直的高速公路看不到尽头，道路两旁无垠的棉田挂满了棉桃，一簇簇沙漠红柳展现着好看的风姿，偶尔在一片葡萄园停下来，钻进灌木掩饰的篱笆墙，塞给看园子主人一点钱，就尽情采摘即将成熟的紫红色提子。真是不知不觉，150 公里的路程很快就到了。

到了石河子才知道，这里是市和师一体化的建制，即石河子市是新疆生产建设兵团农八师师部所在地，市和八师实行一个党委领导。该市地处天山北麓中段，古尔班通古特大沙漠南缘，面积 7762 平方公里，人口 60 余万人，足见是一座戈壁滩中的大城市。

可遥想 20 世纪 50 年代初，石河子只是迪化到伊犁的一个小驿站，满眼荒原戈壁、乱石堆和芦苇荡。后来王震、陶峙岳两位将军率领 22 兵团进驻石河子，拉动了“军垦第一犁”，打下了第一口水井，开垦了第一块良田，创建了比共和国仅小一岁的石河子新城。再后来，从湖南、山东、安徽等地陆续招来大量女青年与兵团将士结婚生子，还从上海动员大量知青扎根落户，使这座原本无名的小地方充满了生机与活力，发展成为经济、社会、文化、生态协调发展的“戈壁明珠”，成为联合国“人居环境改善良好城市”，成为 20 世纪五六十年代出生的人仰慕的“军垦圣地”。

我们先是来到石河子市北郊的周恩来总理纪念馆，迎面是纪念碑，竖立着“敬爱的周恩来总理永垂不朽”的巨大石碑；南侧是纪念厅，展示着周恩来总理来时坐过的红旗轿车；北侧是纪念馆，展示着周恩来总理来时的照片和一生的丰功伟绩，以及中央几代领导人前来视察的照片。原来敬爱的周总理与石河子军垦将士感情深厚，特别是 1965 年 7 月 5 日，他和陈毅副总理专程来石河子视察工作，其中有一幅总理叉着手微笑着与四名来自上海的女知识青年交谈的照片，曾经风靡全国，激励着无数知识青年的成长。

随后，我们又来到位于市中心的新疆兵团军垦博物馆。由于刚过 5 点半的闭馆时间，工作人员不肯让我们进去，大家就只好在附近随意参观了。这里有个市民广场，广场中间竖立着一把直刺苍穹的宝剑，四个持枪男女士兵雕塑围在剑柄四围，寓意虽铸剑为犁又不忘戍边使命。广场左侧有一座巨大的拉犁雕塑，两个赤裸上身、穿着军裤的转业士兵，费力地推拉一个巨大的犁铧，既彰显昔日创业的艰辛，又有一种力量的美，被称为"天下第一犁"。广场对面的树丛里，停放着一架王震将军亲自书写的"军垦农航"飞机，很容易使人想起在广阔的棉田里军垦飞机洒农药的场景。在广场的小道边、树荫下，三三两两的老军垦战士，或带着子女的子女玩耍，或下棋聊天，一派祥和的氛围。

可有谁知道，共和国边陲祥和的今天，多亏共和国的缔造者毛泽东的高瞻远瞩。他 1949 年 9 月命令王震将军进入新疆，向十万大军发出命令："你们现在可以把战斗的武器保存起来，拿起生产建设的武器。当祖国有事需要召唤你们的时候，我将命令你们重新拿起战斗的武器，捍卫祖国。"他不仅学古人派兵屯垦，因为早在西汉时期就有军人在新疆屯垦戍边，环塔克拉玛干沙漠处处都有屯垦遗迹，更胜过古人的是，他请"八千湘女上天山"，与将士们结婚生子，把这批来自五湖四海的将士们和他们的子子孙孙们，永远地留在了新疆，用血脉繁衍筑起一道永远不倒的长城，使中国西域的边陲固若金汤。

想到此情此景，不由得写下这样一段文字，权当本文的结尾吧：

有一支部队，不是靠打仗闻名但名声很大，将士们一手拿镐一手拿枪，从南泥湾大生产，到进疆屯垦戍边，使一片片荒漠变成万顷良田，使5000多公里边境由此安然，他们献了青春献子孙，以血肉之躯筑起共和国的大厦，这就是著名的三五九旅，他们的将军是威震敌胆的王胡子，他们的统率是富有远见的毛泽东，世世代代的中华子民永远享用他们的治疆遗产。如此之举，堪称伟大！

写于2011年11月

想不到临沂这样好

如果你知道，临沂地处沂蒙山区，与井冈山、延安、太行山、大别山等齐名，是全国五大著名的革命老区之一，既产生过脍炙人口的“沂蒙山小调”，也发生过著名的孟良崮战役，特别是诞生了用乳汁救伤员的红嫂、支前沂蒙六姐妹、用小车把革命推过长江的沂蒙精神，不知你想象中的临沂是什么样子？

公元 2012 年 6 月初，正是沂蒙山区小麦成熟、瓜果飘香、樱桃黄杏上市的好季节。6 日至 9 日，为学习考察号称“南有义乌、北有临沂”的临沂专业市场，我带室里和义乌的几位同志，由杭州乘高铁到曲阜东，先来到具有“东方的麦加”之称的圣城，敬拜孔庙、孔府、孔林，接受至圣先师、万世师表孔子的洗礼和教化。然后直奔临沂，走访了临沂市 9 县 3 区中的兰山、罗庄 2 个区和临沭、苍山、蒙阴 3 个县，考察了专业市场、物流中心、展览馆、工业企业、农业园区和孟良崮战役遗址。最后在经枣庄到徐州的返杭途中，考察了据称是天下第一庄的修旧如旧的古城台儿庄，以及台儿庄战役纪念馆。

短短四天的鲁东南之行，特别是对临沂的深度考察，使我们一行人大开眼界，大长见识，不仅颠覆了我们对临沂的认识，而且觉察到临沂比我们想象的还要好。

想不到临沂大地这样平坦

初到临沂，一路地势平坦，完全没有进入山区的感觉。高速公路纵横交错，乡镇公路四通八达。道路两边的田野里，待收割的麦田长满金黄色的小麦，一些打下的麦粒摊晒在柏油路两边，一些点燃的麦茬在田野里燃烧，一股股熟麦的清香和呛人的烟味混合在一起，不时冲击过往行人的鼻腔和肺部。大概是连续燃烧麦茬的缘故，有些雾霾，天空显得有些朦胧。

身在山区不见山，这是我们对山区临沂的第一个颠覆性认识。临沂大多是丘陵和平原，就连山头往往也是平坦的，称之为崮。沂蒙山七十二崮，孟良崮就是其中之一。陪同的市委政研室王世杰副主任介绍，沂蒙山既不是一座山的名称，也不是蒙山和沂山的总称，而是指沂河（山东第一大河）流域和蒙山山系所经地区的总称。蒙山山系大部分在临沂市境内，沂山山系大半部分在潍坊市境内。说白了，沂蒙山区是个地理加人文的概念，是一个特定的称谓，山区只分布在几个县市内，并不是说该区域全都是山。整个沂蒙老区山地、丘陵、平原差不多各占1/3，范围覆盖日照市的绝大部分，淄博市的沂源县，潍坊市的临朐县，济宁市的泗水县，枣庄市中区、峄城区、台儿庄区、山亭区部分，江苏省连云港市的赣榆、东海，以及徐州市的邳州、新沂等县市的一部分地区等。

至于沂蒙山核心区的临沂市，是山东省面积最大的市，总面积 1.7 万多平方公里，但山地也仅占 20%，丘陵占 40%，而平原面积要占到 40%，平原面积占全市总面积的比例远远高出浙江省“七山一水二分田”的分布，更比“八山一水一分田”的丽水、衢州多多了。这就预示着，临沂有着很好的发展空间，有着加快工业化、推进城市化的良好条件。

更重要的是，临沂并不封闭，也少有山区的小农意识。临沂交通十分便利，京沪、日东、青兰三条高速公路横贯而过，公路通车里程居山东省前列；铁路形成兖石、胶新十字交叉；市区距岚山、日照、连云港三大港口均在 100 公里左右，距青岛港 200 公里；临沂飞机场为国家二级机场，目前已开通 16 条航线。可以说，临沂已形成了立体交通网络。

在从曲阜赶往临沂的高速公路上，我们不时看见装满各类货物的大型货车，奔向全国各地，或从全国各地涌向临沂，川流不息。这种车水马龙的繁忙情景，一般只能在义乌周边及长三角地区的高速公路上才能看到。可见，未到临沂，我们就已经感受到临沂商贸物流的发达了。

想不到临沂是商之都

如果说，20 世纪 80 年代初以来，义乌人在浙中丘陵之地，建立了全国甚至全球最大的小商品市场，形成了商贸之都、物流基地，创造了经济奇迹，那么可以说，临沂人几乎在同时，在没有任何经商传统和基础的孔子乡邻，创造着更大的经济奇迹，这就是形成了不逊于甚至在某些方面强于义乌的大市场、大物流、大产业。

临沂的市场之大超出想象。早在 1982 年，临沂由地摊式农贸市场和城郊大棚市场起步，经过三十几年的培育发展，特别是 2003 年以来进行大手笔、大规模的市场整合改造提升，现已形成了规模庞大、专业齐全、物流发达的市场集群。目前，整个临沂商城占地30多平方公里，已建成各类大型专业批发市场、物流园区93处，总营业面积900多万平方米，经营摊位5万余个，经营人员20多万人，经营产品达6万种，从小商品到钢材、建材、设备等生产资料应有尽有，日客流量30余万人次，2011年实现商品交易额850亿元，另一说法是1500亿元，已经超过义乌小商品城的规模，基本形成了“南有义乌、北有临沂”的格局。

更没有想到的是，在临沂商城市场发展史展馆里，我们看到了临沂人早在1986年就总结提炼出的“历经千辛万苦、说尽千言万语、走遍千山万水、想尽千方百计”的“四千精神”，这与浙江的“四千精神”完全一样。看来，精神的发源可以是多元的，但英雄所见略同。

临沂的物流之大超出想象。临沂专业市场蓬勃发展，催生壮大了物流业。据了解，目前临沂城区共有商贸物流园区21处、货运站场29家、物流企业3000余家，从事货运配载的经营户2000多户，物流网络覆盖了全国1800个县级以上网点，每天发往全国各地的货运配载车辆达8000多个车次。依托发达的物流网络和物流信息平台，有效解决了车辆回空等问题，大大降低了物流成本，提高了配送效率。普通货物配送起步价比山东省内其他城市低20%，比全国平均价格水平低25%至30%，不少物流成本甚至比义乌还低。做到了600公里以内次日送达，1500公里以内2日内送达，3000公里以内3日内送达。形成了“人还没到家，货物已先到家，货在家等人”的现象。

同时，临沂还积极通过发展电子商务提升经营业态，陆续开发使用了临沂网、鲁南交通物流信息中心、金兰物流信息中心、天源物流信息中心等网上平台，立晨物流还与阿里巴巴共建了全国第二家网商服务中心，为专业市场提供了代运营服务，助推了物流业的提升和繁荣。

临沂的企业之大超出想象。临沂依托专业市场，加快本地产品加工制造业发展，促进集散型市场向"商贸城 + 生产基地 + 产业集群"转变。目前，临沂商城已形成了板材、五金、陶瓷、铝型材、塑料制品等一批产地型市场，当地产品占有率已接近50%。如临沂现有板材加工企业 1.8 万家，产值达 600 亿元，被称为"中国板材之都"，已远远超过了浙江的"木业大县"嘉善。

当然，由于时间关系，我们无法了解临沂全部大企业的情况，然而在随机考察的几家大企业中，看到临沂的企业之大、之高端，还是让我们惊讶。如史丹利集团，是国内技术型复合肥生产重点企业之一，市场占有率居国内第四位，年销售额 46 亿元。金正大集团，从事复合肥、缓控释肥及其他新型肥料的研发、生产和销售，是亚洲最大的缓控释肥生产基地，是国家相关标准的制定单位，年销售额近 50 亿元。常林集团，是国内工程机械行业重点骨干企业，主营业务为农业机械、工程机械、精密铸造和高端液压件四大板块，特别是高端液压件项目，以自主研发为主，打破了国外垄断，引得我国著名液压专家、全国人大原常委会副委员长路甬祥欣然题词"创新科技、创新管理、创造一流企业"。还有，集热电、电解铝、钢铁、焦化、油脂化工、建筑陶瓷等产业链为一身的华盛江泉集团，以煤为原料生产二甲醚和二甲醇的国家高新技术企业久泰能源，平均每年拥有两三个新药品种的裕欣药业等，都是响当当的好企业。

想不到临沂是水之城

山区缺水是一个普遍现象，因为水往低处走，都流走了。当陪同的世杰副主任告诉我们，临沂是一个水城，市区水面积有 48.5 平方公里，是西湖面积的 7.5 倍时，我们不免有些吃惊。没想到北方的沂蒙山区已建成了江南水乡。

其实，山区截雨面积大，利用好了是不会缺水的。临沂水资源要占山东省的 1/6，有着建设水城和宜居城市得天独厚的条件，过去缺水是源于放任自流。1997 年，智慧的临沂人发现，水在城市发展中的重要性在一定程度上甚至超过土地，于是一改千年的治水经验，改疏导为截流，迅速扩大了沂河、祊河、涑河水面。近几年，又在沂河上建起了 7 座拦河蓄水闸坝，使沂河流经城区面积达到 48.5 平方公里，并对河流沿岸进行大手笔规划整治，建设了集水、岸、滩、堤、路、景于一体的 330 公里景观大道，配套建设 36 处滨河公园和文化长廊、9 大广场、18 个特色园区，使河道沿线成为展示人文、自然景观的大型开放式生态园林景观带，成为波光粼粼的"大水城"。

我们下榻的沂景假日酒店党校店，隔窗可尽赏水城的风韵。酒店坐落在沂蒙路与滨河大道交汇处，矗立在美丽的沂河之滨，地理位置优越，交通便捷。东倚碧波沂河，西靠物流批发城，南邻市中心繁华商业区，北望南坊行政新区，距离飞机场、火车站、汽车站不到十分钟车程，占据商城动脉枢纽，把握都市万变商机。酒店被有"城市氧吧"美誉的滨河植被区环绕，空气清新，环境幽雅，观景视野开阔，角度绝佳，昼可观临沂都市新锐繁华，夜可赏沂河迷人夜景。到达的第一天傍晚，我们在沂河岸边散步时，不时看到三三两两锻炼健身的人群，更有许多带着五花八门渔具的人在挑灯垂钓，这里虽说没有"独钓寒江雪"的意境，却也勾勒出一派"群钓沂河鱼"的胜景。

临沂人借水"创城"，据说修复了老城区 44 条断头路，搬迁改造 50 多个城区农贸市场，清理整治 15 条背街小巷和 60 余处马路市场，拆除 3300 多处乱建私搭建筑物。同时，还新建改建城市主次干道60多条，新铺及改造人行道6.2万平方米，新建标准公厕255座，新安改建路灯11万盏，实现了城市道路的畅通舒美。

水城临沂还有一个特点，就是高楼大厦林立，如雨后春笋般快速成长。6月8日下午，我们在罗庄区考察完企业，来到江泉大厦参观，没想到这是一个由乡镇企业华盛江泉集团投资兴建的白金五星级酒店，设计者竟是农民企业家王廷江。他曾在1989年9月自愿将600万元资产的厂子无偿献给村里，被时任总书记的江泽民同志称赞为“了不起，不简单，好样儿的！”他设计的江泉大厦，外形很像一座宝塔或未修复前的雷峰塔，浅灰色调，塔楼33层，高159米，圆拱形大厅，地面铺设的是从巴基斯坦进口的绿玉，台阶和扶手则是进口的白玉，会议大厅高大宽敞，陈列厅陈设着红木家私，尽显酒店的品位和奢华。据说，临沂还正在兴建360米高的恒大中心写字楼和348米高的金世纪大厦，建成后将双双成为山东省的新地标，成为“山东第一高楼”。

想不到临沂是文之邦

城市之美，在乎水景，在乎建筑，更在乎历史与文化，而临沂就是一个有着悠久历史传承和深厚文化底蕴的城市。

接待我们的小册子清楚写到，临沂是一座经历2500多年沧桑的古城。春秋时建启阳城，秦时属琅琊郡，汉代设临沂县，清代设沂州府，1950年设临沂专区，1994年设临沂市。悠久灿烂的历史文化，孕育了无数的圣贤奇才，闻名中外的《孙子兵法》《孙膑兵法》竹简就出土于临沂城，孔子七十二贤徒中有十三人生长在临沂，历史上二十四孝中有七孝在临沂，诸葛亮、王羲之、颜真卿和珠算发明家刘洪等都出生或曾生活在这里。

6月9日上午，我们来到苍山县兰陵镇，参观萧氏文化园，才知道萧望之是萧何的六世孙，西汉宣帝、元帝倚重的大臣，又是著名的经学家，还是我们搞经济学的前辈。在拜谒古代杰出思想家、哲学家、教育家、儒学大师荀子陵墓时，方知荀子曾两度出任兰陵邑令，李白曾在此留下千古名句《客中行》，见诸史册的还有季文子、左丘明、匡衡等一大批圣贤奇才。随后，我们又来到号称"天下第一酒都"的兰陵酒厂，感受唐朝大诗人李白曾在此地留下的"兰陵美酒郁金香，玉碗盛来琥珀光，但使主人能醉客，不知何处是他乡"的千古绝唱。

临沂的文化大义耿直，甚至具有血腥味。用当地人的话说，"爱你可以把我的头割下给你，恨你会把你的头割下来"。颇有点水泊梁山的豪放。正是这种文化，使临沂成为抗日战争和解放战争的"二战圣地"。在长达12年的革命斗争中，临沂发生过大小战斗28000余次，当时沂蒙老区420万人口中，就有20万人参军入伍，120万人参战支前，10万先烈血洒疆场，乡乡有红嫂，村村有烈士，形成"一粒米，做军粮；一块布，做军装；最后一个儿子，送战场"的沂蒙奉献精神。

临沂人善武能文，像出生于临沂的大书法家王羲之、颜真卿等，既是武将又是书圣。正是这一文化基因，造就了临沂人善于布兵排阵和推陈出新的文化风骨。这主要表现于，临沂非常重视文化的规划，进行了书法城规划、兵学城规划、城市雕塑规划，以及各类博物馆、展览馆、图书馆、科技馆、艺术中心、大剧院等一大批文化设施规划；突出文化精品制作，精心打造了大型民族交响乐《沂蒙山小调》、大型风情歌舞《蒙山沂水》，以及在央视黄金时间播出的42集电视连续剧《沂蒙》和电影《沂蒙六姐妹》等，都大大提升了临沂城市的品位和美誉度。

据说，临沂人个个都有几把刷子，许多人书法好生了得，有的机关干部退休没几年，就苦练成为书法大家。如坐落在临沂滨河延绵1公里多的临沂书法广场，各种书法碑刻百花齐放，大多是临沂人的杰作，这里将中国书法艺术、现代雕刻技法与园林景观自然融合在一起，充分展示了临沂作为中国书法名城的无限魅力。

想不到临沂软实力这样硬

临沂人十分好客，奉行孔子所曰"有朋自远方来，不亦乐乎"。这很有点像义乌人常说的"客人像条龙，不来就受穷"的味道。所以在我看来，临沂发展变化的一个重要秘籍，就在于善聚人气，也就是软环境好。

陪同我们的世杰副主任，是一位在政策研究室工作24年、已近知天命之年的老同志，身材魁梧，面目清秀，一口鲁东南口音，情况熟悉，非常敬业，一路不停地按照我们的要求调整考察内容。在他的精心安排下，我们在短短的四天时间走访了临沂的5个区县、10家市场和企业、2个现代农业示范园，以及2座革命历史纪念馆，而且都受到了周到热情的接待，也了解到许多鲜为人知的情况。尤其是省委政研室的刘涛同志，专程从济南赶来，更增强了接待我们的热度。

如果说接待只是源于公务，那就理解狭隘了。实际上，临沂对外来客商的接待远胜于公务接待，外商有事可直接找市长、区长、县长，待遇比我们还高，重大投资项目可上政府工作报告，遇到难题领导现场办公解决。

6月7日上午，我们来到在临沂的浙商总会，召开了有7个会长参加的座谈会，深感临沂软环境的威力。如金氏木业的董事长金昌记告诉我们，他 1979 年就开始在临沂卖纽扣，如今他的企业已成长为一家规模较大的木业加工企业，所投资金主要是靠积累和从温州融资过来的。再如伦达集团董事长吴良杰，是一家商业置业公司老板，十分看好临沂的投资环境，去年刚刚过来，计划在临沂至少要干他十年，投资也得好几十个亿。还有的浙商说："生我长大的是浙江，让我发财和给我政治生命的是临沂。"由于投资环境好，招商引资力度大，临沂已吸引不少浙商投资，目前常年在临沂投资兴业的浙商达 7 万多人，而且不少人有长期投资甚至定居的想法。

听了这些浙商的发言，我们既对浙商为革命老区的发展贡献力量而表示敬意，也对老区人民对浙商的关照表示感谢。同时更加深切地感到，亲商、爱商、重商、扶商的发展软环境，是破解资源环境瓶颈制约的重要法宝。在这方面，临沂的许多做法，很值得浙江学习。

临沂的发展是全方位的，既有波光粼粼的水域，又有鳞次栉比的高楼大厦；既有南来北往的货运，又有处在产业链高端的企业；既有悠久的历史文化，又有讲奉献的沂蒙精神；更重要的是，临沂人民为自己的发展感到自豪和幸福。在去年中科院发布的 294 个城市幸福感调查中，临沂市居民幸福感高居第二位。

难怪有人说，也许过不了多久，中国三大城市的版图将是北京——上海——临沂，这虽说是美好的梦想，可有时候，梦想也是可以成真的，哪怕是部分成真！

写于 2012 年 8 月

行走山西

何谓山西？她在中国的历史和版图上居于何等地位？

不说不知道，一说吓一跳。

在山西晋祠宾馆欢迎会上，山西省委宣传部的主要领导，一位练就得十分睿智、说得一口十分好听山西口音的女部长告诉我们："百年历史看上海，千年历史看北京，三千年历史看西安，五千年历史看山西。"由此一说，山西的历史沧桑和居高临下跃然纸上。难怪孟学农情系山西，初到山西就写下了《感知山西》的佳作，后因襄汾溃坝事故引咎辞职不久，又写下了怀恋山西的《心在哪里安放》的名篇。

我是 2012 年 9 月 12 日，随同省委宣传部主要领导率领的浙江省文化产业考察团，到山西进行学习考察的。过去虽说去过山西，但不知是季节的缘故，还是考察内容的缘故，或是心情的缘故，总之是这次的印象十分深刻，感受十分浓烈，促使自己写几句拙笨的文字，以记一些所见所闻和点滴感受。

人说山西好风光

山西地处我国中部、黄河中游地区，因在太行山之西而得名。总面积 15.67 万平方公里。在 2000 多年前的春秋时代，这里是晋国的领地，所以简称晋。战国初期，晋国被韩、赵、魏瓜分，史称“三晋”，历久便成了山西的又一代称。在中国古代社会，山西的地位举足轻重，而且由于其特殊的地理位置，越是乱世越是显得重要，谁拥有了山西，谁就可以称雄天下。所以，清人顾祖禹在《读史方舆纪要》中指出：“天下形势，必有取于山西。”后来，在抗日战争、解放战争，以及社会主义建设时期，山西都发挥了举足轻重的作用。例如，毛主席一句“农业学大寨”，就曾影响了千千万万的人到山西的昔阳县大寨大队参观学习，至今我们这一代人记忆犹新。

初秋的山西，正是一年一度暑去凉来、果实累累的好时节。我们一到山西，得到的第一个惊喜，是没想到山西的天空竟这样蓝。这是在杭州很少看到的天气。大海仿佛倒挂在高高的天际上，朵朵白云像白帆似的游动，路边流淌的汾河水十分清澈，远处的太行山、吕梁山苍翠叠嶂，真是北国风光，天高云淡，白云朵朵，秋阳宜人。我们打趣地说，这样好的天气不会是刻意为我们安排的吧！陪同的山西省委宣传部常务副部长李高山也同样打趣地说，如今再造假，天气也造不了假呀！

打趣的背后是因为大家知道，山西是煤炭资源大省，被称为“煤铁之乡”“能源重化工基地”。现已探明的煤矿储量近 2682 亿吨，占全国探明煤炭储量的 20%；煤层气资源储量约 1825 亿立方米，约占全国的 88%。矿产资源储量潜在价值 13.6 万亿元，居全国第二位。当然，山西煤炭在为全国经济社会发展做出巨大贡献的同时，山西也付出了环境污染、矿难多发等沉重代价。所以人们一直以为，在煤炭污染严重的山西，大气质量不知糟糕到什么程度。

可是近年来，山西按照科学发展、转型升级的要求，加快资源型经济转型，取得了明显成效，天蓝水清地绿正一步步实现。巧合得很，我们在山西期间，正值山西省政府召开新闻发布会，正式公布国务院最近批复的《山西省国家资源型转型综合配套改革试验总体方案》。这对推动山西省经济结构战略性调整，破解长期积累的深层次矛盾，促进经济发展方式转变，无疑具有重大意义。当然，这也对保持山西天蓝水清地绿的良好生态环境具有重要意义。

山西的天是蓝的，地是阔的。虽说山西的山区面积与浙江差不多，也是占全省总面积的70%。山脉众多，东部有太行山，西部有吕梁山，北部有恒山、五台山，南部有中条山，中部有太岳山。河水潺潺，黄河流经山西，注入黄河的河流有汾河、沁河、涑水河，还有桑干河、滹沱河、漳河等。但山西由于地广人稀，显得十分开阔。我们从太原到平遥，再反过来沿太原到五台山，一路上看到的山西大地广袤平坦，高速公路两旁生长着早已成熟的玉米，形成一片片玉米海。我们不禁感叹道，山西的地真大呀！

陪同的山西同志告诉我们，这就是田与地的区别。举例来说，浙江农民种的是田，四个口凑一起，有边有沿，四四方方，再大也大不了哪去；而山西农民种的是地，土加也，无边无沿，四面发散，一眼望不到头。真是形象的比喻！原来天底下田与地是不一样的，难怪聪明的祖先造字时同时造了田与地二字。据了解，山西的土特产和地方小吃特别多，我们品尝过的有手抓饼、刀削面、莜面栲栳、手工水饺，还有杏花村汾酒、竹叶青酒、平遥牛肉，当然最著名的还是山西老陈醋，可以当保健饮料喝呢！

行走在山西大地上，使我们这些小家碧玉的江南人顿时开朗起来，一个个心潮澎湃，激情满怀，不知是谁的倡议，颇有才气的省委宣传部胡副部长带头唱起一首十分好听的山西民歌，接着浙报集团高社长下载手机音乐伴奏，省出版集团童董事长跟着合唱，再接着我等这些不会唱歌的也跟着瞎哼哼起来：

人说山西好风光
地肥水美五谷香
左手一指太行山
右手一指是吕梁
站在那高处
望上一望
你看那汾河的水呀
哗啦啦啦流过我的小村旁
杏花村里开杏花
儿女正当好年华
男儿不怕千般苦
女儿能绣万种花
人有那志气永不老
你看那白发的婆婆
挺起了腰板
也像十七八

精华荟萃的山西博物院

山西作为中华民族的发祥地之一，十万年前就有人类生息繁衍，传说中的“尧都平阳”“舜都蒲坂”“禹都安邑”，都在山西的南部，即今天的临汾、永济和夏县。由此看来，尧、舜、禹三帝都在山西工作过，难怪山西的文物特别多。

要行走五千年历史的山西文化，不要说我们前后只有四天时间，就是四十天、四百天也走不完，但能够不辜负这个题目的，就是参观山西省博物院。

山西省博物院坐落在太原市滨河西路北段，外观呈方鼎形，很像上海世博会的中国馆，高大雄伟，馆藏更是好生了得，荟萃了全省文化之精华，基本列馆以“晋魂”为主题，共4400多件珍贵展品，设七大历史专题，分别是“文明摇篮”“夏商踪迹”“晋国霸业”“民族熔炉”“佛风遗韵”“戏剧故乡”和“明清晋商”。此外还有五大艺术专题，分别为“翰墨丹青”“瓷苑艺葩”“方圆世界”“山川精英”和“土木华章”。这七大历史专题和五大艺术专题，宏阔而细腻，循历史脉络，聚文明亮点，浓缩五千年历史与艺术精华，展示了山西先人们的聪明智慧与无穷的创造力。

走进博物院，首先冲击眼球的是正在举办的“发现霸国”专题展。看到此标题我不禁一愣，不由得惊问，怎么国家还能发现？细看内容才知晓原委。原来这是一个过去没有记载，没有发现，不知何时起源，不知何时消亡的国度。直到2007年5月，在位于翼城县以东约6公里处一片两河交汇形成的三角洲高地上，发现有墓地被盗，报经国家文物局批准进行大规模抢救性发掘。考古人员在发掘出的青铜器物的铭文间发现了“霸”字。铭文显示，墓地主人的族名为“霸”，“霸伯”是这里的最高权力拥有者。由于在传世的文献记载中，未曾见到与“霸”国相关的蛛丝马迹，所以说是个新发现的国家，并推断属于西周时期。我们粗略看了一下出土的青铜礼器、乐器、兵器、工具、车马器等，都十分精美，说明“霸”国的生产力已十分发达。看到此处，我不禁感叹，如果说陕西一不小心就发现了一群兵马俑，那么可以说山西一不小心就发现了一个国，真不知我们的祖先在地下埋了多少好东西！

山西省博物院的好东西实在是太多了，我们时间有限，又不大懂，当然主要是我不懂，只好在略过之时，由馆长把镇馆之宝，择其一二带我们看看。记得印象比较深的有这么几件。一个是鸟尊，形如昂首挺立的鸷鸟，全身羽纹华丽清晰，细颈尖喙，上喙可自由启合，倾倒酒液时自动开启，复位时自动闭合，设计十分巧妙，为晋国晚期青铜杰作。二是铜牺立人擎盘，铜牺为一昂首竖耳的神兽，牺背立一女子，束发披肩，双手前伸环握圆柱，柱顶置可转动的镂空蟠虺纹圆盘，该器造型奇巧，光润典雅，纹饰华丽，工艺精湛，实用与艺术完美结合，体现了三晋青铜铸造工艺的卓越成就。三是青铜厢式六轮车，可能是当时贵族把玩的小物件，或是收藏小饰件的容器，经历了2000多年，车厢顶盖仍可开启，并且顶盖开合时，车顶安装在固定轴上的四只小鸟便在重力的作用下自由转动，全车可转动部位多达15处。奇怪的是，山西省博物院的镇院之宝大多是些小物件，有的只有巴掌大小。由此看来，好东西不在其大，而在其精。设计精巧、质量上乘的小东西一样可以震撼大世界。

平遥古城的三大看点

16年前，我随同时任浙江省委副秘书长、省委政研室主任蒋巨峰到山西考察浙江商品市场时曾到过乔家大院，印象十分深刻，还买过一方澄泥砚，但没去过平遥古城，一直是个遗憾。这次因日程安排紧凑，只去平遥古城，割舍了原已安排的乔家大院，也算是天遂人愿吧。

平遥史称平陶，是帝尧的封地，始建于西周宣王时期，距今已有2700多年的历史，位于山西省中部，是中国保存最好的明清时期汉民族城市的杰出范例，是中国古代民居的实物标本，也是古老东方艺术活的载体。古城池总面积2.25平方公里，至今还居住着4.2万城市居民，基本保持着明清时期的历史风貌。

我们在平遥古城逗留了大半天时间，留下了三点深刻印象。

首先，她是世界文化遗产，具有中国特色的国际范儿。平遥古城早在1997年12月就被列入世界遗产名录。当时世界遗产委员会的评价是："平遥古城是中国境内保存最为完整的一座古代县城，是中国汉民族城市在明清时期的杰出范例，在中国历史的发展中，为人们展示了一幅非同寻常的文化、社会、经济及宗教发展的完整画卷。"城内现存六大寺庙建筑群和县衙署，100多条大小街巷，3797处传统民居，民居建筑布局严谨，轴线明确，左右对称、主次分明、轮廓起伏，外观小门小脸，内看庭院深深。精巧的木雕、砖雕、石雕和配以浓重乡土气息的剪纸窗花、惟妙惟肖，栩栩如生。漫步在平遥古城，走街串巷，观看当地人或做鞋，或打铁，或卖艺，或在县衙署观看县太爷审案子，有一种时光倒流、超脱现实的感觉。

其次，她是中国晋商的摇篮，是近代金融业的开山之地。据介绍，平遥在清代康、雍、乾、嘉年间，当铺、账局、钱庄、银楼等已粗具规模，鼎盛时期有商号700余家，其中金融字号有25家。在众多票号中，"日昇昌"是中国第一家票号，其前身是本县西达蒲村李家。李家数代经商，在城内西大街开设一家颜料铺，生意越做越大，北京也有分店，后来为了汇兑方便，创办了"日昇昌"。"日昇昌"票号先后在全国设立了35个分庄，多在东部沿海城市和南方城市，同时还在俄罗斯、日本、蒙古设立了代理庄，号称“汇通天下”“天下第一号庄”。有人说，“日昇昌”之所以昌盛，是因为名字取得好，竖看这几个字，不论是从上往下，还是从下往上，都是“日日升日日”。更令人叫绝的是，“日昇昌”发明了独特的防伪办法，即汇票采用了“水印”，并在关键部位盖戳，汇票的印制数和领用都有严格控制；实行以汉字代表数字的密码法，定期改变，以防泄密。如“日昇昌”西安分号的防假密押是：“谨防假票冒取，勿忘细视书章”，表示 1 至 12 个月；“堪笑世情薄，天道最公平；昧心图自私，阴谋害他人；善恶总有报，到头必分明”，表示 1 至 30 天；“生客多察看，斟酌而后行”或“赵氏连城璧，由来天下传”，表示银两的 1 至 10；“国宝流通”，则表示万千百十。如分号 5 月 18 日给某省票号分号汇银 6 万两，其暗号代码为“冒害斟国通”。这些密押外人是根本无法解密的。在“日昇昌”西安分号的经营史上，从未发生过款项被人冒领之事，这充分表现了“日昇昌”经营者的聪明才智，比现在的银行防伪还厉害！

第三，她还是中国推光漆器之乡，是这一古老东方艺术的发源地。逛平遥古城，会发现这里的商店大都出售各式各样、色彩斑斓的漆器，当然假货比较多。正宗的平遥漆器指推光漆器，她与北京的金漆、福建的脱胎、扬州的点锣，并列为中国四大名漆。平遥推光漆器始于唐朝，盛于明清，距今已有 1200 年的历史，是一种工艺性质的高级油漆器具，以手掌推出光泽而得名。据说一件平遥漆器要经过上百道程序，其中最神秘的部分就是推光。上漆之后的器具要通过打磨才会产生夺目的光彩，这个工序全部用人手完成，并且必须是少女的手。豆蔻少女们用她们温润细腻的手掌在上漆表面反复推磨，经过了人与漆器的无数次亲密接触之后才会有一件推光精品的问世。我们在平遥推光漆器展销大厅，看到了许多前所未见的高级漆器艺术珍品，如《百猫嬉春图》，百只各具神态的小猫，在石山、牡丹、花草丛中或捉蝴蝶，或尽情玩耍，一个个栩栩如生，顽皮可爱。还有《黄河魂》《八骏全图》《三英战吕布》等，个个都令人惊叹。当然，价格也十分昂贵，看上眼的少说几万，多则几十万。后来我只好买了一个彩绘山西少女出嫁的首饰盒，开价 480 元，经讨价还价 400 元成交，带回去送给已出嫁的小女留作纪念。

访五台山敬五爷庙

到山西必要到五台山，到了五台山必要敬五爷庙，这可以说是行走山西、考察佛教文化的必经之旅。

五台山位于忻州市五台县境内，属太行山脉，最低处海拔 624 米，最高处海拔达 3061 米，由五座山峰环抱而成。五峰高耸，峰顶平坦宽阔，如垒土之台，故称五台。五峰之外称台外，五峰之内称台内，台内又以台怀镇为中心。五台之间遥相呼应，各有其名：东台称望海峰，西台称挂月峰，南台称锦绣峰，北台称叶斗峰，中台称翠岩峰。五台之中最高处是北台，素有“华北屋脊”之称，山中气候寒冷，年平均气温只有 2 摄氏度，一进 9 月就开始积雪，次年 4 月才开始解冻，台顶更是常年积雪成冰，到了夏天特别凉爽，所以又称其为“清凉山”。

五台山与浙江普陀山、安徽九华山、四川峨眉山并称为中国四大佛教名山，又因其是文殊菩萨的道场和方圆 500 余里的规模，列居四大佛山之首。这里文物荟萃，珍品云集，现存寺院 48 处，是中国古建筑、雕塑、书法、绘画的艺术宝库。

我们到达五台山的前一天，这里刚刚下了一场小雪，寒气袭人，五台顶上洋洋洒洒铺满了皑皑的白雪。说也奇怪，当我们到来时，已是蓝天白云，晴空万里，朝霞满天。真是好兆头！

由于五台山规模宏大，方圆数百里，我们一天的时间，一个高台也去不了，只好在台怀镇走走，好在五台山佛教的精华大多集中在台怀镇。陪同的山西同志提醒我们，到佛教圣地要遵守寺院的清规戒律，由于信仰不同，可以不信，但不能不敬。有句话说得好，“天雨虽宽不润无根之草，佛法无边不度无缘之人”。大千世界奥秘无穷，对我们不知道的东西应抱着敬畏的态度。

我们拜访的第一个寺院是五爷庙，也叫万佛阁。殿内供奉金脸五龙王，俗称五爷。关于五爷的传说很多，有的说他是佛祖的侍卫，武功好生了得；有的说他是龙王五兄弟中的老五，能呼风唤雨，保一方平安；还有的说他是文殊菩萨的化身，充满了智慧，能普度众生。按一般惯例，龙王不居佛寺，可当地传说五台山龙王神灵显赫，不安其位，寺庙不得安宁。后来，五爷又嫌始建于明代、修复于清代的龙王殿太小太旧，就托梦给方丈和尚和当地甲长，要求“重建殿宇，重镀金身”，这才有了如今这座处在台怀镇最中心的龙王殿。本来，佛是不看戏的，可是五爷喜欢看戏，故在龙王殿对面修建一座戏台，这是五台山寺院唯一的戏台，专门给五爷唱戏。据说自从重修了五爷庙，这里年年风调雨顺，香客有求必应，成为整个五台山香火最盛的寺庙。

随后，我们又拜访了普寿寺尼众佛学院，也就是五台山女子佛学院。学院占地面积 19988 平方米，前面为秀丽的汉白玉牌楼，下层为青砖砌筑，上层为木构建筑，单檐五脊顶、四出廊，山门正面额上嵌一书有“普寿寺”三字的石匾。看着眼前气势恢宏，设施完备，能容纳 1000 余女僧学习、生活、劳作的寺院，很难想象它是当初(1991 年)由如瑞法师带领 30 多位女僧、拿着仅有的 105 元、历经十余载自力更生重建起来的。据了解，如瑞法师1957年生于太原市，在本市读的中学、大学，后任中学老师，是北师大中文院进修研究生，20世纪80年代初期出家，现任普寿寺尼众佛学院院长、中国佛教协会副秘书长、山西省政协委员、山西省佛教协会副会长。佛学院开设有佛学基础知识、八宗概要、佛教史、地藏经等佛学理论课，还有古代汉语、中国通史、哲学、写作、外语、书法等文化课，课程设置致力于提高学生的综合素质，培养新一代高僧名尼。僧尼须遵守348条戒律，每天凌晨3点起床，晚上10点熄灯，除一日三餐、午休外，其余时间都用来诵经、劳动和做功课。由于并不希望被外界过多关注，学院谢绝游客到访，她们的生活几乎未被外界知晓。

在五台山拜访寺院期间，还不时听说顺治皇帝出家后给康熙写了一首《归山词》，历史上虽无据可查，但这首《归山词》却道出了帝王悟透的人生真谛，富有哲理，相传甚远，五台山上的人几乎人人都能说上几句，什么"未曾生我谁是我，生我之时我是谁；长大成人方是我，合眼朦胧又是谁"，什么"来时欢喜去时悲，空在人间走一回；不如不来也不去，也无欢喜也无悲"，等等，很有些看破红尘、遁入空门的意味。现从网上下载全文如下，供读者鉴赏品味：

天下丛林饭似山　衣钵到处任君餐
黄金白玉非为贵　唯有袈裟披最难
朕乃大地山河主　忧国忧民事转烦
百年三万六千日　不及僧家半日闲
悔恨当初一念差　黄袍换去紫袈裟
吾本西方一衲子　因何流落帝王家
未曾生我谁是我　生我之时我是谁

长大成人方是我　合眼朦胧又是谁
金乌玉兔东复西　为人切莫用心机
百年世事三更梦　万里乾坤一局棋
禹开九州汤放桀　秦吞六国汉登基
古来多少英雄汉　南北山头卧土泥
来时欢喜去时悲　空在人间走一回
不如不来也不去　也无欢喜也无悲
每日清闲自己知　红尘之事若相离
口中吃的清和味　身上常披百衲衣
五湖四海为上客　逍遥佛殿任君栖
莫当出家容易得　只缘累代种根基
十八年来不自由　南征北讨几时休
我今撒手西方去　管他千秋与万秋

毛主席留宿五台山

过去多次听说过毛主席在五台山的故事，有的说得神乎其神。因此，这次来五台山，很想了解一下当年毛主席上五台山的来龙去脉，听一听毛主席在五台山的神奇故事。

我们在五台山拜访的最后一座寺院是塔院寺，也就是当年毛主席留宿的著名寺院。塔院寺位于台怀镇中心，是五台山标志性佛教建筑大白塔的所在地，也是以塔命名的佛教寺院，因寺院中有释迦牟尼舍利塔、佛足迹图碑和五台山教主文殊菩萨的发塔，被佛教信徒视为圣地。在五台山众多佛塔中，塔院寺大白塔最著名，其他诸塔犹如众星捧月一样簇拥着它。我们在参观了大雄宝殿、藏经阁、舍利塔等圣殿禅院，敬拜了文殊、观世音、普贤、地藏四菩萨和释迦佛像后，来到毛主席当年居住的塔院寺方丈院，拜访“毛主席路居旧址”。

据史料介绍，1948 年 3 月 23 日，毛泽东率领中央机关告别陕北，东渡黄河，经晋西北、晋东北向河北省平山县西柏坡挺进。一路行走了半个多月，4 月 9 日傍晚，因大雪阻路，毛泽东、周恩来和任弼时一行登上五台山鸿门岩，当夜就宿于台怀镇塔院寺的方丈院。1969 年，塔院寺的方丈院被辟为“毛主席路居陈列馆”。馆内有毛主席、周总理和任弼时等同志的卧室。室内按原样陈设，炕上铺一床军被，地上摆一张木桌，桌上放有一方砚台，桌子前面有一把木椅，木桌和炕沿中间方台上放有大盒，上架一只铜茶壶。后院东跨三间，左右两间分别是周恩来、任弼时当年路居住室。陈列馆还展示了山西人民在革命战争时期的重大活动照片，是山西省爱国主义教育基地。

走进毛主席路居陈列馆，首先进入眼帘的是青砖门楼，两边的对联为“劝君莫打三春鸟，子在巢中盼母归”。相传，当年毛主席看到这副对联时颇为欣赏，便问：“这对联是谁写的？”陪同的老方丈忙答：“是老衲所写。”毛主席略一沉吟道：“这副对联应广为宣传。”又说：“我们不是和尚，虽不从佛家慈悲放生的立场出发，但应知道自然界中的三春鸟捕捉害虫，是保护农作物和树木的益鸟。”我们走进大门，只见在青灰色影壁的花岗岩上，刻着毛主席手书“从建立山西的五台山到建立全国的五台山，争取最后的胜利”二十五个大字，影壁的背面是毛主席、周总理、任弼时在五台山塔寺院的合影。再往里走，就来到了江泽民同志题写的“毛主席路居旧址”，横匾两边的对联是“发扬革命传统，争取更大光荣”。

据说，那天晚上，毛主席入住方丈院后一边用饭，一边烤火，还捎带翻阅一本经书。一会儿，老方丈由一小沙弥陪同来到毛主席居住的院子，双手合十行礼道：“打搅贵人了，贫僧不安得很。”毛主席回答：“是我们打搅贵寺了，请多原谅。”当方丈发现毛泽东桌上有一本翻开的经卷时，吃惊地问：“怎么，贵人也读经书？”毛主席笑着将佛经送给方丈道：“随便看看。我是无神论者，不信神佛的。更当不得以贵人相称。”方丈笑答：“贵人信佛佛在，贵人不信佛佛自在。当得，当得，有何当不得呢？”第二天早晨，毛泽东由地方干部陪同，视察了塔院寺、十方堂寺和蒙藏合作社等处，一路上他亲切地与僧人交谈，关心他们的生活和佛事活动，并勉励地方干部一定要保护好文物，要忠实地执行党的宗教政策，团结爱国僧人，把五台山建设好。毛主席还对陪同的方丈说：“人民即是佛。”“我们都是有信仰的，你们信仰释迦牟尼，为了普度众生，我们信仰马克思主义，为了人民群众，都是为了劳苦大众。”随后，毛主席一行离开五台山，绕道石咀镇，东上长城岭，出龙泉关，于 5 月 26 日到达平山县的西柏坡，指挥了翻天覆地的解放战争，建立了新中国。

毛泽东在五台山路居，虽仅有一宿，但在五台山人民的心中，留下了“春到五台”的美好回忆，也留下了许多神秘的故事。2001 年 8 月 18 日江泽民为毛主席路居陈列馆题字“毛主席路居旧址”。1991 年 7 月，华国锋来到五台山时，得知当年毛主席上五台山正值瑞雪初霁，欣然题字“飞雪迎春”，寓意颇深。1992 年 7 月 25 日，张震将军来到陈列馆时专门栽下了一棵银杏树，本来这里的土壤气候条件不适宜银杏树生存，但张将军栽下的这棵银杏树长势非常好，这不得不说是个奇迹！

《立秋》讲述晋商的诚信

随团考察山西文化产业，一直想看一场山西的歌舞戏剧。因为山西的民歌、舞蹈和梆子戏，非常富有地方特色和感染力。

在我看来，山西的民歌或音调高亢、雄浑辽阔，或清新柔媚、诙谐缠绵；舞蹈或憨直泼辣，或夸张脸谱化；戏剧或乡土习俗气重，或歌舞戏相杂。看山西歌舞戏剧，就像从不吃辣子的人，吃一次辣子就会呛出眼泪来，浑身发热。

可是9月14日晚上，山西省委宣传部给我们安排的不是所期盼的一台歌舞戏剧，而是一部新编历史话剧《立秋》。这使我有点失望。

可没想到，在山西省演艺中心大剧院，从大幕拉开的那一刻起，跌宕起伏的剧情、悲欢离合的命运、精彩绝伦的演绎的一一展现，无不强烈地撞击着我的心田，使我忘记了时空交错，完全置身于民国初年晋商面临的悲壮抉择，身上不时地发热。

《立秋》讲述的是曾经辉煌一时的丰德票号，在民国初年时局动荡、国运衰微的形势下，面临生死存亡的考验，最终由盛而衰的故事。总经理马洪翰面对客户挤兑、天津分号被烧、大批国内外借款不能收回的困境，恪守祖训，循规蹈矩，独撑危局，誓为"丰德"护碑守门。副总经理许凌翔则主张顺应潮流，抓住机遇，将丰德票号融入现代银行的轨道。丰德票号何去何从？一场"银行派"和"票号派"的纷争在情同手足的挚友间展开。

面对未卜的命运，人与人之间的关系也在这种较量之间变得十分复杂。总经理马洪翰的婆姨凤鸣，曾是副总经理许凌翔的恋人，却被老太太做主，阴错阳差嫁给马洪翰。马洪翰唯一的儿子不愿意继承祖业经营票号，而随戏班子唱戏一去不返。他送去西洋留学，准备将来助自己一臂之力的未来女婿——许凌翔之子许昌仁，学成回国时却带着留学女友，并且摇身一变成了国家银行的筹备人员。他钟爱的女儿瑶琴遵循祖制在绣楼上独守了六年，遭遇情变打击痛不欲生，最后悄悄离家出走赴上海求学。票号的命运、家庭的命运、个人的命运集中爆发在“立秋”这一刻，彻底摧毁了精明强悍、不服输不服软的马洪翰，他“问天问地问古问今问自己，我究竟输在哪里……”不肯服输的马洪翰不停地拷问着自己的灵魂，也拷问着每一位观众的心灵。

在我看来，《立秋》的巨大成功，一是没有去讴歌五百年晋商鼎盛时期的辉煌，而是拷问衰败时期为什么会穷途末路，反思历史，发人深省。二是以“立秋”命名，假借天气由热转凉的自然变化，寓意晋商由盛转衰的深层含义，而“立秋”在山西的风俗中，又是个祭祖的日子，自然引申到祖宗与后代、传统与现代的历史对话，有益于剧情的展开。三是全剧运用横匾竖排的标语形式，反复展现晋商“勤奋、敬业、谨慎、诚信”的经营理念，贯穿“天地生人，有一人应有一人之业；人生在世，生一日当尽一日之勤”这段被丰德票号自上而下、日复一日、年复一年背诵并谨慎遵循的祖训。四是面对丰德票号破产的命运，老太太毅然从无人知晓的地窖中，拿出祖上积累的八十万两黄金去应对各方面的债务，兑现和维护了晋商的“纤毫必偿、诚信为本”的承诺，使全剧达到悲剧的高潮。五是首尾呼应，序幕以一位老者，带着小孙子，从地上捡起一片落叶，嘴里念叨着“早上立了秋，晚上凉飕飕”开始，尾声以小孙子手里拿着落叶，在不停向爷爷提问“后来呢？后来呢？后来呢……”的童声中徐徐结束，意味深长，很有意境。当然，最值得赞赏的还是演员的演技，完全是人戏一体，寓生活于舞台，堪称是一台经典话剧，具有北京人艺的水准，演马洪翰的演员也很有点话剧大师于是之的风范。

据悉，《立秋》自 2004 年问世以来，已演出了 600 多场，获得国家舞台艺术精品工程“十大精品剧目”奖、“五个一工程”特等戏剧奖、文华大奖、全国话剧优秀剧目展演一等奖等。看完之后，我们每个人不由得扪心自问：浙江拿得出这样的精品力作吗？

晋祠的三宝三绝

9月15日，我们离开山西的最后一天上午，挤时间参观考察了山西晋祠博物馆。晋祠是祭祀西周唐国诸侯姬虞的祠堂，创建于公元前11世纪的西周，位于山西省太原市西南悬瓮山麓，是集中国古代祭祀建筑、园林、雕塑、壁画、碑刻艺术为一体的珍贵文化遗产，也是世界建筑、园林、雕刻艺术瑰宝。

由于我们要赶航班，只能在晋祠逗留一个多小时，好客的山西同志只好把其中的“三宝”与“三绝”，引领我们快速观赏一二。

晋祠“三宝”指的是献殿、圣母殿和鱼沼飞梁。

先看献殿，原为陈设祭品的场所，始建于金大定八年(1168)，面宽三间，深两间，梁架很有特色，只在四椽栿上放一层平梁，既简单省料，又轻巧坚固。殿的四周除中间前后开门之外，均筑坚厚的槛墙，上安直栅栏，使整个大殿形似凉亭，显得格外利落空敞。我们看到的是1955年用原料按原样翻修的献殿，但仍保持了金代建筑的特点。

再看圣母殿，是晋祠内最为古老的建筑，位于中轴线末端，背靠悬瓮山，前临鱼沼，古柏环绕，庄严肃穆。此殿创建于北宋天圣年间(1023—1032)，崇宁元年(1102)重修。殿高约19米，重檐歇山顶，面宽七间，进深六间，殿内无柱，不但增加了高大神龛中圣母的威严，而且为设置塑像提供了很好的条件。殿身四周设有围廊，前廊进深两间，廊下宽敞。殿周柱子略向内倾，四根角柱显著升高，使殿前檐曲线弧度加大。大殿前廊柱上雕饰有八条蜿蜒欲动的木龙，鳞甲须髯，怒目利爪，栩栩如生。据说，在我国古代建筑中，殿周有围廊，此为现存最早的一个实例，对研究宋代建筑和我国建筑发展史具有重要价值。

接着看鱼沼飞梁，位于献殿与圣母殿之间，在北宋与圣母殿同时修建。古人以方形为沼，圆形为池，因其是方形，水中又多鱼，故名鱼沼。鱼沼中立三十四根小八角形石柱，柱顶架斗拱和梁木承托着十字形桥面，两端下斜与地面相平，南北东西四面伸展，其造型犹如展翅欲飞的大鸟，故称飞梁。这种形制奇特、造型优美的十字形桥式，虽在古籍中早有记载，古画中偶有所见，但现存实物仅此一例。它对于研究我国古代桥梁建筑很有价值，号称是世界上最早的立交桥。

在观赏晋祠"三宝"的过程中，我们还顺道欣赏了晋祠的"三绝"，即周柏、难老泉和宋塑侍女像。此外，还参观了越坊、水镜台、隋槐、唐李世民《晋祠之铭并序》碑等。

周柏系西周时所植，但不知为何人所植，距今已有3000余年的历史。有好事者测量，周柏树高18米，树围5.6米，主干直径约1.8米。由于树身向西倾斜45度，形似卧龙，又称卧龙柏。别小看这棵周柏，它可是晋祠的根，明傅山曾立石上书"晋源之柏第一章"。宋代文学家欧阳修也赞曰："地灵草木得余润，郁郁古柏含苍烟。"900多年前就如此赞叹它的古老了，至今它依然苍劲挺拔，可见其资格之老。老当益壮就是奇迹，人也一样。

难老泉是晋水三大泉中的主泉，其他还有善利泉和鱼沼泉。难老泉就像一个大号的水井，上面建有一座亭子，亭子中间悬挂一块由真山书写的“难老”竖匾。据说，晋水的源头就从这里流出，长年不息，水温常年保持在17摄氏度。关于难老泉，有一个很长的“柳氏坐瓮，饮马抽鞭”的民间故事。大意是说，晋祠镇原名为古唐村，非常缺水，村里有个姑娘叫柳春英，每天受婆婆刁难要到很远的山沟去挑水，后遇一位仙人，送她一条马鞭放进瓮里，用水时只要稍许提鞭，水瓮即满，但千万不能把鞭子提出瓮外，没想到婆婆心坏，支开春英抽出鞭子，使瓮里的水不断涌出，不仅把婆婆淹死了，还淹没了村庄。春英赶回家后忙把草垫往瓮上一扣，自己奋然坐在了瓮上，水顿时止住了，但春英也坐化成仙，成了水母娘娘，永远坐在水瓮上，一手持梳，一手挽发，安详地梳头，只有那股清泉，从她坐的水瓮的草垫下涓涓流出。于是，每逢农历六月十五，晋祠就会举行规模盛大的晋祠庙会，附近的老百姓都要至此摆供唱戏，祭祀水母娘娘。

“三绝”中最绝的是彩绘侍女像，安放在圣母殿中，为北宋时期的作品。虽为泥塑，但工匠们把泥做活了，赋予了生命和灵动感。圣母坐像居正中位置，高2.28米，凤冠蟒袍，端庄气派，周围有众多女官、侍女环绕。在众多侍女像中，有一尊尤为出色，她年龄最小，头微微左倾，双手放在胸前，身材窈窕，双肩消瘦，显得略有些单薄，头上梳着当时流行的发髻，面容清秀俊美，眉毛上挑，显得小心谨慎。作品将少女初入宫闱、未谙世事和拘谨小心的神态表现得惟妙惟肖。其他侍女有的持物而立，有的载歌载舞，有的喜形于色，有的心事重重，有的老成持重，有的天真无邪，形象性格十分丰富多彩。尤其是侍女的发髻、头饰、服装款式等各不相同，雍容华贵，很值得现在的美容师、服装设计师好好学学。

看了晋祠的“三宝三绝”，我们仿佛品尝了古人烹饪至今还热气腾腾的文化大餐，真是大开眼界，大饱眼福。最后，引用我国大诗人郭沫若先生 1959 年游览晋祠时写下的一首脍炙人口的《游晋祠》作为结尾：

圣母原来是邑姜　分封桐叶溯源长
隋槐周柏矜高古　宋殿唐碑竞炜煌
悬瓮山泉流玉磬　飞梁荇沼布葱珩
倾城四十宫娥像　笑语嘤嘤立满堂

写于 2013 年 3 月

再访安徽

安徽是浙江的近邻，两省地域相接、山水相连、文化相通、人缘相亲，可以说是一衣带水，唇齿相依。然而，浙江与安徽又分属于两个不同的区域，一个地处东部沿海，一个地处中部内陆；一个属于发达地区，一个属于欠发达地区。在经济能级上，一个是大哥哥，一个是小弟弟。

过去好长一段时期，浙江眼睛向上向外，越过安徽，紧盯着广东、江苏、山东等老大哥的发展，以及注重对洋人市场的拓展。在浙江人的眼中，当然主要是在笔者的眼中，安徽是个有点改革先声、有点农业、有点资源、有点黄梅戏的省份，但没怎么把安徽放在眼里。

那一年，记得是 2008 年金秋的 10 月末，为准备浙江全省经济工作会议，我带队到安徽调研。一路经宣城、芜湖、马鞍山、合肥等沿江地区，亲眼看见了安徽发展热火朝天、大干快上的场面。短短几天考察，使我们看到了安徽发展思路之清晰，目标之宏大，定位之准确，战略之得当，以及成效之明显，远远超出我们的想象，也使我们看到了浙江发展面临“标兵渐远、追兵渐进，而且追兵就在身边”态势，以致很长一段时间，我着力提醒浙江发展要有危机感和紧迫感，不能躺在过去的功劳簿上睡大觉。

时隔四年，又到了准备全省经济工作会议的时候，11 月初，已是深秋时节，我带队再访安徽，想再看看安徽的新变化，顺便看看安徽一些名声远扬、古色古香、令人向往和神秘的地方。这一次，我们从杭州出发，经湖州、宣城、合肥、池州、歙县、临安，再返回杭州，转了一小圈，与上次路线相仿，但稍有变化，历时 4 天，行程 1800 余公里，感触颇多，予以记之。

融入长三角，走上快车道

11 月 7 日早上 8 点钟从政苑小区出发，出杭州上高速到宣城，仅用了 2 个半小时。由于到得比预期的时间早了些，我们在宣广高速宣城西站出口停车小息，等着主人的到来。不一会儿，宣城市委两位副秘书长带人驱车赶到，简单寒暄了几句，就直接带领我们考察宣城经济技术开发区。

这个开发区是 1996 年经安徽省政府批准成立的省级经济技术开发区，位于宣城市区西部，行政管辖面积 200 平方公里，规划总面积 60 平方公里，包括位于主城区西部的核心区和承接产业转移集中示范区，其中核心区与市区接壤，17.25 平方公里的规划面积已基本建成。目前，区内注册工业企业 205 家，初步形成了汽车零部件及整车制造、光电、新型建材、新材料和新能源四大主导产业。在这里，我们先后考察了新港国际城项目，这是马来西亚广地置业公司打造的一个高端旅游综合项目，总投资 25 亿元，占地 3175 亩，融生态湖、主题公园、会展中心、高档酒店、商业购物广场、美食城、商务写字楼和高档公寓为一体，建成后将成为宣城的“好去处”。随后，又参观了正在建设中的总投资22.8亿元的宣称科技园项目、总投资44.1亿元的中鼎产业园项目和总投资10.8亿元的金达利液压项目。

看着这些大项目、好项目在宣城落地，真是感到由衷的高兴。因为安徽承接东部产业转移，没有走高污染、高消耗的老路，而是走了一条节能环保的新路。接待我们的开发区主任说，宣城开发区在招商引资上绝不饥不择食，而是招商选资，设置较高的门槛，化工类的污染项目一律不要，要的都是一二类的项目；来圈地的不要，投资1亿元以下的项目不单独供地，而是提供标准厂房。当然，由于安徽低丘缓坡资源丰富，在用地价格上很有优惠，有的1亩工业用地只需三五万元，有的甚至是零地价。如金达利液压项目，是一位来自浙江天台的老板投资的，我问他为什么到宣城投资，他说在天台投资用地十分紧张，连三五十亩都要不到，而到这里投资，一期投资1.5亿元，占地200亩，厂房已建好，设备已安装完毕，部分已开工生产，要是在浙江，这点钱连征地都不够。还有宣城的办事效率也很高，金达利液压企业老板当着我的面，向开发区领导反映，因职工来源地发生变化，需要盖职工宿舍，希望解决用地问题，开发区的领导立即爽快地答应了，看不到一点“关门打狗”的样子。

后来，我们到合肥了解到两个50%，即在安徽招商引资中，来自上海、江苏、浙江的投资要占到全部引资的50%左右；其中在长三角的投资中，来自浙江的投资要占到50%左右，这说明安徽的投资主要是来自长三角，其中浙江是安徽的最大投资省份。

其实，企业到宣城投资，不仅是看中了安徽的用地空间和优惠地价，以及较低的用工成本、用电成本，更重要的是安徽毗邻长三角，是长三角发展的腹地，具有良好的区位优势。特别是 2008 年以来，安徽抓住胡锦涛同志提出的要安徽“积极参与泛长三角发展分工”的指示精神，发展方向掉头向东，实施加快融入长三角战略，当年就应邀出席长三角主要领导座谈会，次年成为正式成员，2010 年参与长三角合作轮值，2011 年承担轮值方工作。四年四大步，安徽作为一个中部省份，完全融入了东部长三角地区的发展，创造了跨区域合作的新模式，这也使安徽走上了快速发展的轨道。近几年，安徽的经济增长速度，可谓是逆势上扬，在国际金融危机深度影响和沿海省市增长放缓的大背景下，安徽经济增长速度仍保持 12%以上，有的年份甚至超过 14%，大有“中部崛起，舍我其谁”的气势，其“超万亿、赶两湖、奔小康”的目标，也在一步一步地实现。

让合肥“肥”起来

安徽的快速发展，不仅得益于积极融入长三角，改变区域发展走向，还得益于向国家要来了两个大政策。

一个是 2010 年初，国务院批复《皖江城市带承接产业转移示范区规划》。作为首个获批的国家级承接产业转移示范区，提出到 2015 年，示范区地区生产总值将比 2008 年翻一番以上。可这个示范区够大的，包括合肥、芜湖、马鞍山、铜陵、安庆、池州、滁州、宣城 8 个地级市，以及六安市的金安区和舒城县，共 59 个县(市、区)，土地面积 7.6 万平方公里，人口 3058 万人，面积和人口覆盖了大半个安徽。按照安徽人的盘算，以合肥为中心，半径 500 公里覆盖上海、江苏、浙江、河南、江西、湖北、山东、安徽七省一市，这一区域无论是国内生产总值，还是社会消费额，都占全国的近一半，皖江城市带无疑将是拓展国内市场、启动内需的关键区。而关键区的核心区将是纵横八百里的“皖江龙”。这很有点像河南人提出的“中原兴则中部兴，中部兴则中华兴”，把“河南兴”与“中华兴”绑在一起的味道。

为了让“皖江龙”舞起来，安徽争取到的第二个大政策，就是把合肥这个“龙头”做大做强。2011 年 8 月经国务院批准，安徽撤分巢湖市，撑大合肥市，把合肥扩大了 40%，面积从 6000 多平方公里扩大到 1 万多平方公里，与临近的马鞍山、芜湖这两个区域中心城市实现无缝对接。这一重大的行政区划调整，使中国中东部继南京城市圈、武汉城市圈和长株潭城市圈后，又诞生一个新的特大城市圈——合肥城市圈。同时，过去由合肥、巢湖共有的中国第五大淡水湖——巢湖，将集中于合肥市，并设立专门的巢湖管理机构，使巢湖成为合肥的“西湖”。

其实，安徽做大合肥早几年就开始行动了。2008 年我第一次到合肥时，参观了市政规划和建设，看到合肥城市高楼大厦鳞次栉比，高架桥蜿蜒绵长，商贸流通熙熙攘攘，就感到合肥的市容市貌比杭州也不差。尤其看了沿巢湖开发的 196 平方公里的滨湖新城，实行统一规划布局，统一基础设施建设，统一招商开发，并设置较高的入驻门槛，使每个新建项目都成为城市的一个精品，充分体现了传统徽商干事情精益求精的精神。据了解，安徽省委省政府的行政中心也将搬到滨湖新城，面向浩瀚的巢湖思考决策。相信安徽的发展会更好。

做大是为了做强，这方面合肥也下足了功夫。我们到合肥参观时了解到，合肥非常重视开发区的规划建设，现有大大小小的开发区十几家，其中国家高新技术产业开发区、国家级经济技术开发区、国家级合肥新站综合开发试验区等几家比较大的开发区，总面积就超过 600 平方公里，发展潜力和空间很大。加上附近的中国科技大学等一批高校和科研院所支撑，合肥强身健体就有了本钱和人才。

在高新技术产业开发区，我们参观了"科大讯飞"，这是一家开发生产语音产品的高科技企业。在这里，我们听了公司技术人员现场讲解演示语音技术的研发和产业化情况，亲身体验语音转换成文字、文字转换成语音的奇妙过程，第一次接触到"语音产业"这个词汇和了解到语音产业极具广阔的市场前景，感到安徽在发展高技术产业上，某些方面已经走在了浙江前面。

宣纸技术秘而不宣

中国有一种魔纸，可用毛笔写字，可用墨汁作画，韵味独特，千年不蛀不腐。这种纸就是宣纸，产生在宣城。我原以为，宣纸在宣城随地可见，随处可买。于是，当我提出不再去看上次看过的鳄鱼湖和敬亭山，而想去看看宣纸的制造工艺时，宣城的同志告诉我，市区没有，那要去泾县。泾县距宣城约 48 公里，中间要走一段尚未修好的石子路，当我们觉得肠子都快震出的时候，泾县中国宣纸文化园就到了。

宣纸文化园是中国宣纸集团展示宣纸传统而古老造纸技术的示范基地，也是该公司产品、项目、文化、品牌的延伸基地。这里不仅是旅游参观点，同时也是一条实际的生产线，继续生产着中国驰名商标"红星"牌的宣纸。顺便说一句，这几年由于游资炒作，"红星"牌宣纸已严重供不应求，市面上很难买到。由此看来，上次我来时宣城接待办送我的几张"红星"牌宣纸，现在已是"洛阳纸贵"，颇具收藏价值了。

正宗宣纸之所以名贵，是因为受材料、水、气候、季节和制作工艺等的限制，不可能大规模工业化生产。据介绍，宣纸是国家地理标志性产品，国家质检总局的定义是：宣纸是采用皖南山区泾县及周边地区所生长的青檀树皮和沙田高秆稻草两种纤维，在泾县当地用特殊山泉水，经传统工艺，在严密的技术监控下手工制作而成，供书画、装裱等使用的高级艺术用纸。在文房四宝中宣纸位居榜首，寿命可达1050年以上，因此被誉为“千年寿纸”和“纸中之王”。2009年，宣纸制作技艺被列入“人类非物质文化遗产代表作名录”。正如郭沫若先生所说，“宣纸是中国劳动人民所发明的艺术创造，中国的书法和绘画离了它便无从表达艺术的妙味”。

我们参观得知，宣纸制作极为挑剔，原材料一定要本地产的青檀树皮和沙田高秆稻草，而且青檀树皮一定得是生长三年的枝条树皮，此时纤维韧性最好，过早或过迟都不行。砍枝季节也很有讲究，一般在秋末至来年初春最佳。然后是大锅蒸煮、冷水浸泡、手工剥皮，再经过蒸煮、踏洗、石灰浸渍等反反复复几十道工序制成皮坯，再经过八到十个月的摊晒，任凭风吹、暴晒、雨淋、雷电，使其自然漂白和自然氧化，最后去粗存精，留下了可以抗虫蛀、抗老化、耐久的纤维。再然后，檀皮经过石碾三千次的敲打、洗皮、切皮、踏料等形成纸浆，潦草也要经过石臼三个小时的臼打成为草浆，才可去捞纸。可以说宣纸是集日月之精华、天地之灵气。

潦皮、潦草纸浆准备好了以后，要按照一定比例放在水槽里搅匀，然后进行捞纸。捞纸可以让游客体验，这看起来很简单，其实做起来很难。我兴致勃勃地先捞，拿起带有马的图案的竹帘，跟着师傅按照要领，轻下、抄水、慢起，再轻下、抄水、慢起，由于第一次较着劲，没有跟着师傅的手劲走，没有成功。第二次学乖了，跟着师傅的手劲走，很快就捞好了一张，然后又趁热打铁，分别捞了两张鸡的图案和猪的图案，带回家送给内人和小女。捞好的纸还要烘干、切边，这时一张薄如蝉翼的宣纸才最后制成。可见宣纸是经过风吹日晒、千锤百炼、水深火热炼成的天地之精华。

宣纸的技术是国家之机密，允许游客参观会不会泄密呢？带着这个疑问我问讲解员。她说，当年日本人为了寻找宣纸的生产地点，运用卫星探测、盯人跟踪等手段，派人盯着厂长的车牌号一直跟踪到厂里，假借参观的名义，把领带浸入水槽中获取纸浆，然后进行化验仿制。其实，日本不可能真正偷去宣纸的技术，因为潦皮和潦草的配方比例是高度保密的，这化验不出来。还有生产宣纸的原材料、气候、山泉水和特殊工艺，离开泾县就不可复制，就像茅台酒离开茅台镇就酿不成一样。所以，日本可以生产出很好的纸，但他们解决不了纸的泛黄和长久保存问题。这就是宣纸的奥秘所在！

九华山的神秘

安徽九华山是地藏菩萨的道场，与山西五台山、浙江普陀山、四川峨眉山并列为中国四大佛教名山。后三大佛山都曾到过，这次有缘上九华山，也算是一种圆满和造化。

11 月 9 日一早，我们从合肥出发，直奔九华山，全程 200 余公里，仅用了两个多小时。进山后，我们先参敬了金地藏始建的化城寺，然后在江泽民题写的“聚龙大酒店”进斋。饭后，在导游的带领下，经九华街，先后参敬了供奉金地藏肉身的肉身殿、供奉仁义师太肉身的通慧禅林和供奉无瑕菩萨肉身的百岁宫等，傍晚下山到池州碧桂园住宿。短短几个小时，要想看遍方圆 120 公里，总面积 334 平方公里，貌似莲花的 99 座山峰，简直比登天还难。我等没有“踏遍青山人未老”的仙人功夫和孙悟空的“火眼金睛”，只能走马观花，浮光掠影，留下三点初步印象。

其一，僧俗世界两相依。九华山与其他三大佛山相比，有个鲜明特点，就是僧侣与俗人共同居住在一起，民居旁边有寺院，寺院旁边有民居，僧人俗人两相依。山上现有寺院 90 余座、僧尼 600 余人，据说清代鼎盛时期有寺院 300 余座，僧尼 4000 余人，可谓“香火之盛甲天下”。同时，山上还住着大量的居民，设有九华镇人民政府，下辖 3 个社区居委会，常住人口 3600 余人，暂住人口 5000 余人。山上学校、商店、宾馆、饭店，以及干农活的、下象棋的等市井生活应有尽有，游人可在山上农家住宿，僧人可在街上闲逛。寺院的建筑与普通的皖南民居几乎没什么区别，好像只有颜色上的区分，一般黄色为寺院、尼庵，白色为普通民居，寺院也大多具有黛瓦、天井、马头墙、木雕等鲜明的徽派建筑特点。在参观途中，我还看到一个有趣的场景，两个居民蹲在墙角下棋，旁边一个僧人和一个俗人站着观看，我赶忙拿出相机抢拍，这时俗人已发觉并朝着我看，而僧人则毫无知觉，看来僧人干什么都挺专注，心无旁骛。

其二，一件袈裟盖九华。九华山开辟为大愿地藏王菩萨道场，成为千年来僧侣及大众的朝圣地，缘起于新罗国僧人“金地藏”的修道故事。相传，新罗国(今朝鲜半岛南端)王族金乔觉(696—794)，24 岁时削发为僧，于唐玄宗开元年间来华求法，经南陵等地登上九华，于山深无人僻静处，择一岩洞栖居修行。当时，九华山为青阳县闵员外属地，金乔觉向闵氏乞求一块袈裟之地。闵员外心想，几亩或数顷都不在话下，何况只是区区一块袈裟地，自然不假思索、慷慨应允。此时，只见金乔觉袈裟轻轻一抖，不料展开后竟盖住九座山峰。这使闵员外既十分诧异，又大开眼界，由静而惊，由惊而喜，心悦诚服地将整座山献给"菩萨",并为持戒精严、艰苦修行的高僧修建庙宇。唐至德二年(757)寺院建成,金大师有了修行道场和收徒弘法的条件,由此威名远扬,许多善男信女慕名前来参拜供养,连新罗国僧众闻说后,也渡海来华随侍。闵员外先让其子拜高僧为师,随后自己亦欣然皈依、精心修行。至今,九华山圣殿中地藏像左右的随侍者,即为闵氏父子,且儿子出家在先为师兄,父亲出家在后为师弟,开创一段"一件袈裟盖九华,皈依佛门子为兄"的佳话。

其三,全身舍利修正果。九华山属北亚热带湿润季风气候,阴雨天气多,日照时间短,比较潮湿,这样的气候条件无疑不利于尸首保存,更不要说形成全身舍利子。可自唐代至今,九华山自然形成的僧人肉身达 15 尊,现可供观瞻的有 5 尊,我们观瞻了 3 尊。最早的是唐代金地藏的肉身,相传金乔觉 99 岁高龄圆寂后,其肉身置缸中 3 年仍"颜色如生,兜罗手软,罗节有声,如撼金锁"。众僧认定他即地藏菩萨化身,遂建石塔将肉身供奉其中,并尊称他为"金地藏"菩萨。我们参观时,还看到了江泽民手书的"护国肉身宝殿"匾额。再一个是明代高僧,名海玉,号无瑕禅师,他戒律精严,刻苦清修,耗时 28 年,刺舌血拌金粉抄写《大方广佛华严经》81 卷,圆寂时 124 岁,肉身置缸,3 年后仍面色如生,身体完好,其徒遂建寺宇,造戒堂,改庵名为百岁宫,明思宗朱由检敕封无瑕禅师为"应身菩萨"。众人到九华山必要到百岁宫,一为求得健康长寿,二是到殿中的巨石上靠靠背,以求步步高升,据说很灵,香火很旺。还有一个神奇肉身菩萨是仁义师太,俗名姜素敏,出生于吉林省通化市一个富裕家庭,自小读私塾,学琴棋书画,后来潜心学医,主攻中医学的针灸,年轻时赴五台山落发出家,朝鲜战争爆发后毅然报名参加中国人民志愿军,1951 年随军奔赴朝鲜。在朝鲜的 3

年里，抢救医治了无数伤残军人，1953 年年底回国。仁义师太 1983 年来到九华山，倾其所有，修复寺庙，重振通慧道场，还为山上村民针灸看病，1995 年农历十月初七晚 7 时圆寂，享年 85 岁。其弟子遵嘱按佛教仪规将其坐缸存放，1999 年 1 月 2 日打开存放已 3 年零 2 个月的坐缸，见仁义师太黑白相间的头发长出寸余，牙齿完好，皮肤毛孔清晰，身体还有弹性，女性特征已无痕迹，手势作捻针状，这是她几十年来给病人针灸的姿势，非常神奇，令人敬仰！

洋船屋、牌坊群与徽州府衙

安徽最负盛名的是徽派建筑，这也是我此去安徽最想看的徽派文化。限于时间安排，这次主要看了三处特色徽派建筑：一处是位于泾县榔桥镇的黄田洋船屋；另外两处是位于歙县境内的牌坊群和徽州府。

洋船屋，实际上是一位安徽孝子为其母亲建造的船形建筑群落，故事十分感人。据说 150 年前的清道光年间，当时的黄田盐商朱一乔、朱宗怀父子在沪经商，渐成巨富，每次回到家中，便向家人讲述外面的风土人情和奇闻轶事。朱一乔的母亲和妻子在听到上海“洋火轮”的情形后，产生了想见一见的愿望，因交通落后加之缠足不便，终难如愿。禀性孝顺的朱一乔为圆母亲夙愿，与儿子商议修建一座外形酷似大轮船的建筑——洋船屋。洋船屋现有 20 余幢房屋及附属建筑，占地面积 4200 多平方米，园内房屋错落有致，巷道纵横幽静，住宅区和前后花园布局精巧，曲折多变，其间山池花木，疏朗宜人，亭台楼阁，古色古香。在洋船屋边还有一组古民居建筑与洋船屋相呼应，由三大进主体建筑和边屋组成，有前院，院门外有用麻石铺设的晒坦。远远望去,这组建筑形似候船室,晒坦就像是停靠洋船的码头。洋船屋顺坡而建,船头向上,船尾在下,引黄山山脉凤子河水,沿着房屋两侧开凿的深渠奔泻而去,宛如一艘"洋船"逆水而上,体现了徽派建筑与现代船型的完美结合。在山区造船屋,要不是孝敬母亲,还真不会有人想得出、造得出,堪称是一件孝子奇事。

牌坊群,位于歙县县城西郊6公里处的棠樾村,故也叫棠樾牌坊群。村边有块石牌,上面雕刻着江泽民2001年6月20日到此时手书的"棠樾牌坊群"5个描红大字。周围伴以古祠堂、古民居、古亭居、古亭阁,在广阔的田园风光、秀丽的山光水色映照下,使棠樾牌坊群成为天然的影视基地,《红楼梦》《烟锁重楼》等30多部影视剧曾在此拍摄。7座牌坊呈半弧形布局,逶迤成群,古朴典雅,按照"忠""孝""节""义"排列,其中2座是明代建的,5座是清代建的,每一座背后都有一个感人故事。乾隆皇帝下江南的时候,曾大大褒奖牌坊的主人鲍氏家族,称其为"慈孝天下无双里,锦绣江南第一乡"。7座牌坊全部采用石料,且以质地优良的"歙县青"石料为主,质地坚硬,高大挺拔,恢宏华丽,气宇轩昂,虽然时间跨度长达几百年,但建筑风格浑然一体,形同一气呵成,据说对研究明清时代的政治、经济、文化及建筑风格和徽商的形成发展具有重要价值。

徽州府衙,是古徽州府的象征,坐落在歙县古城核心位置,历经数次扩建,到明代中期达到格局最完整、规模最恢宏,在建筑史学界素有"徽州故宫"之称。徽州府衙曾作为县委、县政府的办公地,2009年4月启动修复工程,重建范围约2.4公顷,总投资2亿元,县委、县政府搬出,在原址上以中轴线式布局,把古城的城墙、牌坊、谯楼、钟楼等连成线,再现古徽州府衙的庄严与恢宏,作为宣示徽州文化的参观游览之地。在黄山市和歙县同行的陪同下，我们的车先开进古城门，来到中心广场，在外围观赏了全国唯一的“八角牌楼”，以及阳和门楼、南谯楼、瓮城及街巷。然后走进新修复的府衙，按照正堂、后堂、宅门、宅前堂、宅后堂、清心阁的次序，参观了知府办公的地方、高挂“明镜高悬”审案的地方、知府与师爷商量事情的地方，以及后花园的假山和小桥流水。参观得知，歙县自秦建制以来，历为郡、州、路、府所在地，是古徽州政治、经济和文化中心。徽州府建制于公元 888 年，辖歙县、黟县、绩溪、休宁、祁门、婺源六县。看了徽州府衙的庄严和恢宏，我们才真正理解为什么徽州地区历来是中国经济文化的重地，以及安徽的“徽”字由徽州而来，而安徽的“安”字由安庆而来，安庆、徽州合起来为安徽。由此可见，安徽真正有特色的政治、经济、文化，以及建筑风格和民居民俗，主要集中在安庆、徽州一带。我们这次有机会到徽州府衙走一遭，领略了徽州的精华之地，也算是不虚此行。

最后，我把徽派建筑的特点概括为一句顺口溜：砖雕、木雕、冬瓜梁，高宅、深井、大厅堂，粉墙、黛瓦、马头墙，简洁、实用、不张扬。这不知对不对？

写于 2012 年 11 月

我的农家院

喂，该做饭了！

听到女主人的一声吩咐，我赶忙拿起剪刀，挎上小篮，换上套鞋，来到院子的菜地里，或挖点青菜、菠菜，或拔几棵小葱、香菜，或摘几根茄子、黄瓜、西红柿什么的。然后，回到厨房洗吧洗吧，切上几刀，点火烧菜。一会儿的工夫，一盘盘香喷喷、绿油油，还略带点甘甜的有机菜摆上餐桌，吃得宾客满嘴生津，味蕾绽放。

这不是梦，而是一直来我向往并梦想成真的现实生活。

我家的小院坐落在安吉山川乡高家堂村一个叫水墨桃林的地方。房子落地 50 平方米，建有三层，造得极为简单。简单的徽派农家设计，简单的水泥框架结构，简单的基础设施，加上简单的装修，是一个很简单的住所。然而，真正吸引我的不是房子，而是房子前后的院落。

院落并不大，也就半亩多地。买来的时候，高低落差悬殊，到处坑坑洼洼，杂草丛生，一片荒芜。于是，我们精心设计，给小院注入理念、注入生命、注入活力。先是提出“简单实用，多留菜地，能满足房前屋后种瓜种豆”的总体要求，然后请搞园林建设的友人小王进行景观设计，再是请高家堂的村民负责施工。从2011年秋季动工，冬季停工，到2012年春季复工，初夏完工，几经寒暑，小院终于落成。

如今的小院，呈南北走向。朝南的前院连接小区过道，篱笆墙由毛竹筒搭建，滑动的大门由黑色的铝合金制成，门口矗立一块重达七八吨的巨石，上面镌刻着何虎将军挥墨的大篆“嘉居”二字，色艳而醒目。走进大门，是一处高大的水泥柱葡萄架，从绍兴移来的四株葡萄树蓄势待长。右侧是菜地，可满足我不会网上“偷菜”只想实地种菜的爱好。走过葡萄架，一条S形小道通往房屋的台基，小道两旁是一片草坪，草坪中种了樱桃、杨梅、香泡、石榴，以及茶花、杜鹃花和紫荆花，使小院四季有树，三季赏花。

房子左右两条石子路通向后院，院子里生长着十棵墨绿色的粗壮毛竹。这些毛竹不是刻意种的，而是此处的“原住民”。想着古人曾有“宁可食无肉，不可居无竹”的追求和这些“原住民”的根系传承，就把它们留了下来，以求得与大自然的和谐共生。毛竹树下，有两块石头叠加在一起，一块矗立，一块横卧，静静躺在杜鹃花和牵牛花丛中，等待主人和主人的朋友们前来小憩。后院也搭建了一处葡萄架，当然种的不是葡萄，而是四棵从上虞移来的红心猕猴桃。听“管家”阿洪讲，猕猴桃生长很快，花开很香，果实很多。但愿这些猕猴桃喜欢这个小院，幸福茁壮地成长。

在小院花花草草的簇拥下，房子俨然成为欣赏院落的中心点。在一楼客厅，可以一边喝茶，一边观看院落中的庄稼成长，蝴蝶飞舞或鸟儿鸣叫。即便在厨房烧饭时，也可一瞥院落的修篁婆娑，鲜花盛开。上得二楼，与竹齐眉，静卧床上，满目青山，或读书看报，或舞文弄墨，写点给自己、家人和朋友们看的文字。登上三楼，来到露台，感觉已是站在竹子之巅，俯视一看，原来这里的竹子都是有冠的，一簇簇，一团团，锦绣迷人，尤其是扑入眼帘的几处笔架山，若隐若现，云雾缭绕，好似仙境一般。住在这里，白天可眺望蓝天白云，夜晚可数繁星点点。正如亚洲先生所题、光宇先生所书，“挪移云霞，吐纳修篁”。

当然，小院的魅力不在小院，而是小院周围的大院，也就是周围的山山水水。这里是山川乡自然景区的精品区，位于海拔1057米、号称浙北第二大高峰——赤豆洋的山脚下，山峰险峻，生态原始，是一片未曾开发的“处女地”，据说山上还有一片原始大草原。从山脚到半山腰，满山遍野生长的都是竹子，个个粗壮无比，枝叶墨绿，婀娜多姿，远远望去，就像一片绿色的海洋。一条仙龙溪从小区绕过，直奔仙龙湖，欢笑的水声不时在峡谷中回响。这里的森林覆盖率超过90%，常年平均气温14.7摄氏度，降水量1700毫米，空气质量一级，地表水Ⅰ级，被誉为竹乡天然氧吧。

每次与夫人来到小院，先吸几口甜滋滋的空气，再喝几杯甜滋滋的泉水，然后再吃一点甜滋滋的蔬菜，一周的疲倦和烦恼顿时就化解了。啊，我们的农家小院，是一个可以使心静下来的好地方。

写于2013年五一节

附：郭作家的安吉乡居

2013年5月19日，大作家黄亚洲与俞仲达、童禅福、桑士达、老朱等好友，前来安吉我的农家小院一聚，品茶赏竹，谈天说地。当日，亚洲触景生情，赋诗一首，并在次日的人民论坛网上发表，现收录如下：

作为背景，那片竹林站得这样挺拔
而主人公却弯着背脊，一直摆弄
他的蚕豆、番茄和卷心菜，他指缝间
现在，全是褐色的土豆饼
不再是那支专写经济论文的水笔

他是这一方青山绿水的主人公
树墩是他的凳子
庭后山溪是他的一条绞不干的毛巾
他一旦站起来，拍拍手
屋前屋后就飘满花粉

一群说方言的山雀落在装修不久的阁楼上
啄着雪白的意大利瓷砖

太阳在双休日走得格外匆忙
这一点是他最不满意的
傍晚，他只好开车离开，上车前
把一串饱满的泪珠，挂上
门口的葡萄架

老郭的尴尬事

老郭认为:人是世界上最复杂的动物,既有人性的一面,也有动物性的一面;既有光鲜亮丽的一面,也有无趣尴尬的一面。无论多么伟大的人物,都具有常人的两面性。

常人就会有吃喝拉撒睡,就会有喜怒哀乐,就会遇到尴尬事,只不过是有的人多一点,有的人少一点。老郭是属于尴尬事比较多的那一类。当然,他不是伟大的人物。

一次,老郭看到大文豪王蒙先生写了一部《老王的尴尬事》,很不服气,也赶忙东施效颦,晒一晒自己的尴尬事。

成语"青竹斑马"

老郭喜欢文学,尤其喜欢说话用成语,这样显得有文化。但老郭常常忘了,因为母亲不识字,父亲常年在外谋生,他是在农村的土院子里爬大的,没上过托儿所,没上过幼儿园,也没受过学前教育,当 9 岁开始上学时,已经成为班里的傻大个了。

老郭上小学时，语文从“人”“手”“足”“口”“耳”“目”学起，算数从扳指头、数小棍算起，有时手指头不够用，就再加上脚指头。可见没什么文化，更没什么文学功底，所以讲成语常常闹笑话。

一次，他在形容两个同学一块长大，后来又相爱时，非常羡慕地脱口对内人说：“这两个人真是两小无猜，青竹斑马。”内人一愣，一时不知所云，后来明白过来，马上抢白道：“是青梅竹马，不是青竹斑马，还长颈鹿呢！”老郭还是不解，独自嘟囔道：“青竹斑马，青梅竹马，这有什么区别吗？”

险些绊倒医生

老郭是北方人，但特别喜欢吃鱼。吃鱼是慢功夫、细致活，可老郭吃鱼性子急，狼吞虎咽似的，常常被鱼刺卡了喉咙。平时鱼刺卡了喉咙，他自有办法，或憋住气猛然干咳，把鱼刺咳出来，或吞咽饭团，把鱼刺咽下去，屡试不爽。

可有一次，鱼刺卡得比较深，折腾了很长时间也出不来，憋得满脸通红，说不出话来，只好由内人和女儿带着到市中医院找医生了。医生是个女的，挺客气、挺斯文的，请老郭坐在无影灯下检查。

老郭是个很体谅别人的人，不知道检查口腔是病人坐在里面，医生坐在外面，就想把医生的凳子往里挪一挪。谁知这时医生已戴好透视镜，手里拿着镊子，正要坐下来检查，猛然看见老郭在抽凳子，吓得顿时花容失色，连忙问：“你，你，你要干什么？”老郭尴尬得连忙道歉，口齿不清地说，我只是想把医生的凳子放放好。

这件事，一直成为内人和女儿的笑柄。

女儿不解老郭心

老郭属于外表冷酷、内心火热的情感型男子，喜欢看小说和言情类作品，常常看得眼眶子湿漉漉的。最近又迷上了《杭州日报》每周三的“情结”版，常常剪下来慢慢品味。

一次，他看到一篇《妈妈的幸运星》，讲述一位母亲临终前告诉她女儿一个折叠幸运星的故事。这位母亲从丑小鸭变成白天鹅，一生暗恋她未曾表白过的白马王子，默默地为这位白马王子牺牲着一切，挺纯洁、挺感人的。

于是，老郭特意把这张报纸带回家，叫内人看，内人冷冷地说：“看过了，有毛病。”给女儿看，女儿看过后快语评说道：“你们 50 后就是无聊，想爱不敢爱！爱这个又和别人结婚，这对她丈夫很不公平！主旋律报纸不宣传主旋律，宣传婚外情！白白浪费了我 15 分钟！”

这一通抢白，说得老郭很无趣，哑口无言，无言以对。

皮带坏了，袜子破了

老郭是苦孩子出身，从小吃糠咽菜长大，养成了勤俭持家的好习惯。后来，条件好了，但还是很抠，尤其是对自己特别抠。衣服不穿破是不会换的，新衣宁可送给兄弟们穿。

老郭有套运动衣，还是十七年前参加机关运动会时发的，尼龙丝的料子，虽年久“色衰”，不成样子，可总也穿不破，老郭就每年照常穿，气得内人只好剪破扔掉。

有一年，老郭因公到日本出国培训，按规定准备了一套光鲜的西服，内衣就都是比较旧的了，有一根系了多年的旧皮带，有足浴店送的一次性袜子，有宾馆拿的一次性牙刷等。谁知刚到东京第二天，皮带滑轮的一个小螺丝掉了，皮带没用了，只好临时找根绳子系上，反正小时候是穿缅腰裤、系绳子长大的，熟门熟路。但也不能二十几天总系绳子呀。第三天，老郭马上跑到银座花了 6000 日元买了条皮带，心疼得要命。

更没想到的是，一次性袜子没穿两天就磨坏，几天下来带去的几双袜子很快就磨完了。更要命的是，日本的公务用餐往往是赤脚坐在榻榻米上，每到这个时候，老郭就尽量把磨破的袜子洞掩藏在脚底下，尽量躲在光线暗一点的地方，尽量不要来回走动敬酒，这样总算没给国人丢面子。后来，老郭又是一通破费，到商店买了两双袜子，总算摆脱了尴尬的局面。

面对童言的无语

老郭一直信奉工作向高标准看齐，生活向低标准看齐。常说的一句话是：工作要高调，为人要低调。老郭的为人低调，也包括穿衣服要低调，不要穿得太好、太张扬。其实，这方面他的内人和女儿同他完全相反，经常花很多钱买很多新衣服，为此老郭常常生闷气。

一次，与同事打乒乓球，老郭打得一时兴起，脱了光鲜的外套，露出了腋窝下早已穿破了的羊毛衫。老郭在单位是领导，同事们见了不会说什么，他也很自在。谁知，今天在旁边看球玩耍的有一个同事的小女孩，也就七八岁，正值童言无忌的年华，看见老郭穿的有两个破洞的羊毛衫，就像发现新大陆一样叫起来：“你的衣服破了！你的衣服破了！”老郭只好自嘲地说：“不是破了，是口袋。”谁知道小女孩不好骗，跑过来非要拉老郭这个“口袋”，弄得老郭很尴尬。

后来，回到家里，老郭马上就把羊毛衫换了。由此一事，老郭得出的一条人生经验是，有时候，小孩也是能管住大人的。

不知什么暗器

老郭虽说对穿衣戴帽不讲究，但对身体很爱惜，很注意保养，中午尽量不陪客，晚上从来不熬夜。喝酒的口头禅是：“宁伤感情，不伤身体。”还美其名曰“伤了身体，没有感情”。所以快 60 岁的人了，看起来还像小伙子一样，弄得领导都看不出其年龄。

其实，老郭心里知道，身体的零部件随着年龄的增长，慢慢在老化，肩颈、膝关节早已不像当年那么灵活了。为了跟衰老和疾病做斗争，老郭痴迷于各种养生保健知识的学习和运用。什么肩颈按摩器、腿部按摩器、吊颈椎的龙抬头、电磁疗按摩器等等，买了一大堆，十八般“武器”轮番使用。前几天到安徽出差时，又买了两件木质按摩器，一件是双手握柄的木轮，可在身上滚，一件是随身携带的三角形木器，可按摩穴位，上班时、坐在车上时没事就按几下。

一天晚上下班回家，华灯初上，夜色已漆黑一团，驾驶员骆师傅开着开着，突然从口袋里掏出一件东西，小声地问：“郭主任，你是不是早上上班时有件东西忘在姚师傅车上？我们不知是什么东西，车队让我带来问问。”老郭开始一愣，心想没丢什么东西呀，后来一看，原来是三角形木器。骆师傅又说：“我们研究了半天，像是拐杖的手柄，也不知道干什么用，还以为是郭主任的暗器呢。”一席话，逗得内人眼泪都笑出来了。

“豆子”事件

老郭平时很关注各种养生保健知识，看见报纸上刊登的养生保健或治疗颈椎、腰椎和膝关节的小秘方就剪下来，得机会就实践一下。什么立正靠墙使劲撞墙，什么双手向上往上爬，什么摇头写“米”字、低头画“八”字，就连经络操、太极拳也学两下，跟着内人后面瞎比画。

有时老郭也花点冤枉钱，什么奇正消痛贴膏、仙草活骨膏、伤痛宁膏等“狗皮膏药”，不停往身上贴，就连到日本出差，也没忘到药妆店，买点治关节痛的药膏药水什么的贴贴抹抹。这些不能说不管用，但都不治本，时间长了，疼痛依旧。再不行就吃药、喝药酒，什么维固力、蓝湾氨糖，还有自制的舒筋活络酒，一通猛吃猛喝，也还是不大见效。

一次回北京老家，在弟弟家看见用豆袋子微波炉加热，然后放在受凉处热敷，据说效果不错。老郭一见，如获至宝，心想这玩意省钱，就连忙叫弟媳妇缝了两个布袋，回到杭州买了两斤豆子装上，没事就加热热敷，有时上班时加好热塞在身上，袋子凉了再放进公文包。

一天，老郭下班直接到美容店理发，服务员接过老郭的公文包感觉很重，就随口问了一句是什么好东西，老郭不慌不忙地从体面的公文包里拿出两袋豆子，还说这可是好东西，热可敷、饿可餐，惹得服务员都笑了起来。后来，服务员趁机向老郭推荐该店的“阿里山无敌冰火——艾盐 SPA 温灸”袋，据说热敷效果最好，一套 400 多块钱。得，这下又要老郭破费一番了！

没想到娶了个团长

老郭的内人是老郭的同学，其容貌不能说扬，其身段也不能说娇，但气质颇佳，人很大气，也很善良，年轻时不觉轻，年老时不觉老，整天乐呵呵的，活得有滋有味，幸福指数很高。

内人吸引老郭的还有一招，就是能歌善舞，拿来一首新歌，看着看着，do，re，mi，fa，sol，la，si，就能哼出个调调来，还有什么交谊舞、歌舞、排舞，一学就会，跳得还有模有样，经常穿着演出服、画着大花脸回家，弄得老郭挺羡慕，也挺嫉妒。

前几年，老郭内人参加了省直机关业余合唱团，非常投入，每周一次的晚上排练一场不落，遇到演出比赛还经常加班加点，跑前跑后张罗着，逐渐在合唱团露出了尖尖角。最近，合唱团进行换届，大家一致推举老郭内人当了团长，成为体制外的大领导，管着好几十号人，比以前更忙活了。老郭虽然不乐意，可也不好说什么，歌舞自由嘛！

一天用午餐的时候，同桌的机关工委鲁书记表扬老郭内人热情负责，是个好团长。老郭马上自嘲地说，年轻时一直想娶了个演员，没想到最后娶个团长，也算是梦想成真吧。鲁书记连忙附和着说，真不错，超出了梦想。看来，她也不懂老郭的心！

"理直气壮"加了塞

老郭是个急性子，除了写文章有点耐心外，其他干什么事都挺急，尤其不爱排队。可咱们中国人多，干什么事都要排队，这就使老郭找到了不爱逛马路，不爱逛街，不爱逛商场的理由。久而久之,内人也就习惯了,反正老郭不在,买起东西更方便,下手也更狠,明明 100 块钱买的,说是三五十块钱,老郭也就不心疼了。可有时候,涉及小金库的钱,还非得老郭出面。

这不前些日子,老郭有篇稿子获得北京一家大单位全国征文优秀奖,寄来 500 元奖金,钱虽不多,可也是钱呀。老郭就趁中午吃饭的空当,到附近的邮局去取,也顺便饭后百步走。第一次去取,是个星期一,存汇款的人很多,老郭扭头就走,心想邮局积攒了两天业务,明天来可能就空了。

谁知第二天中午,人还是很多,又没取成。第三天去取时,人少多了,显示牌显示正在办理的客户是 044 号,老郭拿的是 046 号,中间只隔着一号,老郭就很耐心地排队。谁知当 045 号快办完事时,来了一位年轻女士,人长得舒展,看上去舒服,手里拿着厚厚一沓汇款单,直接站到了 045 号的后面。老郭心说:“想加塞,没门!”本想叫那位女士先去拿个号,按顺序来,又担心人家说多管闲事,反正不让她加塞就行了。

于是,等到 045 号一办完,老郭就一个箭步冲上去,还不客气地对那位女士说:“拿号排队去!”没想到那位女士很优雅地说:“郭主任,您先来!”更没想到的是,服务员说:“人家在你前面,早就拿过号了,刚才去填单子去了。”老郭听了以后真是无地自容,本来想绅士地排一下队,结果还是“理直气壮”加了塞。

一天受三次指责

老郭比较欣赏这样一句名言:“由农民变市民可能是一天的事,而由市民变贵族则是三代的事。”老郭虽说自小从农村当了兵，上了大学，后来又转为城市户口，实现了“鲤鱼跳龙门”，可他到底还是条鱼，而不是龙，根深蒂固的农民习气总也改不掉，这不仅表现在吃穿上，更表现在言谈举止上。一次出国到乌克兰考察，正值数九寒天，冰天雪地，由于老郭的农民习气，一天受到了三次指责，很是狼狈。

第一次是在基辅无名烈士碑前，碑前的宽阔大道两旁有许多地碑，上面刻着金黄色的俄文，由于覆盖着积雪看不清，老郭虽不懂俄文，但还是想看清楚些，就想用脚去扫除积雪，旁边的翻译小高看见了连忙阻止，一边用手去拨雪一边说，这地碑上刻的是在“二战”中死难者的名字，不能用脚踢雪，说得老郭冒出一身冷汗。

第二次是参观彼切尔洞窟修道院，据说这里是世界文化遗产，尤其是在洞窟教堂中，摆放着十一具大主教的木乃伊棺木，供信徒们点着蜡烛走进地下朝拜，老郭也装作信徒的样子，举着蜡烛，深一脚浅一脚地随着游人前行。在一拐弯处，有位男士指着老郭的头说着什么。噢，原来是让他把帽子摘下来，于是老郭立马摘下帽子，但心里还在嘀咕，为什么男士不能戴帽子，而妇女可以围围巾，甚至还包着头呢。

第三次是参观乌克兰油画廊，由于乌克兰的油画世界有名，货真价实，老郭就买了两幅小的，但很想将买不起的油画拍照留念，可画廊不让拍，老郭就想趁画廊的服务生带团友去交钱的时候拍。谁知机会来时刚要偷拍，就被旁边一位“多管闲事”的金发女郎制止了，弄得老郭很沮丧。不过这也说明，穿马甲的不一定都是乌龟。乌克兰的经济虽然不景气，但国民素质确实很高，大家都自觉遵守公共秩序，不像老郭一不留神，不良习气就露出来。

不懂事的洋小姐

老郭生在红旗下，长在春风里，从小就喜欢学雷锋做好事，乘车让座，出手助人更是家常便饭。一次，老郭从土耳其考察回国，因遇到 5 年未遇的雨夹雪天气，飞机在深夜中延迟了 3 个多小时才起飞。一上飞机，老郭就找准座位，放好行李，准备休息了。快起飞时，老郭看到旁边靠过道的座位没人，就想坐过去，这样好在接下来十几个小时的行程里进出方便。

谁知刚要移过去，就见一个金发碧眼、长相一般的洋小姐急匆匆赶过来，老郭连忙用肢体语言客气地询问，能否与她换个座位。洋小姐坚定地说："No!"这弄得老郭很无奈。由于洋小姐登机晚，赶得气喘吁吁，行李架又都塞满了，她的行李怎么也塞不进去，急得团团转。老郭只好出手相助，解开安全带，站起身来，费很大劲才帮她把行李放好。可这位洋小姐一点反应也没有，好像是应该的，既不帮忙推一把，也听不到通常可以听到的"Thank you!"这使老郭很不高兴。

接下来，两人相对无语，相安无事。谁知飞机飞了一会，那位洋小姐看见老郭座位前的小兜袋里有一个像文具盒的盒子，不打招呼就拿过去了。那是土耳其航空公司为旅客准备的眼罩、耳塞和充气枕，起飞前发给每个乘客的，她来晚了没拿到。老郭见这位洋小姐这么没礼貌，也不客气，一把抢回来，说："这是我的！"也不管她是否听得懂。其实，老郭只要告诉她向乘务员要，是马上可以要到的，可这时的老郭已经懒得多管闲事了。

一再上当受骗

老郭买东西有几个毛病:一是轻信,以为世上没有骗子,尤其对正规媒体推出的广告宣传深信不疑;二是图便宜,尽管知道便宜没好货,但这世道有时不便宜也没好货,不是有个神经病富人说“不求最好,但求最贵”嘛;三是随意性大,一心血来潮,很容易就出手,而且出手就不凡,所以屡屡上当。

上次去台湾,好几次在旅游景点买的东西都比台北的商场里贵。这还不算,最释怀不下的是在圆山大饭店的那次上当。本想这里是蒋夫人创办的饭店,又是号称世界十大饭店之一,诚信应不成问题。于是便高价从一位女店主那里买来一块颜色十分艳丽的台湾蓝宝石原石,放在做工考究的木座上,煞是好看。谁知带回家中,摆在书橱里不久,艳丽的蓝色就开始褪去,逐渐露出原石的本色,原来是一块低品位的石料,没啥价值,艳丽的颜色都是染上去的,真是郁闷。幸亏内人不懂,否则又要饱受一番责备。如今这块石料还放在橱窗里,时刻提醒不忘上当。

但不上当说起来容易做起来难,这也是世上骗子难以绝迹的根本原因。去年入冬不久,北京一家健康咨询报推荐一款宇航人牌的低温专用宇航热灸服,说内衣选用磁粉、活性炭、纳米银、锗石粉、航天热频丝、远红外托玛琳、莱卡抗菌纤维、航天纤维等特殊材料缝制,专门对肩颈部分、腰椎部分、膝盖部分自然发热治疗,很有疗效,堪比宇航服。

经过这一通忽悠,老郭还真动心买了 2 套,好在价钱不贵,一共 300 多块。谁知穿上不久,老郭就感到右侧腰部灼热,疼痛难忍,内人说是不吸汗的内衣弄的。后来找张医生看，说可能是蛇缠腰，也就是带状疱疹，经大师调制冬青树枝叶、生姜、红枣，煎水喝数周才好。病是好了，剩下的那套宇航热灸服还真不敢穿了，100 多块钱一套的宇航服不假才怪呢！

无奈的潇洒

老郭自认为很年轻，退休是别人的事，是很遥远的事。但最近的一系列信号，对老郭刺激挺大，把老郭拉回到现实中来。

首先，老郭到中央党校学习，宿舍朝南，排队在前，座位也靠前。问其缘由，组织员操老师说，中央党校只有学员，没有领导，不按职务大小定高低，而是按年龄大小排位次。一席话，使老郭猛然醒悟，原来老郭已到了被人照顾的年龄了。

这两年领导换届，机会挺多的，有些提拔没几年的 60 后都上去了，老郭当然也不免有些心动。可是单位推荐人选时，组织上除了宣布什么岗位要求、任职资格、德才兼备等一般条件，还附加一条年纪轻的。这就把老郭排除在外了。侧面一了解，原来用人一般是七上八下，也就是 57 岁的上，58 岁的下，今年放宽到 1955 年初，也是马下羊上，即属马的下，属羊的上。老郭属马，而且是 1954 年 9 月的老马，当然就没希望了。

没希望就潇洒一点呗。其实，这说起来容易做起来难。虽然这几年老郭分管的工作更多靠处长，有时间多看看书，写写文章，锻炼锻炼身体，可这心还是放不下，时刻准备冲到第一线。到了这时候，老郭才算真正理解了为什么有的人四五十岁老提退休，临近 60 岁反而不提退休了；有的人一上班就精神，一下班就无精打采；有的人退休了，办公室却一直赖着不搬；有的人甚至生病危在旦夕，一听开会了马上就清醒了。看来，潇洒是一种无奈的选择，老郭也不例外。

没想到被选下

老郭从事的工作是写字，一直在幕后，说得好听一点是“关起门来当书记，模拟领导想问题”。30多年下来，没有什么露脸的机会，也没有经历以当事人的身份参加选举和被选举的事，所以对选举也就不以为然。

前几年，老郭开始回顾往事，开始写一些闲散文字，居然还在刊物上发表了，虽说没弄得洛阳纸贵，但也没怎么浪费纸张。于是乎，去年底，在黄亚洲、桑士达等文学前辈的介绍下，老郭就加入了省作家协会，冒充个作家当当。

没想到，这一年正赶上浙江省作家协会召开第八次全省代表大会，在一次省直机关作家推举代表的会议上，老郭还被推选为出席大会的代表。如果到此为止，老郭的尴尬事也就不会出现了。

谁知，大会前夕，组委会领导通知老郭担任大会代表团中省直机关三团团长，并列为八届主席团候选人。这可是天上掉馅饼的好事，老郭不假思索就答应了。于是安排好工作，老郭兴致勃勃参会了。会上，老郭看见麦家、余华、王旭烽等名人大家自不待言，主持好团里讨论也自不待言。关键是选举是差额选举，那天中午计票时间很长，大家私下议论，不知谁会落选，因为大家彼此相识的少，不认识的多，选上的稀里糊涂，选下的也是稀里糊涂。但老郭没想到自己被选下。结果出乎意料，老郭还真没选上，弄得心情挺郁闷。

后来老郭宽慰自己，群众的眼睛是雪亮的，作家的眼睛更亮，在文学界没有几把刷子是混不下去的。

赤脚冒雨走回家

2013 年 9 月 13 日傍晚，对杭城市民来说，注定是一个令人难以忘怀的风雨交加的夜晚。

下午不到 5 点，松木场一带的天空全然暗了下来，像个黑底锅。5 点半下班时，老天爷及时发出了哭声，骤然间，在电闪雷鸣的伴奏下，狂风裹着暴雨倾泻下来，顿时一向遮风避雨的大楼候车台阶被雨水打透，老郭赶快狼狈地上了车，逃似的回家。

出了大门，雨越下越大。这哪里是下雨，简直是黄河之水天上来！骆师傅把雨刮器开到最大，可也还是看不清前面的路况。老郭说在路边停一会儿，骆师傅说越停越堵，只好缓慢前行。

这时，老郭女儿从她家里打来电话，说城西雨很大，交通已经瘫痪，就不回来吃饭了。此刻，交通之声不停地广播：丰潭路与文一路口、古墩路与萍水路口堵车严重，而这几条路正是通往政苑小区的必经之路，看来堵车是难免的啦。

果然，当晚上 7 点 20 分，车子慢悠悠行驶到教工路与余杭塘路路口停了下来，前面有车抛锚，进退两难。老郭心想，下车冒雨走回家也就 40 分钟，若等下去还不知到什么时候，不如早点走回去，还能看到北京卫视播放的精彩电视连续剧《假如生活欺骗了你》。可同车老吴说雨大，不如退回从文一路弯过去。这样，车子又慢慢折回往文一路开，可开到百瑞大酒店这几步路，就用了半个多小时，而且再也开不动了。

此时已到了晚上 7 点 50 分，性急的老郭再也坐不住了，与老吴和骆师傅说了句“我具有探险精神，不怕冒雨走路”，就一头扎进了风雨中。

一路上，老郭挽着裤腿，一手撑伞，一手拎包，沿着余杭塘河北岸，小心翼翼、深一脚浅一脚向政苑小区走去。行走不久，皮鞋就沾满了泥浆，老郭索性脱下鞋子拿在手里，赤脚走在雨水里。这时，雨渐渐停了，一路上被大风刮倒的大树横七竖八躺在路基上，树叶和杂物堵住了下水道口，几辆抛锚的汽车无奈地等待救援。老郭急匆匆往家赶，不时观看雨水中的街景，也别有一番情致。

待老郭回到家已是晚上 8 点 30 分，正好用了 40 分钟，通过电话与骆师傅联系，他们还在文一路上爬行。为此，老郭为自己的决策还高兴了好一阵子。

未完待续

拼将一生为信仰

今天很高兴参加浙江省社科理论界学习雷云同志先进事迹座谈会。

作为雷云同志的晚辈、邻居和政策研究工作者，我有幸多次拜读雷云同志的大作和得到雷云同志的指导帮助。

20 年前，我当时还是武警杭州指挥学校的一名讲师，大胆撰写了一篇名叫“关于彻底改革指令性计划体制的几个问题”的长篇文章，登门向雷云同志请教。雷云同志不仅悉心指导，还推荐入选《浙江省纪念党的十一届三中全会十周年理论讨论会论文集》，成为我的理论研究尤其是浙江改革与发展现实问题研究的重要领路人。

综观雷云同志的理论成就和为人风范，我觉得雷云同志以他那“堂堂正正做人、清清白白做官、踏踏实实做事”的三条人生座右铭，以他那真诚纯朴、谦和坦荡、淡泊名利、超然于物外的人格魅力，以他那思想深刻、大气磅礴、观点鲜明、论述严谨、感染力强的精品力作，立起了一个大写的人，一个完美的人，一个真正的正人君子。

雷云同志作为党的优秀理论工作者，作为宣传思想文化战线的一面旗帜，有着坚定的信仰和崇高的理想，他以自己的言行做到了真学、真懂、真信、真用马列主义理论和中国特色社会主义理论，为我们树立了一个深入研究、积极传播、模范践行党的创新理论的光辉典范。

向雷云同志学习，就要学习他坚定理想信念，始终对党无限忠诚，把学习、研究、宣传党的创新理论作为自己的神圣职责和一生无悔追求；就要学习他堂堂正正做人、清清白白做官、踏踏实实做事，把做人做事做官完美统一起来；就要学习他积极投身创业创新的伟大实践，在改造客观世界的同时，陶冶道德情操，升华思想境界，永葆党员干部的本色。全省社科理论界应以学习雷云同志的先进事迹为契机，加强理论修养，提高理论水平，形成团队优势，多出精品力作，为浙江新时期新阶段深化改革、扩大开放和推进经济转型升级提供强大的理论支撑。

写于 2009 年 4 月 15 日

理论创新与实践创新相结合的探索者

陆立军教授早在20世纪八九十年代，就致力于《资本论》与社会主义经济问题的研究。尤其对生产性劳动与非生产性劳动问题，研究深入，见解独到，富有前瞻性和建设性。曾在《中国社会科学》《经济研究》等权威学术刊物连续发表多篇论文，以至于日本著名经济学家立石昌广发表对中国学术界关于生产劳动问题的评论时，将他作为“新宽派”的代表人物，并与“窄派”的代表孙冶方、“宽派”的代表于光远等老一辈经济学家相提并论，在国内外学术界引起很大反响。

1990年，经宋涛等老一辈经济学家推荐、遴选，经济日报出版社出版《中国经济学希望之光》一书，收集了当时全国最有影响力的四十几位中青年经济学家的评传，我有幸为陆立军写评传，撰写了洋洋万言《辛勤耕耘开拓奋进——社会主义生产劳动理论创新者陆立军教授》一文，并由此深知陆立军教授当时已是中国经济学界很有影响力的人物。此后，陆立军教授几十年勤奋治学，笔耕不辍，又在经济理论、应用经济、浙江经济、义乌经济等领域发表了一系列论文和研究报告，成为浙江省研究领域最广、研究成果最丰、在学术界影响最大的经济学家之一，并于 2005 年当选为首批浙江省特级专家。

陆立军教授自 1980 年在《世界经济》杂志发表第一篇学术论文开始，到 2010 年底已发表各类学术论文、研究报告共 280 多篇。由于他从事经济学研究的时间长、跨度大、成果多，要系统研究他的学术生涯和学术观点，搜寻相关论著既重要又不是一件容易的事。而今，在省委宣传部领导下和浙江人民出版社支持下，从中选编了陆立军教授具有一定代表性的成果，并与其他四位令人尊敬的专家的文集一道，以丛书“当代浙江学者文库”的形式推出，非常及时。当此，浙江省正在深入贯彻党的十七届六中全会精神，谋划建设“文化强省”和推动哲学社会科学大发展大繁荣之际，这五本具有一定代表性的文集出版发行，无疑将起到很好的引领、示范和推动作用。我相信，今后“当代浙江学者文库”的作者阵容会越来越大，成果会越来越多，影响会越来越广，进而为浙江省加快建设“文化强省”添上浓墨重彩的一笔。

陆立军教授在“自序”中把自己的治学经验概括为扎根现实生活、夯实理论功底、践行尊师重教这三点。作为与他相识相交近 30 年的学生、同行，我感到这三点是实事求是、值得我们学习仿效的，但又觉得仅仅用这三点还难以完全概括他从大学毕业至今 40 余年的学术生涯。为此，不揣冒昧，再做一些补充分析。

我感到，陆立军教授的学术生涯和学术成果，有以下几点值得肯定和学习。

一是具有坚实的马克思主义经济学基础，能与时俱进地开展理论创新。陆立军教授深信厚积薄发，打铁要靠自身硬。他不仅在读大学本科和研究生期间，系统学习了《资本论》一至三卷，而且结合生产劳动与非生产劳动等重大课题的研究，广泛搜集、阅读了《资本论》的各个版本和各种手稿，并与我国老一辈著名经济思想史专家田光教授合作，在20世纪90年代初写作出版了《〈资本论〉创作史简编》一书。尽管这部40多万字的《简编》只是他们计划合著的多卷本的一个提纲，但可以从中看出两位作者对《〈资本论〉》的逻辑的深入了解，这也成为陆立军此后在学术上开展理论和方法创新的基础。正是由于他系统地研究了马克思的经济理论与方法，才能在20世纪70年代末80年代初独树一帜，提出生产劳动的"一个标志，两重见地，三个领域"的新观点，指出创造价值的劳动不以物质生产为限，"价值实体"作为抽象劳动的"凝结"不能从物理学意义上理解；率先肯定"劳务生产"（当时国内还没有引进"第三产业"这个概念）和精神生产都能创造价值和使用价值，从而为卫生经济、教育经济等新学科的创立奠定了理论基础。又如，他于2002年在《经济研究》发表论文，提出在社会主义条件下，合法经营的企业里，企业主和劳动者的关系就本质而言是互利合作关系等新观点；他与王祖强长期合作，在21世纪初创作出版了《新社会主义政治经济学论纲》的专著，开创了社会主义政治经济学新的理论体系和研究框架。近年来，陆立军教授又牵头组建了浙江省"中国特色社会主义理论创新与浙江发展模式"创新团队，致力于创建新社会主义政治经济学的"浙江学派"。

二是深入开展区域经济、产业经济等重大现实经济问题的研究，善于比较分析。陆立军教授非常重视对现实问题的研究。他自1993年起至今，担任浙江省政府咨询委员会委员、义乌市政府顾问，在长达18年的时间里，积极参与了一系列重大现实问题的调研、决策和实践。他以义乌为基地，先后研究出版了"义乌研究三部曲"——《市场义乌》《义乌商圈》《义乌模式》，并直接参与了“浙江省义乌市国际贸易综合改革试点”的总体设计和实施，其研究成果得到了习近平、张德江、赵洪祝等领导的重视和肯定。同时，他又不是孤立地研究义乌，而是视野广泛，调研的足迹踏遍全国各省（市、区）和省内各市、县（市、区）。他自觉地把对义乌的研究同先前在甘肃省会宁县的实践体验结合起来，同全国、全省一些城市和乡村的发展联系起来，进行比较研究，力求通过“从具体到抽象，再从抽象到具体”，揭示区域经济和产业经济发展中一些带有趋势性、规律性的问题。例如，关于长三角经济区域的外延，他早在2004年就公开发表论文并向国家发改委建议：长三角作为一个经济区域，不应局限于“16+1”个城市，而应包括江、浙、沪两省一市全部乃至邻省的若干区域，现在这一观点已为国家领导人和“十二五”规划所采纳。又如，他每隔三四年就自费到曾劳动锻炼和行医、任教长达10年的国家级贫困县会宁农村调研，在纪念红军长征胜利会师70周年之际，还写信给中央领导提出关于会宁发展的建议，得到了国务院总理的肯定。再如，早在1989年他就联合全国14个省的60多位作者共同写作并主编了《中国农村区域经济模式比较研究》一书，成为我国最早研究出版区域经济模式比较的专著。当然，他更多关注的还是浙江模式及地区发展，他与学术团队的王祖强、杨志文等合作，先后研究出版了《浙江模式——政治经济学视角的观察与思考》《专业市场——地方型市场的演进》《小县大城——欠发达地区跨越式发展的云和模式》等专著，不仅赢得了学术界的好评，而且在实践中发挥了重要的决策参考作用。此外，他还对杭州、宁波、台州、绍兴、丽水等市，以及兰溪、武义、庆元、安吉等山区县的发展，进行过深入的调研，提出了很好的意见和建议，得到了当地领导的重视。

三是科学研究与教书育人相结合，重视学术团队建设，培养了一大批骨干人才。陆立军教授十分重视教书育人和团队建设。他从20世纪80年代初担任省委党校理论研究所所长时起，就有意识地发现和培养有学术潜力的年轻人，带领他们一道到温州等地调研；90年代初又把他们带到义乌的专业市场当协管员，在实践中培养对重大现实问题开展学术研究的兴趣和能力，这一做法一直延续至今。迄今为止，他先后带出了4批共60多人的学术骨干，其中不少已成为学术界的领军人物或有关部门、市（县）、企业的领导或企业家，为此2008年11月14日《光明日报》曾在头版头条做过专题报道。我本人也有幸成为陆立军学术研究团队的一员，参加过许多重大课题的研究，从中得到老师的悉心指导，受益匪浅。再有一例，2005年他当选浙江省特级专家，学校为他配备工作助手时，他坚持要当时只有本科学历、来自浙南山区的杨志文，现在经过多年的培养、合作，除了参与多项老师主持的课题外，还独立承担了省级课题，成为省部级一、二等奖项的获得者，并开始在学术界崭露头角。

总之，概览陆立军教授的自选集，回顾其40余年从事教学和科研的足迹，我们可以清晰地看出，他在学术研究中一直探索并坚持的方向和框架是：以对马克思主义经典著作的研究和丰富的人生经历为基础，以区域经济、产业经济等现实经济问题和对浙江、义乌等地的案例解剖为支撑，致力于马克思主义政治经济学的当代化、中国化，力求创建中国特色社会主义政治经济学的"浙江学派"。为此，我们期待陆立军教授和他的学术团队在这方面取得更多的成果，为浙江科学发展、率先发展、转型发展和可持续发展做出更大的贡献！

写于2012年9月

印象江南项栋辉

他在网上几乎无名，然而在业内却是大名鼎鼎，偶尔流出几幅佳作，往往成为收藏者追逐的对象。

他仪表堂堂，身高一米七八，分头，淡眉，丹凤眼，目光犀利，炯炯有神，性格果敢刚毅，没有一般艺术家的鬓发长髯，更像一位信马由缰驰骋在艺术殿堂里的将军。

他书法、绘画无一不精，工笔、写意、国画、油画无一不精，花鸟、人物、山水无一不精，不仅创作超凡脱俗，还敢于修复包括李可染的《浙江奉化溪口百丈岩》、林风眠的《帆船归来的码头》、吴作人的《香格里拉风景》等大师级的油画作品，而且修旧如旧好于旧，可谓艺高胆大。

他就是号称江南项氏栋辉者也。

江南自古多才子。但每每敢在书画作品上落款"江南项栋辉"者，可能是中华大地第一人。这既体现了他对烟雨江南、水墨西湖的钟爱，无意中也透露出江南才子的豪情。

我与栋辉相识非常偶然，亦是缘分。大约2010年初春，正是冰丝融化、草长莺飞的时节。我在浙江省人民大会堂北楼会议室开会，看见一位中年画师矫健地蹬着梯子，爬上爬下，在北楼大厅悬挂的9米×16米的巨幅山水《江南春晓》画作上修复、补色。略一交谈，才知此人叫项栋辉，江南项氏，此巨幅山水画是他与李福安教授创作的，展现浙江大地“七山一水两分田”的壮丽美景。他还告诉我，此画用的是纯天然的矿物颜料，非常名贵，千年万年不褪色，寓意浙江大地江南锦绣、万古长青。

由此，我与栋辉结为好友，常来常往，谈笑甚欢，并逐渐对其人、其书法、其绘画、其艺术理念和艺术追求，有了一些了解。同时，在他的艺术熏染下，我也由一个书法绘画的门外汉，渐渐成为一个积极的爱好者和欣赏者。

栋辉的简历很简单：1959年12月生于杭州市。现任浙江省紫云轩藏画阁馆长，兼法国东方艺术博物馆副馆长，京华美术学院院长，从事东方中国文化交流工作。

然而，栋辉的书画艺术之路很不平凡。

栋辉出身书画世家。祖上项圣谟是明末著名画家，其作品不仅质量高、数量多、画风独特、技艺高超，更是熔铸画史与时代，具有很强的思想内容和时代气息，1998年，人民美术出版社专门出版了《项圣谟精品集》。其父军旅一生，酷爱书法，亦为大家。近300年来，项氏家族创作和收藏的无数书法、绘画、图书精品，为幼小儿时的栋辉成长提供了肥沃的艺术土壤。

栋辉天资聪慧，艺术悟性很高，深得独具慧眼的艺术大师们的喜爱、看重与栽培。

六七岁时，栋辉在其父及李可染、林风眠、傅抱石、蒋兆和等大师们悉心指点下，开始涉足书法绘画，并苦心临摹古今大师的书画精品，包括临摹祖上项圣谟的《松》、元代著名画家赵孟頫的《鹊华秋色图》、明代著名画家唐寅的《看泉听风图》、北宋王希孟的《千里江山图》等等。尤其是王希孟的《千里江山图》，他临摹过20多次。后来，为防以假乱真，他亲手烧毁了上千幅的临摹佳作，但却留下了真功夫。

十几岁时，栋輝开始书法、绘画的艺术创作。他认为，书画不分家，写字叫画字，绘画叫写画；出色的画家，首先应是书法家。所以他黎明即起，书画并举，书法每日练笔，绘画从花鸟、人物入手，坚持数十年如一日。到20世纪70年代末，他的书法、花鸟、人物等绘画技巧已十分娴熟。也自那时起，他便开始学习创作油画和探索弘扬李家山水积墨技法。

这一时期，在郭沫若等人的指点下，栋輝曾师从季羡林学国学，师从李可染学国画，师从吴作人学油画，师从王朝文学美术史，等等。在这些顶尖大师的谆谆教导下，栋輝书画艺术功力日益精进。20岁时，他创作的国画《江南项家天籁阁》和《美女荷塘图》等佳作，已经达到很高的艺术水准，韵味十足。1976年，郭沫若先生亲自题写“阅韵草堂”予栋輝，希望他读书、书法、绘画都要有韵味，为弘扬中华书画艺术做贡献，可谓语重心长，寄予厚望。

可以说，栋輝是握着笔杆、喝着墨汁、沾着丹青、爬着宣纸长大的。50余年来，他在书画艺术领域，学贯古今，通晓中西，苦心钻研，推陈出新，攀上了书画艺术的高峰，开辟了一代画风，体现了与时俱进的创新精神、民族精神和时代精神。

综观栋輝的书画艺术创新之路，窃以为有四大渊源：

其一，殷实厚重的文化底蕴。栋輝祖上嘉兴项氏，是一个大家族。项家从明代开始，便是江南数一数二的藏画世家。在这个家族里有不少知名人物，或以高官显爵，或以文学艺术而见于记载。十分幸运的是，虽屡经战乱和时代变迁，到栋輝这一代，仍有大量的古书画、古印章、古纸墨笔砚等文房四宝传承下来，使栋輝从小耳濡目染，充分享受传统文化的熏陶。1981年，栋輝22岁时，花了整整3年半时间，苦心通读浩瀚的《四库全书》，领会中国绘画的文化精髓。他认为，《四库全书》涉猎广泛、博大精深，中国文、史、哲、理、工、医等几乎所有的学科，都能从中找到它的源头和血脉，几乎所有新兴学科都能从中找到它生存发展的泥土和营养。所以他一直把《四库全书》置于画室，便于随手翻阅。后来，他还先后赴德国、法国、荷兰、奥地利等国学习油画10余年，研读西方文化艺术，扩大了他的文化全球视野，增添了现代气息。他说，文化艺术的能量能够消除和改变国与国、人与人之间的隔阂，促进彼此间的交流，是拉近人们彼此距离的桥梁、纽带和友好使者；一个书画家只有具备良好的文化素养，才能写好字，画好画。由于他文化底蕴丰厚，虽不常写诗，但偶尔信手拈来，也很有味道，如《题断桥》：

细雨薄雾织晓空　疏帘半卷看断桥
荷花向尽秋光晚　不宁残红斜湖中

其二，坚持不懈的上下求索。栋輝紧扣时代脉搏，把书画艺术创新与时代需求紧密结合起来。20世纪80年代以来，中国进入了改革开放的新时代，在社会发展日新月异的同时，人们也因工作压力大而引发多种疾病，甚至导致精神抑郁等。对此，栋輝立志改变传统的画风和技巧，开创一种新的绘画风格，使人赏画入静，在三五分钟内，把心平静下来，陶冶情操，缓解压力。于是，他在李可染大师风格的基础上，大胆运用积墨法，使画面凝重、宁静、有韵、润泽。而要达到这一艺术效果，一般的宣纸和丹青不行，一般的绘画技法也不行，于是他就投资指导复原宣纸的传统手工制作，以增加绘画的承重和渲染韧度；引进国外纯天然的矿物颜料，以增加画面色彩的天然润泽；改变五颜六色的颜色堆积，讲求色与光同大自然的协调；把国画技法与油画技法综合施用，以增加画面的质感和立体效果。由此，栋輝开创了现代中国画的新风尚和新技巧。观赏栋輝的山水画，能使你的目光变柔，内心平静，达到“华润春雨后，心灵大地行”的艺术效果。有韵、润泽实际上是大自然的真实写照，正如他在《题苏堤》一诗中所云：

初春红绿绕苏堤　暖风迎面柳枝飞
西子四季各有韵　山色湖光千年依

其三，超然于功利的艺术境界。现代社会，由于金钱的侵蚀渗透，个别书画家往往经不住诱惑，为名所迷，为钱所累，把出名和赚钱看成衡量艺术价值的水准。栋輝对此深恶痛绝。他认为，书画家如果追逐“名利”二字，则难以安心创作，难以成为大家。所以，他从不参加这个展那个展，也从不炒作自己的作品。而是静下心来，潜心研究中国书画的传承与变革。他认为，书画艺术要从小熏陶，绘画要有书法功底，宁可十年不作画，不可一日不练字。他认为，书画创作用李可染先生的话说，就是要以最大勇气打进去，最大勇气退出来，师承古人而又超越古人。他认为，书法绘画要讲求“精、气、神”，气沉丹田，运笔舒缓，充分展现作品的精髓、气场和神韵。正因为如此，栋輝对作品要求甚严，精益求精，一幅精品佳作，快的费时数月，慢的要花数年甚至数十年的时间。50余年来，栋輝的存世画作并不多，大约有国画100余幅、油画40余幅，主要悬挂在中央机关重要场所、北京故宫博物院、浙江省人民大会堂、浙江省委与省政府的重要会议室等。作品少而精，是基于他淡泊名利的艺术追求，其《题富春江》一诗，就充分展现了他的这种闲淡心境：

春江烟雨小舟行　两岸幽谷鸟啼鸣
黑瓦白墙村相望　景色曲径醉行人

其四，融于自然的创作环境。师法自然，是书法绘画创作的至理名言。栋輝认为，江南山水非常难画，皆因大自然本身很美。美不产生于画室，而存乎于自然。画家要画好山水，必须投身自然，熟知自然，入眼入心于自然，做到人与自然相交融。只有胸藏山川、丘壑、飞瀑、河流，寄情感于笔墨之中，才能画好山水。为此，栋輝行走于江南的名川秀水，数次赴西藏高原、蒙古草原写生，从美丽的大自然中采集营养。同时栋輝认为，没有美的环境，就没有美的心情，就难以创作美的作品。于是，栋輝把“阅韵草堂”工作室，安置在杭州风景秀丽的龙坞半山腰，占地近5亩，面朝钱塘江，背靠大清谷，三面环山一面临江，一只巨大的青铜中华宝鼎矗立在院落草坪上。他家的别墅大厅高约9米，以便于油画调色和调光，还在花园里建造两幢房子：一幢60平方米的画油画，另一幢40平方米的用于品茶、画国画。院落中种植了梅花、樱桃、枇杷、杨梅、香泡、枣子等四季鲜果，以及茄子、黄瓜、西红柿、四季豆等时令蔬菜，使他得以在田园诗意的环境中，创作美的佳作。由此看，大自然赐予的西湖是美的，栋輝眼中的西湖是美的，他创作的《题西湖》一诗也是美的：

烟雨空濛九重天　保俶山半升紫烟
断桥传情情犹在　迷蒙湖中柳叶船

概览栋輝探索书画艺术的成功之路，一言以蔽之：天分+勤奋+名师指点+环境造化，也就是天时、地利、人和。学书画是这样，学其他五行八作，又何尝不是这样呢？

2013年6月28日写于西子湖畔

牛人李春波

“牛人”是形容很厉害、有两下子的人，给人以强势、牛气冲天的感觉。这是源于牛在常见的动物或家畜里体积较大、力量较强、脾气较倔，敢与山林猛兽抗衡，但平时又很温顺，能忍辱负重。于是，人们常把有本领、能负重又倔强的人称为牛人。

初识李春波

这里所说的牛人李春波，当然不是那个弹着吉他、想着《小芳》、念着《一封家书》、哼着呼儿嘿哟的歌手李春波。而是一个农家子弟，经过几十年的成长打拼，成为浙江、中国乃至世界制药界的一个重要人物，一个制药大王。

2013 年 9 月 11 日下午，正值金风爽爽、玉露泠泠的时节，我陪同国务院发展研究中心副主任、我国著名经济学家刘世锦一行来到绍兴市，考察浙江医药股份有限公司袍江维生素厂。这是个新厂区，也是绍兴市产业转型升级的重点项目，规划占地 1000 余亩，职工 1000 余人，销售额 1000 亿元，总投资数十几亿元，主要生产维生素类产品、抗肿瘤药物、基因药物、天然药物和生物制药等产品，产品85%以上出口。当然，这是发展规划，但目前建设已粗具规模，部分开始投产。这个制药厂上半年我刚来过，大概由于自身分量不够重，没有见到牛人李春波。

话说那天，我们一行刚来到厂区门口，就见一位留着背头，长方脸，面色红润，身材不高不矮，体型不胖不瘦，一米七十几，五十几岁，穿着蓝色工作服，戴着安全帽的企业老总式人物，前来迎接。经旁人介绍，果真是老总李春波。

李春波，男性，1959年4月出生于新昌澄潭镇坑下村。好像天生与制药有缘，1983年6月，24岁的李春波进入新昌制药厂工作，此后一直在制药厂摸爬滚打。其间，1988年7月从杭州电子工学院工业会计专业毕业；1998年2月从中国药科大学医药经济管理专业毕业，并获第二学士学位；曾任制药厂财务出纳、会计、财务科副科长、财务科长、总会计师、财务公司总经理、证券办主任，由此学会了精于计算；后任浙江医药股份有限公司副总经理、总经理、党委书记、董事长，由此练就了全面经营企业的本领，成为浙江医药股份有限公司的掌门人。2012当选为浙江经济年度人物。

初见李春波印象不深，他先带着我们来到企业发展的沙盘模型前，比画指点，介绍了一下公司的发展规划、厂区布局、产品品种和销售情况等，然后又带着我们到厂区转了转，看了一下生产流程和研发实验室。而真正让我们感到李春波很牛的，是随后的座谈和晚餐时的交谈。

絮叨企业成长

在袍江开发区管委会召开的座谈会和晚餐会交谈中，李春波表现出一种以我为中心、十分健谈的牛气和霸气。他手里拿着一张烟盒大小的纸片，简单地写了些片言只语，竟东拉西扯、天南海北讲了一个多小时，忽悠得我们群情激荡，连呼过瘾，为浙江拥有这样有思想、有见地、不服输、敢争先的企业家而自豪，从中也坚定了我们对加快推进产业结构调整和经济转型升级的信心。

据李春波讲，浙江医药是一家1998年挂牌、1999年上市的上市公司，前身是新昌制药厂。新昌制药厂是1954年建成的地方国有企业，1995年按照浙江省委、省政府的指示全面改制，变成经营者控股的未上市公司。1999年公司上市，经国资委审批变成了规范的上市公司，整个公司资本金由原来5.305亿元，增加到现在的9.8亿元，总资产规模大约60亿元，净资产也是60亿元，没有一分钱的负债。

现在公司旗下有5个工厂，这里算1个，新昌1个，嵊州1个，绍兴2个。现有员工5062人，其中3640人、大概占总人数的70%多一点是大专以上毕业生，绝大部分是40岁到45岁之间的科技人员，职称都在工程师以上，高级职称的有168人，正高职称的有26人。

“为什么没负债?”李春波自问自答，“主要是近十年来，我们公司按照习总书记当时主政浙江时强调的环保领先的原则，在发展速度上稍微慢了一下，因为新昌那个地方很小，没有发展空间了。本来呢，如果新昌地方更大一些，发展余地更大一些，像石家庄的石药、华药，公司销售规模可能早就上千亿了。”

李春波继续讲：“不瞒刘主任说，为拓展发展空间，我曾到湖北去征了1200亩土地，一搞呢搞不下去，又跑了回来。地点是湖北宜昌，是在我们绍兴挂职的一个湖北老领导动员我去的，一定要拉我过去。当时俞正声正在那边做省委书记，咱们的绍兴人嘛。去了以后，土地也征好了，围墙也打起来了，土地款也付了，可弄不下去了，主要是那里的整体理念还是和我们长三角地区有差距。没有办法，我耍了个花枪，请中国科学院、中国工程院的25个医药领域资深的院士、专家开了个研讨会，一研讨二研讨说这个地方不适合办药厂，这样我就跑回来了。后来我感觉不好意思，就跟当地领导商量，说我留点钱，给你们办点公益事业吧。商量来商量去留了200万元，搞了个地方医院，就这么个过程。

"几十年来，我们公司发展主要得益于科技创新、人才创新、管理创新和市场创新，就是靠这四个创新，一路走过来，不容易。我们的产品主要出口欧美发达国家，在国内销售几乎不到20%，因为国内销售药品基本上不赚钱，像我这样本事大一些，不亏损，一般企业的产品售价都在成本线的边缘，日子是很难过的。"

李春波接着絮叨："十几年过来，公司日子过得还比较滋润，没有负债，也没有银行贷款，总资产就是净资产，搞这么大投资，现在已经30多亿元投下去了，自己银行账里还有近十几个亿存款，我想全部把它投完，这块投好后，估计3到5年全部投产后可形成年销售额1000亿元以上的规模。因为土地紧张，我只能慢慢干，不紧张的话，一下子就干完了。现在银行像我这样有钱的，它巴不得给贷一点，我说我不要钱，我大量的钱存在你们这边，还不舒服啊？没有钱的呢，它不愿意贷，这也是银行嫌贫爱富的本性嘛！"

赚"鬼佬"的钱

李春波执掌的浙江医药股份公司，销售规模虽说不算很大，但国际化程度却很高。由于公司产品八成以上出口，所以李春波紧盯国际市场，基本上是一个月跑一趟国外，最近刚从美国回来，下个星期又要到欧洲去。好在三十多年交道打下来，国内开放，国外认可，企业家出国很方便，像美国都是全年签证，欧洲一签就是五年，随时可去，随时可回。

更牛的是，李春波出去，早已不像过去讨饭那样没人搭理，遭人白眼，而会引起国际同行的关注，不管走到哪里，人家都知道这个李某某哪天在法兰克福，哪天在加利福尼亚，猜测他跑到这里来干吗，和谁谈什么生意。李春波对国际市场变化也极为敏感。比如今年1月到8月，公司销售36亿元，比去年同期下降大概2%，实现净利润5.08亿元，比去年同期下降大概12%，这主要是由欧洲市场销售疲软引起的。由此他判断，国际市场现在还很差，从市场分布说，美国好一些，欧洲还不行。你瞧，他对经济形势判断比经济学家还准！

牛人要有牛本领，国际市场历来是靠实力说话的。李春波之所以引起国际同行关注，是因为他的公司参与了欧洲药管局和美国药管局有关医药标准的制定，其产品品质在国际市场上享有很高的声望，大概有35个产品的检测方法、样品标注等是由浙江医药股份公司制定的。靠这些，公司每年在海外销售额为50亿元左右，盈利10多亿元，按他的话说，都是从“鬼佬”身上赚的钱。

更牛的是李春波颠覆了美国药典的认定模式。像维生素E，美国药典是这样规定的：一是外观淡黄色；二是含量在93%到95%之间。而浙江医药生产的维生素E，外观纯色，可以说无色；含量在99.5%到100%，基本无杂质。药品这东西，杂质越多，副作用越大，所以发达国家要求药品要标定杂质，还要进行副作用研究，比如A杂质有什么副作用，B杂质有什么副作用，等等。而浙江医药把药品的提纯标准提高，没有杂质，改变了药品的外观颜色，再把检测方法告诉他，把老外唬得一愣一愣，说不出话来，只好认同。这样，就把美国的药典给颠覆掉了。

李春波讲："我这实际上就是告诉美国人，你检验好了，你们鬼佬'牛逼哄哄'的，我们赶了20年，进入WTO不过十几年，我们干得不错，虽不能说全面超越，至少我们可以在点上，在一些优势产品和优势领域进行超越。现在我们企业已经有三十几个点了，都是优势产品，高附加值产品，我们赚钱就是这样赚来的。公司新产品销售占整体销售额的60%以上，自己的东西占比很高，赚钱的独门秘籍就是靠这个，不然就无法跟人家在一个起跑线上玩。市场最不讲情义了，今天要你死你明天就得死，没有办法，找谁都没用，就得自己靠自己。"

舍得在创新上投入

跟"鬼佬"玩，从"鬼佬"身上赚钱要有真本事。这个真本事就是在技术和工艺上不断创新。

浙江医药产品创新的原则是"三高两低"，几十年一以贯之，从来没有变过。"三高"就是高科技含量、高附加值、高市场占有率；"两低"就是低消耗、低污染，制造没有污染的药品。通过创新实现产品结构由低级向高级的转变，像当年新昌制药厂每公斤原料药价格低的只有三五块钱人民币，制剂每粒利润只有三五分钱，现在企业价格最高的原料药每公斤在100万美元以上，像抗肿瘤的，价格就很高。

浙江医药的创新是坚持两条腿走路，把原始创新、工艺创新，以及仿制创新结合起来。原始创新是为了保证企业长久发展，属于期货性的投资，考虑 10 年、20 年，乃至 50 年后能在国际上领先，否则没有自己的专利、没有自己的新产品，就会永远落在人家后面。工艺创新和仿制创新，是为了保证企业有饭吃，一个企业如果没有盈利能力，总亏损，饭都吃不上的话，一切计划、一切部署就会被打乱，还搞什么创新，每年还怎么能投几个亿钱呢？浙江医药公司的秘诀就是在这两方面把握得比较好。十几年来，公司销售额由 5 亿元增加到现在的 50 多亿元，就是靠一手抓原始创新，一手抓工艺创新，解决好吃饭和发展的双重问题。

搞创新就要有研发基地。浙江医药有两个研究院，一个在上海搞原创性研发，60 多人全是硕士以上学历，其中有 10 多个是从国外回来的，其他人都是从科研机构、国内大专院校招聘来的。新昌也有个研究院，270 多号人，这个研究院搞应用性研究，就是搞现有产品特别是主导产品、优势产品的工艺再完善、再提高。也就是说，用新技术改造提升传统产业的任务就落在新昌这 270 多号人身上。

浙江医药每年新产品投入大概在 2.5 亿到 3 亿元左右，包括养这 300 多号人的工资、奖金。十几年来都是这样，每年新产品的投入力度都很大，一般企业是投不起的，研发周期长，投入大，出成果很难，说不定一期临床、二期临床过了，到三期临床就被枪毙了，所以这个风险很大。现在浙江医药整个公司申请的专利有 398 个，大概 85% 以上都是新产品专利，其余近 15% 是新的工艺专利、实用型专利。在这近 400 个专利里，国内专利 276 个，国际专利 PCT122 个。目前有 5 种新药在一期临床，这些新产品都是自己研发的。

当我们好奇地问，现在一种新药研制成功要投入多少，几年才能完成时，李春波回答："一个新药原始研究呢，大概 5 到

6年,按平均每年投入5000万元算的话,就是2.5亿到3亿元,临床还要4到5年,再投入6亿到7亿元,大致一种新药差不多要10年时间,平均投入10亿人民币。当然,这跟欧洲比、跟美国比,我们还是便宜的,他们大约要花10年时间,投入10亿美元左右,我们只是他们的1/6。"

由此我想,过去我们搞简单制造有低成本竞争优势,现在虽说简单制造优势不多了,但我们在科技研发上其实也有低成本竞争优势。如果我们的企业能像牛人李春波那样,舍得在科技创新上投入,还是能比欧美企业占有更多的成本竞争优势的。

网罗天下贤才

搞创新离不开人才。李春波深深感到,企业发展最紧缺的是具有国际视野、通晓国际管理规则和国际游戏规则的全球型人才。按照李春波的话说,我们研发人才缺、管理人才缺、技术人才也缺,都不够,特别是企业发展壮大以后,越来越感到人才不够。

李春波的人才观是着眼全球,两条腿走路,采取培养和引进相结合,本土人才和外国人才相结合。目前全公司3600多号科技人员中,除了台湾、西藏没有,全国各地都有,还有欧洲、美国、加拿大的。另外公司在国外还有25个研究生,这些通过规范的研究生考试,在企业干了三五年后送出去的研究生,工资奖金企业照发,而且告诉他们,你们有本事就留在那里,没有本事就回来。现在国外一些大的制药企业都有浙江医药培养的研究生,有的已经做到副总裁了,这不是"潜伏",而是为了两三年后,在遵守人家游戏规则和法律法规的基础上,你只需告诉我制药领域在生物、化学、小分子、大分子研究上的一些先进理念和思想，他们在想什么，想怎么做，就是没有申请专利的东西你要告诉我，为浙江医药创新，打造百年企业积蓄力量。这就是李春波的人才战略眼光！

由于制药业的人才大多集中在欧美发达国家，于是李春波就亲自上阵、亲自挑选，全世界、全方位去挖人。他趁前几年国际金融危机、美欧国家制药业不太景气之机，低价抢夺了一些人才，无论是中国人，还是外国人，每年花个 100 万元、200 万元的，把世界顶尖的人才引进来。现在浙江医药的人才队伍中，有 10 个是来自国外大公司的，包括从原来大公司总裁岗位退下来的，都是些资深的科学家，在制药领域大名鼎鼎。

李春波的人才观还有一招，就是特别重视复合型人才的培养和使用，对原来学工程的，让他去学制药，对原来学生物制药的，就让他学精细化工，这对企业人才创新很有优势。所以，浙江医药公司高管，都是些拥有两个学位以上的复合型人才。看来，在浙江医药，不是复合型人才还当不了公司领导呢！

李春波引进人才有一套，留住人才更有一套，这就是创造非常舒适的生活环境。公司不仅长期包住绍兴宾馆，而且提供非常丰盛的有机食品。公司设有中餐厅、西餐厅，配备西餐厨师，喜欢吃西餐的吃西餐，喜欢吃中餐的吃中餐，反正牛肉啊，羊肉啊，猪肉啊，猪排啊，鸡蛋啊，全部来自公司自己饲养的家畜和家禽，不向市场采购，确保食品安全。公司还有现代农业园，通过欧盟 GAP 认证，蔬菜、瓜果、粮食全部自己种。李春波讲："我的药厂是面向国际的，万一哪一天饮食安全出了问题，就麻烦了，国际丑闻啊，人家笑都笑死了，说这个李春波'牛逼哄哄'的，你看自己都被麻翻了。我不冒这个险，这不是小事情，我自己种，不用化肥，不用农药，搞药的这种事情小菜一碟，那是太简单了。”

听到这里,我们深感尴尬和汗颜,我们的食品安全已经到了需要企业自保、自力更生、自给自足的程度,真是一种倒退。虽说李春波的企业有能力解决食品安全问题,可是千家万户的老百姓又怎么办呢?

玩出个东方新世界

按常理,药品与其他商品不同,需求弹性几乎为零,经济形势好与不好,人生病都要吃药,所以我们对浙江医药今年前8个月国际市场销售下降2个百分点有些不解。于是,国研中心宏观部的余斌部长提问:“人生病任何时候都要去看病,都要吃药,应该说药与经济低迷关系不大,为什么销售还会下降呢?”

李春波解释道:“话是这样说,但是经济低迷之后,由于国外中等消费的老百姓要比较药品的价格,药品采购商就要比较采购的成本,看同类药价格谁高谁低,比如说我们的药品比印度的稍微高一点,他就买印度的了,全世界的经济规律都是一样的。今年3月份印度就钻了个大空子,我们有一个500多万美元的订单被他们抢去了,他们的报价是350万美元。”

于是,我又提出了一个问题:“印度的新药研发有那么强吗?”李春波回答:“既然你问到这个问题,我就谈一下自己的想法。我们国家部委的领导们经常批评我们,你们制药企业低啊,小啊,散啊。我跟他们讲,你不要光批评我们,这不光是我们企业的事,关系到多种因素。就拿印度来说,它有三大明显优势:第一是它的政治体制,两百年的殖民地;第二是它的语言体系,与西方没有语言隔阂;第三是这两百年来,印度在发达国家发展出一批经济上的大亨、学术上的权威、金融上的投资者,这帮人慢慢返回印度去了，返回他的家乡去了。我们中国在西欧、在美国有吗？有是有，可还没有到这个时候。所以印度医药发展这二十年来就靠这三个因素，他们哪有我们勤奋啊？他们一天干六个小时，我们一天至少干八个小时。再有，影响医药出口下滑的因素是货币政策，主要是人民币汇率从 2008 年起升值很快，商品价格高了，就影响了企业的出口竞争力。”

当然，国际市场不景气和人民币升值加快，也有好处，就是有利于企业“走出去”发展。所以，李春波大声疾呼民营企业到国外去收购、购并企业和研发机构，希望政府网开一面，不要担心资本外流，搞过多审查，什么 1 亿美元以下省里批，1 亿以上国家批，你管那么多干吗呀，让中国的企业赶紧乱中取胜，去捞些好东西回来，那才是真的，你自己把自己框死，那是傻瓜蛋干的事。等你三批两批完成了，一两年过去了，那时黄花菜都凉了，还有什么用。

为了参加国际竞争，抢占未来市场制高点，李春波着手组建三大研发团队。一个是现代生物制药团队。现代生物制药种类很多，每个专业不一样，不是一个人能一竿子插到底的，从细胞培养，到生产管理，到质量检测，需要有一个高品质、高素质的团队合作。第二是现代出口制剂。不像过去人家的片剂、胶囊，而是特殊制剂，比如说喝酒喝醉了，很不舒服，乙醇、酒精在体内分解啊，进入肝脏，通过血液，很不舒服，现在想办法搞种天然的能够分解乙醇的产物，把它做成口腔生物片，很薄的，嘴巴一放进去，喝酒前，或者喝酒后，马上把体内酒精在 15 分钟内全部分解掉，变成水。说着，李春波当场给刘主任吃了一片，不知效果如何。第三个就是健康产业。未来中国也好世界也好，老年人由疾病治疗转向预防化趋势越来越明显，健康产业是非常大的产业，不能老让西方人赚钱。

参加国际竞争就要跟国际管理体系和国际管理水平接轨，与美国的FDA(美国食物及药品管理局)、欧洲的EDQM(欧洲药品管理局)接轨，从构思、立项、设计、生产全部采用国际标准，包括几千次几万次小试、三废治理、质量管理到销售服务等，全部跟国际接轨，争取在国际市场上有更多的话语权。由于李春波仔细研究过西方人，真正单位时间内单兵比较的话，整体素质我们东方人高，我们聪明，我们也勤奋，但是我们的缺点是整体性不行，内耗太多，所以要进行有效整合，像布八卦阵一样，使各式各样的人才有条不紊地运作，在一些领域和一些品种按我们制定的标准来搞。这样跟西方人玩，再玩个二十年，说不定真玩出个东方新世界来。

俗话说，艺高人胆大。我们相信李春波作为世界制药领域的一个“搅局者”，真能玩出个东方新世界来！

写于2013年9月

养个小孩儿有多贵

这两年，接二连三收到老家兄弟打来的添丁进口的报喜电话。先是四弟告知当了爷爷，其子生了其子，也就是我侄子生了个大胖小子。今年 4 月，五弟告知当了姥爷，其女生了其女，也就是我侄女生了个大胖女儿。最近，大哥又打来电话，告知也当了姥爷，其女生了其子，也就是我大侄女生了个大胖小子。说法虽有点绕，但中国过去多子女的辈分就是这么叫下来的。

我过去年轻气盛，不大喜欢小孩儿，嫌吵嫌闹。这几年，或许是上了岁数的缘故，对小孩儿越来越有一种迷恋，很喜欢婴儿那细腻的皮肤和奶香的味道。于是前两天，趁着到北京出差的机会，顺便回了一趟通州老家，专程看了看新近降生的几个郭家后代。

三个小孩儿长得都很骨力，大的已能扎巴扎巴走路，中的开始牙牙学语，最小的才十二天，也能躺在床上自由转头，睡觉时还不时露出甜蜜的微笑。看来，北京的雾霾天气和令人担心的食品药品安全，还尚未对小孩儿生长带来任何影响。可见，现在小孩儿的出生和成长条件，比 20 世纪 50 年代吃糠咽菜的我小时候强多了。当然，现在生育小孩儿的开销花费也比过去高多了。

那天傍晚在五弟家，我一边与家人吃着饺子，喝着二锅头，一边看着侄女忙碌。只见她一会儿清洗两个草莓，在碗里捣成糊状，或刮几勺苹果泥，喂年仅8个半月大的女儿吃；一会儿从冰箱里拿出一小瓶胡萝卜酱泥，挖出几勺，又拿出一小瓶核桃油，滴上几滴，搅拌好再蒸5分钟，说给小孩儿补充维生素；一会教着女儿学鼓掌欢迎，看灯灯亮亮，说拜拜再见，学牙牙叫人。

真是没想到，前几年还是小姑娘的侄女，如今已能手脚麻利地为其女儿忙这忙那，还不停地告诉我育儿经：什么坐月子一个月内奶水不多，要搭点奶粉，一个月后多起来就够吃了；什么生小孩儿一周内大人不能吃催奶的鲫鱼、猪蹄儿之类的，否则小孩吸不出容易憋奶；什么小孩儿几个月大就要吃蔬果，补充维生素，但不能加糖，更不能加盐，而且一年内不能吃盐，至于为什么，我也没听明白。弄得我这个养育过女儿的二姥爷，真不知道当初是怎样把自己的女儿带大的。

望着满屋子堆放着的大大小小的婴儿车，大包大包的小衣裤、尿不湿，大瓶小瓶的婴儿专用奶粉，以及其他叫不出名的坛坛罐罐，出于职业习惯，直接问起了养小孩的开销费用。

不算不知道，一算吓一跳：

一般产妇住院，顺产三四天，剖腹产六七天，开销都要近万元。我大哥女儿生小孩儿时是剖腹产，而且那天上午出生的几个小孩儿都是剖腹产，据说就像切西瓜一样。真是瓜熟蒂不落，就用刀来凑。好在刀口缝合很简单，两头一边一针，中间用胶带纸粘住，过几天就可拆线，专业化程度极高。出院算账，花了8000多元。幸亏北京市对大龄产妇有生育保险，自己只花了 547 元，其余由医疗保险支付。

接下来的事儿就要自己花钱了。

小孩儿刚出生时要请催奶师，一次按摩催奶需 400 元，大约要五六次，合计要花 2000 多元。如果不用，可能不仅奶水下不来，还会在乳房两侧结成硬块，严重时可能滋生乳腺炎，造成化脓，需动手术才能根治。我四弟的儿媳生小孩时就因没有请催奶师，造成乳腺发炎，治了好长时间才好。

产妇坐月子要请月嫂，一个月需 8000 元。主要负责调理产妇的衣食起居，传授科学的育儿知识，包括孕妇护理、婴儿护理、婴儿保健、孕妇及婴儿营养饮食、婴儿保健按摩等。也有请月嫂兼催奶师的，这样可以省一点，但一般情况下月嫂不太愿意，主要是催奶时下手要狠，弄得产妇很疼，担心以后不好相处。据说，我五弟女儿聘请的月嫂口碑很好，技术娴熟，手脚麻利，与家人相处和睦，预约者已排到 2014 年，目前正在一家大老板的别墅里照顾产妇婴儿，工资已上涨到 12000 元。

带小孩儿要请保姆，一个月需 5000 元。通常月嫂只请一个月，时间长了不必要，也请不起，可保姆是一定要请的，否则年轻的 80 后母亲们就无法上班了。当然，小孩儿由家里老人带最好，可多数 80 后的父母们还在上班，没法儿帮着带，只好请保姆。还好，五弟媳在一家不死不活的乡镇企业上班，每月工资只有 1000 多元，于是提前把工作辞了，帮着女儿带孩子。弟媳虽说很辛苦，但毕竟是带自家的孩子，心情舒坦，既享受天伦之乐，又省了 5000 块钱。

养小孩儿还需要买奶粉、各种维生素、补钙的食物，以及尿布、尿不湿、洗脸盆、洗屁股盆、洗衣服盆、洗尿布盆、洗澡盆、毛巾浴巾、纯棉内衣、小袜子、小帽子、小垫子、小被子、婴儿床、婴儿车等等。而且不是一套两套，而是好多套。加上医院和网上不时对新生婴儿家长的推销诱惑,各种五花八门的婴儿用品源源不断采购进家,少说每个月也得花个两三千元。

这样七算八算,一个月就要花1万多块,一年就要花10多万块,十年就要花100多万块,真是不敢想象。当然,账不能这样简单相加,小孩儿大些或许开销就少了。据说大明星孙俪坐月子日开销1万元,一个月花了30多万元。需要说明的是,我家兄弟可都是工人、农民,其子女工资也不高,之所以能应付下来,主要还是靠双方父母。六位大人的收入和劳动共同养育一个小孩儿,有钱的出钱,有力的出力,如果孩子再多两个,可真受不了。这不由得使我想起小时候常听大人们说的一句话,"养个小孩儿是玩意儿,要吃要喝是难事儿"。

话又说回来,谁家养孩子都会量入为出,有多大的收入,做多大的开销,钱多富养,钱少穷养,少生精养,这可能也是这一代人的特点吧。

写于2013年圣诞节

后记

时光荏苒，岁月如梭。我作为1954年出生的小驹，如今已过一个甲子，成为老马了。今年又是马年，关于马的成语典故和美丽传说又被人们一一倒腾出来，大家最喜欢说、喜欢听的无非是些“马到成功”“一马平川”“快马加鞭”“走马上任”等吉祥之类，还有些不断衍生的“马上封侯”“马上有钱”“马上有房”“马上发财”等期盼之类，我倒是喜欢些“信马由缰”“放马南山”等悠闲之类。

人老了就会有些怀旧。怀旧不是存心要怀的，而是脑海里自己冒出来的。如果一个人眼前的事记不清、记不住，而过去的事仿佛就在昨天、就在眼前，记得倍儿清，不停地往外冒，越来越恋旧，越来越想家，越来越想念父母，越来越想念儿时的伙伴和村落炊烟，那就是老了。这几年，每逢佳节、工作稍淡的时候，我就会滋生一种思乡情，而每当这种情愫袭来的时候，又冲动着自己写一点文字来释怀。于是乎，在春节、在节假日、在夜深人静的时候，我从床上爬将起来，披衣写作，写下了《我与母亲》《儿时过年》《年关思故乡》等文字。

人老了就会有些洒脱。一个人活了半个多世纪，盐吃多了，桥走多了，碰壁多了，可谓饱经沧桑，终于懂得了顺应天意、顺应自然、顺应规律的道理。孔子曰，“六十而耳顺，七十而从心所欲，不逾矩”，说的就是这个意思。人老了，积攒了许多谈资，增加了许多自信，脸皮也厚实了许多，难免会倚老卖老，说一些大话，爆一些囧事。于是乎，我也效仿王蒙先生，断断续续记下了一些《老郭的尴尬事》。因为，人在旅途亦在囧途，每个人都有“过五关斩六将”的得意春光，也有过“走麦城丢城池”的失意秋色，真实的生活就是这个样子。

人老了就会有些闲情。过去年轻时，工作压力大，生活节奏快，只知道往前冲，就如爬山直奔山顶，无暇顾及路边的花花草草，无心欣赏山径的美景美色。而这几年，随着单位年轻人快速成长，分管的工作压力小了；随着女儿成家，与内人早早过起了二人世界的生活。为了打发渐渐多起来的空闲时间，只好学点闲情雅致，写点闲散文字抒发情怀。于是乎，无论是出国考察，还是省内外调研，在工作的大线条外，更加注重一些亲眼所见的生动细节，写下了《体验日本》《走进台湾》《三国纪行》，以及《新疆印象》《行走山西》等长篇随笔。当然，走过的地方远不止这些，只是过去无暇欣赏、无心记述罢了，这或许也是人生的一种憾事。

真是没想到，写了半辈子的领导讲话、政策文件、调研报告、经济论文等，竟还能集萃一本粗糙稚嫩的散文集。这无疑要感谢支持和帮助我的家人、领导、同事和挚爱亲朋，特别是要感谢那些从不看我的经济学文章，而愿意看我的散文随笔的粉丝们。

感谢家人。我是外地人，按最初的户口本论，我们家的一家之主是赵涛女士。她既是内人，又是同学。同学知根知底，会永远与你平等，永远平视你，你也就永远高大不起来，所以不要轻易找同学。当然，既然找了就要不抛弃不放弃。其实，内人很有才，大学考试成绩一直在我之上，但就是怀才不用，偶尔写篇《一米线的启示》等，亦能发表。那年我去日本，写了几段短信发给她，她说很好，你应该写下来。于是我就遵旨，走一路写一路，回国后形成《体验日本》，后来的许多习作也都是在她的批评指导下写出的，当然，她批评居多，指导偏少。再一个生命中的女人是小女郭璇，小时候她是我的天使，我是她的偶像，大起来她移情别恋了，我就靠边站了，也挺郁闷。小女学文化创意，重点研究时尚，聪颖漂亮，与我略有代沟。我一直以为她理解不了我们这一代人，直到有一天女婿告诉我，涟涟（小女乳名）看老爸写的《我与母亲》哭得稀里哗啦，纸巾满地，才恍然大悟，血到底是浓于水的。家人当然包括老家的人，如今父母仙逝，偶尔能看到我作品的是大哥占元、四弟占营、五弟占荣、小妹雪玲和六弟占立等弟妹，他们很喜欢看，有时打来电话谈一些感受，有时拿到村子里看，引起村民如张二叔等人的询问，这不免有点显摆，但对我却是个鼓舞，如有机会一定写篇《我与兄弟姐妹》的散文记之。

感谢领导、同事、战友和朋友。写东西是为了给别人看的，犹如一块石头丢进水里要有浪花，浪花越大石头越高兴，于是浪花成就了石头。这几年，我之所以在工作之余坚持写作，是与领导和朋友们的鼓励分不开的。记得《大有庄100号院——我所知道的中央党校》写好后，李书磊等副校长看过初稿，舒国增主任鼓励我去发表，赵洪祝书记批示给予鼓励，赵一德秘书长讲，凡去党校的学员都应看看，于跃敏副部长看到我总微笑地说一句“大有庄100号院”，中央党校进修部将全文收录在“厅局级进修班（第58期）‘战略思维与领导能力’研究专题”《课题研究报告与读书报告》集，特别是还收录到《我与中央党校——校庆80周年纪念文集》，给我以莫大鼓舞。

记得我的一些散文随笔写好后，通常先给单位的董俊平、李晓华、黄巧敏、任春娟、张勤文、费映洁、张苏敏、吴彬、沈亚伟、蒋剑平等几个同事看看，听听意见，让他们或她们帮我修改纠错，指点迷津，因涉及人员很多，这里就不一一报姓甚名谁了。记得陆立军、汪水波等老师，张仁寿、傅吉青、黄河等同学，杭州的李火林、桑士达、黄国范、潘育萍、项栋辉、王承武、陈敏、池永斌等朋友，北京的武延年、武通来、秦浩、周莉、何晓鸥、万洋等战友，以及部队的老领导冯孝新、张若青等，都对我的作品给予过鼓励。张仁寿说我写的东西“有知识点，可读性强”，这大概是一个大学校长对好文章的基本要求和评价。周丹处长不仅自己看了，还推荐给全处的同志看。车队小秦看后发来短信，说我十分了解外地打工者的情况和心情，很受感动。其实，他的话也感动了我。

感谢那些甘为人梯的刊物编者。我历来认为，刊物是连接作者和读者的桥梁和纽带，编者更是成人之美的君子也。我的这些粗糙稚嫩文字，有幸在《学习时报》《浙江日报》《华夏散文》《贵州日报》《中国经济时报》《浙江作家》《浙江工人报》《浙江经济》《联谊报》《中国城市化》《杭州我们》《发展规划研究》《足迹》《干部教育研究》《绍兴日报》《临沂日报》《吴越风》等报刊发表，得益于高海浩、李丹、金波、徐忠良、柴国荣、王祖强、马力宏、桑士达、杨祖增、方宇红、赖华东、郑休白等的倾心帮助。尤其是《浙江杂文界》《乐清湾》的主编董联军，不仅全文发表了我的长篇习作，而且还常打电话向我反馈读者的反映，并进行精彩的点评。孙君、王水君、姚国海、葛美芳、潘改良、施卫华、施爱珠、赵利平、李军、郑利军、李敏等好友多方面鼓励和支持本书出版，方使拙作得以同大家见面。

感谢大作家黄亚洲先生。我与亚洲相识时间不长，但印象颇深，印象颇好，大有相见恨晚之感。他水平高，是才高八斗、学富五车的文学高手，诗歌、散文、小说、剧作无一不精，已出版诗歌小说 16 部、电视剧本数百集，多次荣获国家图书奖，国家“五个一工程”奖，中国电影金鸡奖最佳编剧奖、特别奖，中国电影华表奖。电影《落河镇的兄弟》还荣获第 12 届美国芝加哥国际儿童电影节“联合国宣言奖”，第 20 届德国法兰克福国际儿童电影节大奖、评委会奖等。他出手快，下笔成章，近几年更是宝刀出鞘，锋利无比，每年创作出版 1 部小说、2 部诗集、30 余集电视剧本，而且许多诗歌散文都是在路上完成的，往往是上飞机开始写作，下飞机打印成文，可谓飞天文字，浪漫得很。他为人谦和，没有大作家的架子，公益意识很强，不惜花时间主编《浙兵岁月》，把“浙江生产建设兵团那些事儿”捣鼓出来；不惜花时间关注一位老军人的诉求，连续写下了《只能抓一把糖给老刘》《盼望更多的人关注屋檐下的老刘》等动情文字；不惜花时间组织朋友深入基层，调研采风，到笔者的安吉小院来，不仅写下了优美的诗作，还愉快地与我没见过多少世面的弟弟、妹妹合影。他作风朴实，幽默风趣，性情之下，常常手舞足蹈，甚至将穿着有些破旧的衣裤撩起，展现率直童真的一面，与他一起喝茶闲谈，真是一种享受。他在文坛的地位很高，是第六届中国作家协会副主席、浙江作家协会名誉主席，还是第八届全国人大代表、中共十六大代表。于是乎，请这样一位德高望重的前辈来为本书作序压阵，我就可以攀高枝、狐假虎威了。当然，我很清楚，亚洲先生序中所言“一个真正意义上的作家”，着实过奖，实不敢当，但却指出了我今后的努力方向。

感谢浙江工商大学及出版社，没有蒋承勇、张仁寿、鲍观明的支持和帮助，没有沈娴女士的精心编辑，本书也难以同大家见面。

最后，感谢读者。读者是作者的上帝。诺贝尔文学奖获得者莫言先生说，只要有一个读者就坚持写作。可见读者的力量多么强大。由此，我真诚希望这些粗糙稚嫩并有些原生态的文字，能给读者您带来联想和愉悦！

2014年马年除夕